赵焰文集卷二：散文随笔精编

人性边缘的忧伤

RENXING BIANYUAN DE
YOUSHANG

人性边缘的忧伤

RENXING BIANYUAN DE YOUSHANG

赵　焰◎著

时代出版传媒股份有限公司
安　徽　文　艺　出　版　社

图书在版编目（CIP）数据

人性边缘的忧伤/赵焰著. —合肥：安徽文艺出版社，2018.7
（赵焰文集. 卷二. 散文随笔精编）
ISBN 978-7-5396-6328-9

Ⅰ. ①人… Ⅱ. ①赵… Ⅲ. ①散文集－中国－当代
Ⅳ. ①I267

中国版本图书馆 CIP 数据核字(2018)第 063417 号

出 版 人：朱寒冬　　策　　划：朱寒冬
特邀编辑：温　溪　　统　　筹：张妍妍
责任编辑：张妍妍　　装帧设计：张诚鑫

出版发行：时代出版传媒股份有限公司　www.press-mart.com
　　　　　安徽文艺出版社　www.awpub.com
地　　址：合肥市翡翠路 1118 号　邮政编码：230071
营 销 部：(0551)63533889
印　　制：安徽新华印刷股份有限公司　(0551)65859551

开本：880×1230　1/32　印张：12.75　字数：240 千字
版次：2018 年 7 月第 1 版　2018 年 7 月第 1 次印刷
定价：39.00 元(精装)

总　序

一直以为自己是一个性情浮躁之人，定力较弱，喜新厌旧。自己的写作也是，虽然笔耕不辍，不过文字却五花八门、难成系统，既涉及徽州，也涉及晚清、民国历史；有散文、传记，也有长篇小说、中短篇小说、中国文化随笔什么的。文字全是信马由缰，兴趣所致，写得快活和欢乐，却没想到如何深入，更不考虑流芳人间什么的。回头看自己的写作之路，就像一只笨手笨脚的狗熊一路掰着玉米，掰了就咬，咬了就扔，散了一地。

写作幸运之事，是难逃时代的烙印：文明古国数十年，相当于西方历史数百年——我们的少年，尚在农耕时代；青年时代，千年未遇的社会转型光怪陆离；中年之后，电子信息时代五光十色……童年时，我们只有小人书相伴；中年后，手机在手，应有尽有。少年时，我们赤着脚在田埂上滚着铁环；中年后，我们在高速公路上开起了汽车。少年时，喜爱的姑娘浓眉大眼大圆脸；中年后,美人变成了小脸尖下巴……世界变化如此之快,除了惊奇、欣喜,就是无所适从。

人生一世,各种酸甜苦辣麻缠身。写作呢,就是一个人挤出来的茶歇,泡上一杯好茶,呷上一口,放空自己,不去想一些烦心事。现在看来,这样的活法,使我的内心丰富而坚强,虽然不能"治国、平天下",却可以"正心、诚意、修身、齐家"。我经常戏言:哪里是勤奋,只是做不了大事,也是把别人打牌喝酒的时间,拿去在纸上胡涂乱抹罢了。这话一半是戏谑,一半也是大实话。世界如此精彩,风光各有人在,有得就有失,有失就有得。不是谁都有机会成为弄潮儿的,做不了传奇,做一个时代的观察者和记录者,或者做一个历史深海的潜水员,都是一件很好的事情。

一路前行中,也有好心人给我掌声,也为我喝彩——写徽州,有人说我是"坐天观井":坐中国文化的井,去观徽州文化的天;写晚清,有人说我将历史写作和新闻写作结合得恰到好处;写小说,有人说我是虚实结合,以人性的视角去觉察历史人物的内心……这都是高看我了。对这些话,我都听在耳里,记在心里,视为鼓励。我也不知道哪对哪,只是兴之所至,耽于梦幻罢了。写作人都是蜘蛛,吐了一辈子丝,网住的,只是自己;也是蚕,吐出的丝,是为自己筑一厢情愿的化蝶之梦。对于写作,常识告诉我,目的是为了自己的内心,不是发财,也不是成名,而是写出真正的好文字;要说真话,必须说实话——花言巧语不是写作,自欺欺人不是写作,装腔作势不是写作。真话不一定是真理,不过假话一定不是真理。在这个世界上,说真话和说实话并不容易,很多人不知道什么是真话,很多人不敢说真话。怎么办?借助于文字,直达心灵。灵魂深处的声音,肯定是真话。

自青年时代开始写作,写写停停,停停写写,不知不觉地,就到了知天命之年,不知不觉,也写了三十多本书了。庆幸的是,我的书一直有人在读,即使是十几年前写的书,还有不少人在读在转。想起张潮的一句话:少年读书,如隙中窥月;中年读书,如庭中望月;老年读书,如台上玩月。其实写作也一样:少年写作,充满期望;中年写作,惯性使然;老年写作,不得不写,因为已无事可做。的确是这样,天下没有不散的筵席,可以对话的人会越来越少。写作,是对自己的低语,也是对世界的呓语。

写作没有让我升官发财,却让我学到了很多,得到了很多,也明白了很多。我明白最基本的道理是"我思故我在",明白最高妙的境界是"无"。通过写作,我不再惧怕无聊,也不再惧怕"无"。我这样说,并不玄虚,是大实话,也是心里话。

感谢安徽文艺出版社,将我一路掰下的"玉米棒子"收集起来,出成文集。文集如家,能让流浪的文字和书籍,像游子般回归。不管它们是流浪狗、流浪猫也好,还是不记得路的鸽子、断了线的风筝也好,家都会善待它们,让它们排排坐、分果果,靠在大院的墙上晒太阳。晒着晒着,就成了葳蕤蓬勃的太阳花了。改一句张爱玲的话:人生,其实是一袭华美的锦袍,绣满太阳花,也爬了一些虱子。当人生的秋天来临的时候,晒着太阳,展示锦袍,也捉着虱子，应有一种阿Q般的美好。人活一世，本质上都得敝帚自珍，充满自怜和自恋的乐观主义精神，否则哪里活得下去呢？虽然文字和所有东西一样，终究是落花流水，不过能心存想念、心存安慰，又何尝不是一件美好的事情呢？

文集又如大门关上的声音，让人心存忐忑，仿佛身后有追兵，一路嗷嗷叫着举着刀剑砍来。面对此状，我更得如狗熊一样奔跑，得拼命向前，拼命跑到自己的最高点，然后像西西弗斯一样摔下来。

感谢缘分，感谢相关助缘之人，为我半生的写作，作一个总结和了断。这是一部秋天奏鸣曲，畅达之中，有平静的惬意和欢喜。

是为序。

赵焰

2018年6月

本卷序

第二卷中的四本书，都是我忙里偷闲陆陆续续写成的。2000年冬天，工作变动，为了新闻理想，也为了荣誉和自尊，我一头扑到工作当中，度过了人生中最昏天黑地的几年。直到2003年，我抬起头来，四顾茫然，自觉还是应该写点什么，不能荒废了学习、思考。于是我在全国好几家报刊上同时开了两个专栏：一个专栏谈影碟，另一个专栏谈都市生活。一段时间下来，积累了好几十万字，先后推出了两本电影随笔集，也出了两本生活随笔集。这分别是此卷中《人性边缘的忧伤》和《桃红梨白菜花黄》的前世。

电影随笔最早的专栏名字，是“夜兰花”。写《夜兰花》的时候，有人给我电子邮箱发信，自我介绍是咖啡馆的美女老板，被《夜兰花》打动，约我夜深人静看电影。我窘得要死，也不敢回信，那几日看见陌生美女就脸红。我先写了一本《夜兰花》，又写了一本《蝶影抄》，两本都出版了，既是电影指南，又可以作为灵魂慰藉。我看电影，自以为有共鸣，有艺术感觉，有独特角度，能窥见真谛。后来，两本书合体，变成《巴黎的忧伤》，直至变成本卷中《人性边缘的忧伤》。

我喜欢现在这个书名，人性边缘，如梦如幻，存有莫名其妙的忧伤，摸不到，说不出，在身体里流浪、疼痛。艺术的使命之一，就是感知它，认识它，跟它悄然低语，再一起终老此生。

写专栏《浮生日记》，用的是笔名“木瓜”。虽然与《夜兰花》诞生于同一时段，在风格上却相差很大，写得洒脱，写得风流和幽默。我曾经跟朋友开玩笑说：《浮生日记》是写给男人看的，《夜兰花》是写给女人看的。从风格上看，的确如此：《浮生日记》写得随意幽默，有玩世不恭的精神；电影随笔呢，写得细致敏锐、伤痕累累、哀鸿遍野。

从风格上说，男人更喜欢深刻玩世的东西，女人更喜欢忧伤人性的东西。好的作家，应该“男女同体”，还要具备孩童的天真、老人的智慧。我不喜欢恪守风格，希望能在更高的层次上，达到某种和谐。

人最好的状态，还是浮生，不拘于世，不泥于事。“浮生”一词，来自庄子的“浮游”思想。浮游在世，了然于胸，满眼所望，皆是“桃红梨白菜花黄”，如戴了4D眼镜。

《风掠过淮河长江》，是我写江淮文化的散文合集。之前，我一共写了六七十万字的徽州题材散文，觉得还不够，又想去了解淮河文化。悄悄去了很多次淮河两岸，写了一本薄薄的《在淮河边上讲中国历史》,反响很不错,大概是因为写淮河的书较少。我又不满足,又想去写皖江题材的散文,结果写了十来篇后卡壳,没有成书。我把写江淮的那一部分,跟写淮河的糅在一起,成为这本《风掠过淮河长江》。

胡适说:我是安徽徽州人。我也是,是徽州人,也是安徽人。风像历史文化,浩荡而轻盈,从江淮大地掠过,也从每一个安徽人心中掠过。

2007 年到 2010 年,我的全部业余时间,就是写作"晚清三部曲"(《晚清有个曾国藩》《晚清有个李鸿章》《晚清有个袁世凯》)。三本书后来在全国有一定反响,读者很多。写作期间,我读了大量历史书,做了很多笔记,《此生偏爱野狐禅》中的文章,有很多是我研究晚清民国历史的随笔。因为无功利,写起来淡定风趣,简雅好读。取名为"野狐禅",是我觉得,历史总是别有深意,今人与历史的关系,不在于追究历史是什么模样,而在于你用什么样的眼光去看待。

《此生偏爱野狐禅》也是有前世的,书装帧精美,曾是我最漂亮、最精美的一本册子。在这书的新版中,我又补充了十来篇文章,仍是文史随笔,仍是"野狐禅"。我不是专业作家,也不是专业历史研究者,我只是兴之所至,由心而发,我喜欢文字在纸上散步、滑翔、迷顿乃至眩晕的感觉。

过去的二十年,是我人生最好的时光。现在想起来,恍若隔世。整理这几部散文集,我依稀能从文字中,品咂和回忆往昔的滋味。文字是一个好东西，真庆幸得到冥冥神意，没有放弃，一直坚持下来——那些文字，密密麻麻地蹲伏在那里，字里行间，都是我的心迹、我的呼吸、我的气味。我回读它们，有时想起一些事，会哑然失笑，如雪过天霁，春暖花开。文字可以证明曾经的思想、飘浮的生命，让我收获稻草般的温暖。

2018 年 6 月

目 MU 录 LU

巴黎的忧伤

塞纳河蜿蜒地流过巴黎，市中心的河水有一处特别宽广，水中有两个迷你小岛，一个是西堤岛，一个是圣路易岛，这两座小岛以桥与左岸右岸相通，位于巴黎的心脏部位，这也是人最多的地方。岛上处处是闻名世界的古迹，狭窄的小街，河岸带着古老的韵味，是最适合体味巴黎历史的地方——这是我在书中所看到的，也不知怎的，一看到“巴黎”这两个字，我就莫名其妙地兴奋亲切，亲切得连我自己也觉得不好意思了。李安说，每一个人的心目中，都有一个不同的巴黎。的确是这样，我要说的是，不仅仅是每一个人，只是我，在我的心中，就有无数个不同的巴黎。

看过很多有关巴黎的电影：《巴黎圣母院》《巴黎最后的探戈》《巴黎最后一班地铁》《戏梦巴黎》《巴黎拜金女》《巴黎，我爱你》《巴黎野玫瑰》……这些，都是题目中有“巴黎”这个词的，还不包括发生在巴黎的无数故事：《悲惨世界》《虎口脱险》等等。

这一部《巴黎》，在我心目中，又增添了一个巴黎：不是波德莱尔的巴黎，也不是左拉的巴黎；不是歌薇尼夫人的巴黎，也不是雨果的巴黎；不是柯蕾特的巴黎，也不是乔治·桑的巴黎；不是普鲁斯特的巴黎，也不是巴尔扎克的巴黎；不是萨特和波伏娃的巴黎，也不是纪德的巴黎……这个巴黎，是属于现实的巴黎，就是在人群中自由自在，也有着悲欢离合的普通人的巴黎。

塞德里克·克拉皮斯的镜头里，各式各样的巴黎人出现了，每一个人都是一条线，然后缠绕成线索交叉的花园：姐姐和弟弟，老师和学生，商贩和顾客，老板和店员，偷渡客和模特等等。他们在巴黎的生活，自由、幸福、孤独、忧伤、烦恼：舞蹈家患了严重的心脏病，他面临的，是很危险的心脏手术；他的姐姐，一个单亲家庭的母亲，为了孩子，一直拒绝男人；一个北非人千方百计想来巴黎，因为他爱上一个模特；一个建筑师困惑于自己的人生；一个底层的女子，姿色平平，萍水相逢，就爱上了一个毫无特点的屠夫，这是一场底层小人物的情欲，但一次突如其来的车祸，夺去了她的生命……让人印象至深的，是一个专门研究巴黎历史的老教授，幽默风趣、才华横溢，他决定不再沉湎于故纸堆了，答应给电视台担任解说，专门拍摄有关巴黎的文化片。老教授爱上一个漂亮的年轻女学生，他不敢表白，只是冒充同学，给女学生一次次发短信，发那种深情而有才华的诗歌。他的诗写得真好，是这个时代所缺少的。那个年轻女学生，大约是被打动了，或者只是怜惜，是同情，两人就有了一夜情……这样的感觉很巴黎。在这个世界,巴黎的意义就是一种感觉吧,就是那种豪华、平静、自由而又妖娆的感觉。

塞德里克·克拉皮斯的确是有才华的。这样的片子,只要看几个镜头,就会觉得那种抑制不住的才华会溢出来。电影的调子不完全是忧伤的,却是自由自在的,是一种超脱忧伤之后的自由和平静。我得承认的是,这样的片子的确打动了我,那是一种淡淡忧伤的触动,就像一棵微不足道的植物,被潇潇的春雨淋透;还像一粒小石子漫不经心地落入池塘,水波散开的,都是淡淡的忧伤。

斯蒂芬·茨威格在他那本著名的遗作《昨日的世界》中,是这样描写巴黎的:“然而,尽管如此,我仍然觉得,能愉快地感到生活逍遥自在的地方,莫过于巴黎。巴黎以它的各种形式美与温和宜人的气候,以它的财富和传统,出色地证实了生活的逍遥。无论是中国人、斯堪的纳维亚人、西班牙人、希腊人、巴西人还是加拿大人,都感到塞纳河畔就像在自己家中一样。那里没有任何的强制,可以按照自己的意愿说话、思想、欢笑、责骂,可以奢华也可以像波希米亚人似的简朴。一个无产阶级的工人觉得自己和他的雇主一样,是一个自由和举足轻重的公民。一个饭店服务员会在咖啡馆里和一个穿金丝边军服的将军像同事般地握手。勤劳、规矩、爱干净的小市民太太们对同一条楼道里的一个妓女不仅不会嗤之以鼻,反而每天在楼梯上和她闲聊,她们的孩子还会给她赠送鲜花呢……”

茨威格的笔下,是属于逝去的老欧洲了。至于真实的巴黎,我宁愿相信塞德里克·克拉皮斯电影中的真实,就像电影中的那个老教授,他原先还在做一个关于神圣的爱情之梦呢,以为女学生真的爱他,他们之间的爱情,是跨越时空和世俗的。但很快,他明白了,女学生只是不拒绝,只是随意呼吸他的爱情,她没有心,也没把一切放在心上。“上帝死了,我要拥抱大地”,这是老教授最后的感悟。是的,上帝死了,留给这个世界的,都是虚幻和变形,这个世界,哪有爱情呢?只有情欲,加速度地升温或冷却。

值得一提的是,《巴黎》一直是一种松散的结构,它就像一架无人控制的摄影机,拍到哪儿是哪儿。我喜欢这样的感觉,像浮萍般漂来漂去;像一粒弹子,击向一堆弹子,引起一串的碰撞——不知是谁撞击了谁,也不知是什么时候,进入彼此的生活,也进入了彼此的喜悦和忧伤。

一张纸牌的正反面

我敢说,很少有人能看懂伍迪·爱伦的新片《午夜巴塞罗那》——这不是一部笑的电影,而是一部让人哭的电影。

我一直是不太爱看伍迪·爱伦电影的,因为我不太喜欢他的风格,不喜欢他“话痨”似的喋喋不休。这个戴着眼镜、有着一双小圆眼、皱着眉头像个小老头似的犹太人尽管才华横溢,但他一直喜欢在电影中安排絮絮叨叨的旁白,让人很是厌烦。当然,这当中有一个很重要的因素是因为我的英语不好,根本无法听懂电影的台词,也无法明白那些拙劣译文的意思。直到我看了这一部《午夜巴塞罗那》,才真正地明白,伍迪·爱伦真是智慧无比,这个人对于世界和人类是洞察的,并且,因为洞察,他变得顽皮而执着,变得特立独行,变得幽默无比。

电影仍是由伍迪·爱伦的叨唠,引出一个故事:两个美国女青年,姑且一个称为金发美女,一个称为黑发美女,她们一起来到了西班牙的巴塞罗那，这个世界上最浪漫的城市之一。在那里，她们认识了一个非常有魅力的画家。画家向她们分别展开了攻势，结果是，金发美女坠入爱河，疯狂地爱上了他；而那个看起来正经无比、并且准备结婚的黑发美女也在不可抑制的情感之下，与画家暗地里发生了关系。三个人的生活，就这样纠缠在一起。这还不算，画家还有一个美丽且恩爱的前妻，这时候，也适时地出现了，她与画家之间，彼此恩爱，也彼此折磨。金发美女接纳了她，并且，与她一道，跟画家生活在一起。而那个理智的黑发美女呢，在经历了短暂的一夜情之后，怎么也忘不了那个画家……

如果这部电影只是一部单纯的爱情电影的话，那么，它就跟伍迪·爱伦丝毫没有关系了。电影的精华在于困惑，在于设问——一种看起来平平淡淡的设问：黑发美女原本是爱着自己的未婚夫的，可自从跟画家发生了关系之后，爱情变成了问题，她爱上了画家吗？不知道。她在理智上一直是排斥画家的，可在情感上，她一直对画家忘不了。而另一个金发女郎呢，她起先是一直爱着画家的，后来，突然地就有一天，她发现这根本不是自己所要的生活，于是她选择了离开。她到底要什么呢？不知道。至于画家那个美丽的妻子，她与画家，是天生的一对，但他们两人只要在一起，就会彼此折磨……一个人，在这个世界上，有这么多东西都无法控制，那么，他还是什么——命运的玩偶？或者，一个貌似美丽或者聪慧的怪物？

当一种疑问，对人的一切以及人的本质达成挑战时，那么，完全可断定这种问题的残酷——我看这一部令人心悸的电影，一个最大的感受就是：伍迪·爱伦为什么要摆出这样的问题呢？剪不断，理还乱。平常之中，我们总是自以为是，总以为思考的、体味的、追求的，都那样顺理成章、合乎逻辑。在伍迪·爱伦的设问中，我们发现，所有的一切，看起来，都是一个巨大的问号，并且，是没有答案的问号。

这样的电影是轻喜剧吗？那分明就是一把黑沉沉的钝刀子，一刀一刀地割在自己身上，痛得让人心悸，并且，死死地钻进心里。

只是这个家伙不痛也不哭，他就这样把钝刀当痒耙，轻松地把玩人性，像一个恶作剧的小丑，将困惑变成轻喜剧，将疑问演绎成无心无肺的笑。伍迪·爱伦到底想做什么呢？他只是想在轻松随意之中，开开人类本质的玩笑。

伍迪·爱伦有一句经典名言："你这样地悲观绝望，这样地看破一切，而后，你唯一的反应就是放声大笑。"这一句话，真的是彻悟之语。一个人，在他看破红尘，看破人类，甚至看破自己，剩下的，往往只有大笑了。一个人的笑，在极度之中，往往不是与快乐，却是与悲伤联系在一起的。那些看似对立、毫不相干的东西，最终意义的本质，往往是一样的，就像痛苦与快乐，辛酸与甜蜜，希望与绝望，黑暗与光明，死亡与永生……它们实际上是一个东西，是一张纸牌的正面和反面。

一个英俊无比的浑球儿

春节无事，喝酒之余，看一个浑球儿写的自传，活色生香，看得大快朵颐。

自传的开头颇有诗意："当我走过人生的沧桑，再步履蹒跚地回到过去，努力回忆那些岁月所包容的真实时，我发现一切都是那么混沌和模糊。"浑球儿接着回忆了自己的醒世：那时不知是几岁，突然地，就有了记忆了——当时是睡在一张床上，然后，睁开双眼，走出房间，一步一拖地走到阳台。他记得自己每次迈步的时候，迈的都是左脚。然后，坐在向阳的台阶上静静地守候着。当时正是春天，房前大树上的果荚纷纷飘落，两片壳瓣好像蜻蜓的美丽翅膀，在空中盘旋飞舞，然后轻盈地飘落在地上。

很快，这个浑球儿长成一个英俊无比的年轻人，也进入了娱乐圈。他有着一头微微泛红的浅棕色头发，身材高大而性感，除了有咄咄逼人的男子气概外，他的嘴角，一直飘荡着一股邪恶的气息。这使得他看起来有着刀锋一样的寒光，充满着危险和诱惑。无疑，这是一个有魅力的人，尤其对于女人，她们很容易在他面前变得呆滞。他的无耻和洒脱还能让任何一个屋子充满欢声笑语。这样的尤物迟早是要大红大紫的，在拍完了《欲望号街车》之后，他身边的掌声和尖叫声一下子猛烈了很多倍，而他的身边也飞满苍蝇一样的女人。

浑球儿先是遭遇到女粉丝们的疯狂——有一天，浑球儿接到一个电话，是一个女人打来的，声音很低，她告诉浑球儿，她正在策划一个"任务"，准备跟朋友一起对他实施绑架，打算把他送到长岛关起来，然后吃掉。这个女人的怪异激起了浑球儿的好奇心，浑球儿决定接见她。他们见面了，她 20 岁不到，是一个意大利人，胸脯丰满，秀美迷人。她告诉他，她弄了一沓《欲望号街车》的海报，把家里糊得满满的。然后，她呆呆地看着他，说："我可以给你洗脚吗?"他同意了。年轻的粉丝开始给他洗脚，自始至终，都小心翼翼，就像摆弄着一件精美的瓷器。浑球儿看着她，身上肉欲的成分蠢蠢欲动。后来，他终于忍不住了，进入了她的身体。事毕之后，他这才发现，她还是个处女。

事情远没有到此为止。这个女子不停地给他打电话，对他大喊大叫，把电话亭的玻璃打碎，把手腕割得鲜血淋漓……她已成了一个疯狂无比的人，一直到几个月后，她才突然地消失。这时候，他才长舒一口气，庆幸自己安全着陆。

又有一天，这个浑球儿在自己的公寓里睡觉，半夜醒来，突然发现身边坐着一个女子。他吓坏了，以为是一个鬼魂。他惊恐地问:“你是谁?”她说:“我给你带了个口信。”他问:“谁的?”她的回答是“上帝”。浑球儿问:“那，上帝的口信是什么呢?”她把手凌空放在距离浑球儿裤裆很近的地方，说:“关于这个。”

浑球儿吓坏了，只好一溜烟地跑了。

中年的浑球儿越发变得“声色犬马”了。这样的结果，引起了众多女人为他大打出手。有一次，两个女人就在浑球儿的房间里不期而遇，浑球儿情急之下，不得不溜之大吉。他后来回忆说:“我还记得自己仓皇出逃时的心情，我想，自己已经是56岁的人了，竟然还要胆战心惊地躲在竹林里，这难道不是很荒唐吗?”

还有一次，有一个女演员深信将与浑球儿共度余生，她赤裸着身子向浑球儿走来，一边走一边对浑球儿质问:“上个周末你在哪里?”浑球儿吓坏了，下意识地像拳击运动员防御对手一样护住脑袋。她微微一笑，说:“你怕什么，我又不会揍你!”等浑球儿讲了实话之后，她一把揪住他的头发，狠狠地揍他，一边还大喊大叫。女人就是这样，一吃起醋来，总是变得力大无穷。身高马大的浑球儿不能脱身，最后只好挣扎着赤身裸体地跑下楼。那时正是天寒地冻的十二月，可怜的著名影星只好一丝不挂地去找邻居借了一件毛毯，然后又去找自己的朋友借宿。当他狼狈不堪地出现在朋友家门口时，朋友笑得气都喘不过来了。

浑球儿的这一类故事永远无休无止。再有一次，浑球儿正和一个姑娘睡在床上，猛然间一抬头，看见一名穿制服的空中小姐低头望着他们。浑球儿恍然大悟，想起自己曾约过她来幽会，不料把这件事忘得一干二净。这个空中小姐举止十分得体，她把自己准备留宿的行李箱往地上一放，说："我看见你们现在正忙着，我去厨房弄点吃的，我饿坏了。"

另一次更严重的后果是：一个女人在浑球儿的卧室里发现了另一个女人的内衣，她咄咄逼人地质问浑球儿。浑球儿只好故作潇洒地大笑，以为笑笑就能平息她的怒火。不料，那个女人随手就把一串钥匙砸在浑球儿的脑袋上，立即，鲜血如喷泉一样涌了出来。

在书中，浑球儿讲述的与玛丽莲·梦露的相识倒挺有意思：在完成《欲望号街车》的拍摄之后，有一次，浑球儿和玛丽莲·梦露在纽约的一次聚会上相遇了。当时参加聚会的其他人都在喝酒跳舞什么的，只有梦露独自一人坐在角落里弹钢琴，一点也不引人注目。浑球儿端着酒杯正在高谈阔论，突然就有人拍了拍他的肩膀。浑球儿转过身来，抬起胳膊肘，朝对方的头狠狠地来了一下。这一下打得不轻，但他们从此相识了。

在此之后，有一天晚上，浑球儿给她打电话说："我现在就想过去看你，如果你能说出一个拒绝我的很好理由……那么，我就不过去了。"她邀请他过去。然后，浑球儿写道："很快，每一个士兵日思夜想的美梦就实现了。"

……这个浑球儿就这样纵横于20世纪的娱乐圈，就像当年的唐璜一样，也难怪好莱坞让浑球儿饰演唐璜了。后来，他在《欲望号街车》，在《巴黎最后的探戈》，在《现代启示录》，在《教父》中的表演如此逼真，那真是一个十足的浑球儿——一个真正的浑球儿，总是有他的形而上动力的——这个浑球儿之所以能把那些年轻浑球儿、中年浑球儿、老年浑球儿演得如此入木三分，那是因为，他自己就是一个十足的浑球儿。

现在，该讲到这个浑球儿的名字了——这个浑球儿是谁？他就是世界上最英俊的邪恶男人——马龙·白兰度。

终于有一天，这个世界上最英俊的浑球儿身体不行了，精力也不济了，他一天天地衰落了，老了，像世界所有的花花公子一样老了，也皈依了。在自传的最后，这个浑球儿说：我想象自己坐在南太平洋的一座小岛上，夜里，微风轻拂，我张开嘴巴，头微微后仰，凝望着漫天闪烁的繁星，静静地期待着流星的出现，期待着那一抹光亮无声地从黑色的天幕划过……

万物都是空。即使是阅尽人间春色的浑球儿也不例外。在他晚年的时候，他的希望和幻想就如同他醒世时一样美丽而单纯。人生就是周而复始，终点，往往就是起点。

西伯利亚，不是童话

有关西伯利亚的故事，无论是读还是听，总是很迷人。冬天的西伯利亚，冰天雪地，一片苍茫，艳阳斜照，暮色早早降临，然后就是黑夜了。什么鸟也没有，只剩白雪、荒原以及静极了的黑。短暂的白天里，偶尔才见熊或者鹿穿行。冬天的西伯利亚有一种单纯之美，定格于康定斯基以及列宾的画。白桦林统治了这个世界，唯美如斯，挺拔，阳光，健康。秋风飒起之后，白桦木的叶子变得金黄，树干雪白，上面长出漆黑的印记，就像是一只只森林之眼。冬天就在它的注视下款款来临。西伯利亚的冬天是最容易出现童话的了，白雪皑皑中，经常就有卖火柴的小女孩或者七个小矮人。西伯利亚，一向是一个童话的冬天，或者，一个冬天的童话。

但手头的这部电影——《横穿西伯利亚》，不是童话，却是一个噩梦——虽然它同样发生在西伯利亚——美国女子杰西曾经是一个坏女孩,只是结婚之后变得安分守己。这一次,她跟随丈夫罗伊来北京做慈善工作,忙完之后,他们登上去莫斯科的东方列车。之所以乘火车,是这一对西方夫妇想度过一场梦幻般的东方之旅。的确,乘火车的时间单调而枯燥,而在单调与枯燥中,最容易有浪漫的故事。没想到上了火车之后,他们听到的故事,不是浪漫,却是欺骗。车厢里充斥着凶险,有很多,还与血腥有关。在途中,他们结识了一对情侣:帅气的卡洛斯与忧郁的艾比。卡洛斯一直寻觅着机会对杰西进行挑逗,杰西暧昧地躲避着,但在内心中,却澎湃着渴望,期待着禁果的降临。这也难怪,越是危险的诱惑,女人越是难以拒绝。后来,火车在一个小站上停靠,卡洛斯和杰西在冰天雪地里去了一座废弃的教堂,由于卡洛斯的表达方式过于省略,杰西在本能的反抗之中,误将卡洛斯杀死。杰西伤心欲绝,她掩埋了尸体,却没有意识到,自己落入了一个巨大的阴谋之中……

故事就是这样充满着悬念,所有的情节,就像行走在剃刀边缘一样。这算是一部不错的电影吧,它具备好电影的很多元素:悬疑的情节,富有魅力的演员,漂亮的风景等等,另外,还有一个引人入胜的片名。对于这部电影来说,前面的轻松只是一个铺垫,更多的悬念接踵而至。我一直不太喜欢惊悚片和悬疑片,之所以买这张碟,完全是冲着西伯利亚的片名而来。就如同当年我看《西伯利亚的理发师》一样,那是一部激情荡漾、充满着诗情画意的电影。就这部电影来说,同样活色生香。这也难怪,在西伯利亚以及东方列车上,是有着这样的故事的。越是无法到达的地方,越是对人们充满诱惑。冰天雪地的故事总是格外迷人的,那些尘封的故事一旦打开,就会有着活色生香的滋味。这也难怪,在零下四十摄氏度以下发生的故事,在大半时候,已不属于现实,只属于幻想了。

电影的演员不错,有本·金斯利,一个我喜欢的演员,在他的身上,有一种强大的气场,他的一举一动,就像一头怪兽一样,有着巨大的吸附能力;还有伍迪·哈里森,没有想到在《天生杀人狂》当中的血腥杀手在这部片子中竟懦弱得像一个真正的书生;值得一提的是电影中杰西的扮演者,漂亮而且有气质,她叫艾米莉·莫迪默,是一个三流演员,却是伍迪·艾伦的妻子。我第一眼看到她的时候,以为这是一个俄罗斯女子,后来才发现,她是一个道道地地的美国人。真是非常奇怪,这个女人的身上有一股东方神韵:知性、妩媚、淡雅,也难怪能迷倒伍迪·艾伦。这样的女人就像一泓静水,在水里面,总应该藏有一些秘密才对,就像水草摇曳。有水草的去处,才是一泓极致的水。

梦的私密与无限

前几年，看西班牙电影《露西娅的情人》，当时真有惊艳的感觉：画面是那样漂亮，女主角是那样漂亮，情色同样也处理得那样漂亮。那样的美，有一种燃烧的感觉——就像光与影在呼啦啦地燃烧，又如临终之眼的回眸。也就是从这一部电影，我知道了导演胡里奥·麦登，也找寻了他的其他电影，比如《牛》以及《红松鼠杀人事件》，一看，更是活色生香。这是一个典型的西班牙的天才，似乎只有西班牙电影，才有如此绚烂的风格，也才有着如此诡异和玄妙的想象力。

我是很喜欢西班牙电影的，不，不完全是电影，还有书、音乐以及舞蹈。喜欢西班牙，是喜欢他们那种至情至性的方式，一种艺术的方式。一直以来，对于塞万提斯，对于毕加索，对于达利和努里艾尔，或者对于弗拉明戈舞蹈等，我一直如痴如醉。这样的爱好，自我内省，该是一种互补吧，因为内敛和胆怯，所以格外羡慕奔放和自由。胡里奥·麦登的电影,正好满足了深藏在我内心深处的欲望。在他的电影中,有迷宫,有梦,有历史,有哲学,有时间的错误和颠覆……它们错综复杂地交织在一起,仿佛大片大片的山野,杂花生树,杂树生花,如郁金香一样开放。

置身于这样的电影中,就像置身于博尔赫斯笔下交叉小径的花园,有一种坠入迷宫的兴奋和快感。

重点说一下这两天所看的《安娜的床上之岛》——据说,胡里奥·麦登拍摄《安娜的床上之岛》有一个不平常的缘起:胡里奥曾有一个妹妹安娜,两人自小在一起长大。后来,哥哥拍电影,妹妹画画。2001 年的一天,安娜在前往自己画展开幕式的途中发生交通意外,命丧黄泉。胡里奥悲恸欲绝,他一边开始零散记录手札,一边追寻着妹妹的零星影像。几年之后,他突然灵感顿生,觉得可以在电影中让妹妹魂兮归来。在电影中,胡里奥将前世、梦境和现世交织在一起,在那个美丽的女孩身上,匪夷所思地体现着时间的错乱和缠绕。可以看出的是,胡里奥一直想借助于燃烧的镜像,去还原一个真正的梦。生命在梦境中得到永生,而现实,只不过是梦的一段空白。

庄子有句名言:不知是我变成了蝴蝶,还是蝴蝶变成了我。的确,这不是一个笑话,而是一个寓言。胡里奥·麦登的电影,同样也是一个寓言。

我一直想,从努里艾尔到达利,从阿尔莫多瓦到胡里奥·麦登,这些高贵而天真的西班牙人,为什么如此执着于梦境般的世界呢？甚至那个堂吉诃德，都有一种生活在现实边缘的感觉。也许，西班牙人的文化传统就是这样吧，在很多时候，他们故意地模糊现实与梦想之间的界限，以魔杖般的艺术，去点化时间这台机器，探测那一片不知始末、无从头尾的暗黑底线。这些，都应该是他们血液里的东西，也是他们古老民族得以留存的秘密所在。这样的模糊和想象，一方面使得他们生活得极度自由；另一方面又使得这个国家，以及使用他们语言的人们，轻而易举地就占据了世界文学和艺术的制高点。看样子，上帝是格外垂青西班牙的，否则，怎么会给他们如此多的密码来诠释这个世界——文学和艺术，就是这个世界的密码，也是上帝的“金手指”。

看胡里奥·麦登的电影，还使我想到了另一个“鬼才”导演王家卫。在我看来，尽管王家卫也喜欢玩一些记忆和幻象，但他从没有让记忆和幻象如花朵一样绽放。因为它们没有根。王家卫的电影既无人的荒诞，也无世事的荒诞，他只是喜欢那些不知所云的影子，在空荡荡的“2046”飘来飘去，冥想或者玩味。而胡里奥呢，却在他的影像里，让情色如花一样开放，让艺术如花一样开放，也让时间如花一样开放。

是的，开——放。胡里奥·麦登的电影就像一朵花，一朵诡秘的花，一朵燃烧的火焰。那种迷眩的芬芳，其实是一种彻底而绝对的自溺和绝望，也是一种无可奈何的深情。一个人，当他来到这个世界上，你不得不承认，就已经置身于一个迷宫了。一个没有起点，也没有出口和终点的迷宫。这个时候，与其困惑地苦苦思索,还不如,将所有的东西点燃,然后,围绕着火树银花,去跳一场弗拉明戈舞。

这样的燃放真好,就如同电影中出现的那些画。据说,电影中那些瑰丽无比的画,就来自胡里奥·麦登妹妹的手。那是画吗?分明就是各种各样的植物、幻想、梦境与诗,还有人类各种复杂的情感。它们一直交织起来在燃烧,那美丽无比的火焰,让人惊鸿一瞥,然后目瞪口呆。

我们都是狙击手

一直喜欢枪故事的电影。我所生长的年代是崇拜暴力的，小时候最崇敬的，就是电影和书中的神枪手了。这种情结一直埋藏在记忆里，直到现在看到有关描写神枪手的电影，也是大快朵颐。的确是的，三点一线，屏息凝神，千钧一发，百步穿杨……这样的过程，的确是有很大快感的。

印象比较深的，是那部好莱坞的《兵临城下》，一个关于二战时苏军与德军对垒的电影。在那里面，有一个非常英俊的苏军神枪手，当然，专业一点的称谓是狙击手。由英国小生裘·德洛饰演。这个犯了政治错误的小伙子枪法特别准，是苏联红军中数一数二的神枪手。在城市的巷战中，这样的狙击手是最实用的了，在很多时候，他们就像猎豹一样静静地埋伏在那里，等待着目标出现，然后一跃而起。这样的战斗方式不完全是凭勇敢，而是凭的技艺和智慧，还有冷静。那种冷静，是刀锋架在脖子上的死死的冷静。

俄罗斯自己拍的一部电影《敢死连》中，也有狙击手的情节。那是战争的僵持期了，双方都躲在深深的战壕里，阵地与阵地之间，埋着大量地雷。这时候杀敌的最好方式，就是射程长的步枪了。神枪手的技艺，就成了关键要素。电影中的德国神枪手曾是奥运会射击比赛的冠军，他不仅枪法准，还像狐狸一样狡猾。苏军这边呢，最好的狙击手是一个漂亮冷峻的女子。她从不苟言笑，总是若有所思。在这两个高手之间，开始了猫与狐狸的对抗。最后的结果是那个漂亮女红军赢了——几次交手之后，她判断出了对手的习惯和性格，借助于一面小镜子，稍稍反射一点光，狡猾的敌人以为是步枪瞄准仪的反光，于是射击。在敌人开枪的同时，她确定了敌人的位置，扣动了扳机，子弹划着尖厉的啸声命中了目标。对于优秀的狙击手来说，一枪就够了，放第二枪的话，既是浪费，也是耻辱。

我还在央视电影频道看过一部叫作《狩猎者》的国产电影，这同样是狙击手题材的。背景是抗日战争时期，一个少年为了复仇，一直背着一杆破布包裹着的三八步枪，像打野兔一样袭击日本鬼子。从艺术角度上来说，电影虽显笨拙、生硬，但还是很好看。毕竟，那种屏息、瞄准、发射的过程，令人欲罢不能，在这个过程中，艺术本身变得不太重要了。

好莱坞的《生死狙击》，让人觉得惊心动魄。这是现在的故事，这个时候的狙击手，相比于二战时期，就要复杂得多了。主人公原先是一个美国特种兵，他的狙击设备，不仅仅有红外线瞄准仪等，还有高科技的设备，比如风速、温度测试仪等。他不仅可以在数公里外命中目标，甚至在与武装直升机的对垒中，也可以一枪击毙飞机驾驶员。真是“动物凶猛”！这个优秀的狙击手在非洲一次行动失败后，回到美国后退隐山林。直到有一天，一队人马找上门来——原先的上司让他去执行一次保卫总统的行动。没有想到的是，这一次行动完全是陷阱，他的女友被人杀死，自己也遭人追杀。狙击手愤而复仇，在清脆的步枪声中，一场猎人与野兽之间的精彩游戏拉开帷幕。

有关狙击手的电影还有很多，但内容，似乎都很相近。最近看到的一部好莱坞的电影《通缉令》似乎有点新意——那种酷毙了的方式，简直是对传统电影以及传统狙击手的颠覆。那些神枪手们，不仅动作潇洒，拔枪飞快，甚至有让子弹在空中拐弯的技能。他们一面洒脱地呷着红酒，一边幽默地说着俏皮话，说着喝着之间，突然拔枪，子弹便在划出一个很大的弧线后，击中对方的后脑勺。在一刹那，还可以清晰地看出子弹上镌刻着的“GOOD-BAY”字样。这样的方式看得让人目瞪口呆。这些人已不是传统意义的狙击手了，他们是现代的“sniper（狙击手）”。

从网上查，sinper 源于 1773 年前后驻扎在印度的英国士兵的一种游戏。在漫长炎热的季节，士兵们经常通过猎杀一种名叫沙锥鸟（snipe）的敏捷小鸟的方式互相比拼。由于这种鸟非常难击中，因此长于此道的人被称为 sniper。后来，sniper 便成为专业狙击手的正式叫法。这个典故非常有诗意，我喜欢这种冷峻的诗意。

古井的潋滟

有很多艺术在形式之外有着无穷的真谛。从某种程度上说，形式已经承载不了丰富的内容了，只是一个空空的壳，而无穷的生趣却似活生生的小兽一样向外拱动。比如探戈，那种形式与内容的关系每每就像一场角斗，凛冽中暗藏着的热情总如无处发泄的火焰，散发着一种类似烧烤般的肉香，甚至带有温度过高的焦气。有一种东西如滋滋作响的油，弥漫在两人世界的情境中。

印象最深的是那部阿根廷电影《探戈》了。当我在漆黑的夜中看到这部电影时，我第一次感觉到舞蹈的纯粹。探戈真是可以表达所有的一切：欲望、克制、痛苦、爱情、情欲，甚至人与金钱的对抗、与物质世界的对抗。电影中高跟鞋的大特写，在木地板上的一回旋、一抬腿，灯光布置的全黑剪影，总是散发着一种纯粹的、原始的冲动，在银幕上如水一样漫过来。电影开始，干净得连音乐都没有，只有鞋跟清脆的敲击声。许久，音乐才慢慢响起，整部电影故事，就是在这种若即若离的纠缠中，暧昧地展开着、变幻着。

说到电影中的探戈，自然离不了由马龙·白兰度主演、贝托鲁奇导演的经典片子《巴黎最后的探戈》。这部电影算是一部情欲片吧，之所以有大段探戈戏，就因为在探戈中能更好地表现两个人之间的缠绵。电影中最经典的一场戏是：男女主人公在小餐馆吃饭，由于音乐挑逗，两人相拥着滑入舞池。然后，舞池里满是旖旎的灵魂和花朵，冰火相抗，自甘沉沦。最后，女主角竟然仰面倒下，任男主人公拖来拖去。心理上的抵抗在身体面前溃不成军。探戈散发的魔力似乎是很难抵御的，在它的形式中，似乎有一种抑制不住的情欲成分。表面上是克制和转化，其实灵魂却如蛇芯子一样伸伸缩缩。

当然，也有一种争斗与缱绻是让人噤若寒蝉的，那就是两个男人之间的探戈舞。在王家卫那部著名的《春光乍泄》中，因为是到了阿根廷，两个男人的生活中便有了探戈的介入。我看着电影里两个男人相拥在浮华的时光中，总觉得有着魍魉之气扑面而来。这时候的探戈便变得阴鸷了，在那种氛围中，总有一点蓄势待发的背叛，轻佻而残酷，僵持着，无休无止，像恐怖一样长远。

但探戈还是有着表情和生趣的。这当中最具代表性的要数《女人香》（又译《闻香识女人》）和《探戈课》了。前者是我很喜欢的一部电影，艾尔·帕西诺简直可以说把那个盲人上校演活了。华丽的舞会于盲上校来说是空泛的，是另有体验的，但他的探戈却有一种别具一格的纯粹感。似乎在这里，缠绕的双腿和摇曳开衩的裙摆是真正的表达，没有情色的欲望。对于盲上校而言，探戈并不是一种幻象或桥梁，它就是生活本身，就是生活的意义。而这时候，探戈是不带有鬼魅气的，相反，它有着阳光般的温暖，有着生活繁复的生机和细节。电影中盲上校和美女共跳探戈舞的镜头堪称经典。而在英国女导演莎莉·波特的《探戈课》中，探戈又显露了它美好的一面，原本阴郁的中年女人生活灰暗，正是因为探戈的介入，整个生活才变得灵动起来，如蛇一样绕动着华丽的梦幻。

探戈在其他电影中也有大量的镜头。比如说，《印度支那》中的舞会，探戈在这里似乎舍弃了人的因素，留下的只是一招一式，空乏、虚假、倦怠如正午的风；而阿尔莫多瓦的电影《高跟鞋》中的探戈步则诡异而讽刺，散发着一种幽默的气息，那似乎不完全是情欲，而只是女性之间的那种争斗或者依恋，那种捉迷藏似的莫名；还有《邮差》，在一个意大利小人物的眼中，诗人聂鲁达与妻子的翩翩起舞，散发着一种奇异而美好的气息，如溪水一样生动和亲切，这时候的探戈又似乎是明澈的、干净的、纯朴的，有着青草的芳香。

……看了那么多电影中的探戈，这才觉得，探戈是多么难以确定的一种东西。就如同灯谜，最根本的禁忌，就是你用尽比喻，却不准出现在谜面上的词。探戈究竟是什么呢？它不是一种舞蹈，它是人潜藏于内心的欲望和诡秘，就如同古井中闪亮的潋滟。

平淡的真实

我总是对一些简单的东西保持着敬畏和亲近，因为任何简单的东西都让人不敢小觑，往往隐藏着至理，隐藏着与生活的底质相近的东西；而一个东西如果过于复杂，人工的痕迹必然很重，虚假的成分也就多了。对于电影来说，也是如此。好莱坞显然是拍复杂电影的高手，他们能把一个故事拍得纷纭异常，扑朔迷离。但这样的故事离现实是比较远的。而简单的故事呢，你完全可以从生活加以发现，等它有一天在银幕上出现的时候，你会感到异常亲近，然后会突然地意识到，生活就是这样，沧桑和绚丽之后，唯有平淡才是真实。

简单故事的传统当然是在东方。在近来的电影中，能把一个简单故事讲得美妙无比的，也是东方。这当中的大牌有：越南的天才导演陈英雄，他的《青木瓜之味》真是好，每一个镜头都那么宁静，宁静得有一种禅无意之中渗透出来。陈英雄在法国长大，好像学的是电影专业吧，但他的根却在东方，他有着东方的思维方式以及隐忍、淡泊的哲学思想。往下排就是韩国的许泰豪了，在《八月照相馆》当中，他能把一个简单得连一片完整故事都没有长成的过程讲述得像一首淡雅的诗。这就是一个简单的故事，甚至连构成一个故事的元素都没有，就像一棵树上结的一颗青涩的果子，只是刚刚露出个毛茸茸的头，然后便凋落了。但许泰豪仍然将这个故事拍出了花一般的美丽。这应该是一种反衬吧，花越灿烂，凋落的果子便越感到悲伤。这样的故事可能很多人都经历过，但似乎谁也没有让这样的情感完全地醒悟，只是在朦胧中，就让岁月的风沙吹逝了。但许泰豪让我们明白那些细茸茸情感的分量。许泰豪就是固执地用他的审美方式，给我们以美好的提醒。

当然，以一种思想和认识方式整体推进简单故事的，应该是伊朗的电影了。阿巴斯·基阿鲁斯塔米、马基德·麦吉迪、贾法·帕纳希……这是一连串的名字，他们把简单的故事讲述得炉火纯青，就如同《圣经》一样隽永长存。给我印象比较深的是《穿越橄榄树林》《樱桃的滋味》《小鞋子》等，那样的电影真叫简单啊，也真叫沉闷。比如说《穿越橄榄树林》，就是两个男女演员之间的对白，还不算是对白，只是男青年深情倾诉，女青年木然聆听，一遍又一遍；而《樱桃的滋味》，则是那个想自杀的工程师开着车到处寻找自己的掩埋人，一遍一遍地在盘山公路上绕来绕去，都把观众绕晕车了。但这样的简单故事却让人永远也忘不掉。在我看过的几千部电影中，很多复杂的情节我都忘得一干二净或者线头缠绕在一块了，但这样简单的故事，却历历在目，难以忘怀。需要说明的是，伊朗电影都有着很浓郁的宗教情感，归结起来说，就是关于心灵，关于死亡，关于爱情，关于生活……电影，也是为了表达他们对于这一切的清晰理解。

在中国台湾，杨德昌算是一个讲述简单故事的高手了。他的《一一》真是好——一个家庭在很短的时间内发生的简单琐事，它们分别是：忘却、失落、寂寥、背叛、亲密、寻找……这些平淡似水的琐事可以说是貌似简单的复杂，也可以说是貌似复杂的简单，就看你怎么理解以及站在什么样的人生高度上去理解了。但你分明能感觉到，这些都是这个世界，或者说是整个人生的故事啊！能够以一个简单的故事涵盖这样大的内容，而且不动声色，不时有着点睛的情趣，真可以算是"冷静酷烈"了。杨德昌真算是一个大智者了，大智而大悟，虽然他的镜头面对的是生活的实景，但他分明是将一个镜头一个镜头如锤一样敲打在你的身上，你能感觉到那些貌似客观的镜头后面其实有着一双智慧无比的双眼，一些东西如水一样漫上你的胸口。在看完《一一》之后，我久久地没有站起身来，在我的内心深处，涌动着激越，也生长着平静，这种平静和激越交织的滋味，我明白了，这就是生活的原汁原味。

《一一》是什么意思呢？我没有看到杨德昌的有关解释，我在臆想：杨德昌给我们展示的故事，算是一个"一"吧，电影之外的呢，也是一个"一"，那么"一一"之后呢，应该还是"一"，一个永远的"一"。就如同人生，每个人实际上都是在重复着别人的故事，永远是"一"，永远不是"二"。

绝色的伤口美艳的红

我一直弄不明白为什么春天会让人如此忧伤。按说，这是一个春暖花开的日子，万物复苏，处处洋溢着朝气和生机，但我所看到的、所听到的，除了一些天真和矫情之外，春天给人本质上的，却似乎是一种忧伤的感觉。前几天看法国大导演罗麦的电影《春天的故事》，这或许是一个在春天里最不忧伤也最平淡的故事了，但整部片子却总是在淡定之中，有一种说不出来的苦痛，或许还有故作麻木，却绝不矫情。罗麦是我最害怕面对的导演之一，他所拍的电影就像是老僧入定，有着一种非凡的定力，可以完全不顾观众，只是在那里喋喋不休地述说着一个最平常的故事。在他的电影中，人物不停地在说话，不断地走来走去。看罗麦的电影，简直像是在与一个禅功极好的老僧进行着一场定力比赛，就如同《西游记》中的某一回，唐僧在与一个什么大仙比赛定力一样。这个功力极强的老家伙是最会不动声色的了，只是偶尔，在一直内敛着不露之后，突然就压抑着放出一点闪光的东西来。等到你尚未意识到，或者正在琢磨时，他又恢复了他的喋喋不休，继续像一个“最言家常话”的老僧，又在那里混迹于最平常的模样——但我知道，这样的家伙在我心中，是有着大悲悯的。

比较而言，我还是喜欢《春逝》这一类电影，喜欢那种浅薄的诗意。那往往将春天拍得风轻云淡、风花雪月，尽显忧郁和哀思。一个年轻的男子通过一场似是而非的恋爱，在春天里真正地成长起来。他在这个春天所明白的，不仅仅是爱情，还有世事的美丽、无常以及哀伤。爱情，对于那个大男孩来说，就算是一种机缘吧。人的一生，往往因为某种机缘而醒悟，只要醒悟了，春天就不会消逝，另一种概念的春天就会来到。这大概就是《春逝》的真正意义吧。

有关春天具有代表意义的电影自是《四月物语》了，这部岩井俊二的电影就像是有关春天的一首奏鸣曲，新润，唯美，纯净。四月的东京正是落英缤纷的季节，如花一样开放或飘落的还有很多多情落寞的心，只有在最美丽安宁的氛围之下，最隐秘的情怀才有着诗意——当然，我感兴趣的还有一部电影，那就是今村昌平的《红桥下的暖流》，这部电影所表现的情节也是发生在春天吧。我总有这样的臆度，我喜欢这部电影的一个重要理由是：它有着惊人的想象力，调皮、谐趣、智慧，像一个高僧仙人所说的凡尘故事，曼妙无比又活色生香，有着一种甚嚣尘上的快慰和达观。

当然，关于春天的电影，还有《春光奏鸣曲》，说的是乔治·桑与肖邦的爱情故事，蹩脚而世俗；还有《小城之春》，家国的隐忧以及爱情的迷离，犹如一场春梦了无痕，在南方的小城和细雨中……当然，还有另外一种意义上的春天，比如说朱丽叶·比诺什主演的《浓情巧克力》，巧克力的意象就是春天，也是情欲和人性。而在墨西哥电影《衰仔失落园》中，就更是那样了——懵懂少年，总是在情欲勃发中成长；在情欲释放中明白世界；在情欲颓然中变成一个真正的男人。

我记得是在某年的3月2日，城市的天空震响了春天的雷声，当时，还夹杂着很大的风雨。在草丛中，在人们的身体里面，在心灵之中，有很多东西被雷声惊醒。我知道春天又来了，花儿会开放，鸟儿会鸣叫，人们会躁动不安。在这个春天的城市，又将会发生很多故事。人们总是喜欢在春天里播种爱情，在春天里收获爱情，这是一厢情愿吧，在春天里凋零或者逝去的爱情或许比例更多。

忧伤仍如浮云一样笼罩。最忧伤的是南方了，南方在春天里受到“非典”的重创。而在香港，一个有着女人心的男人，因为无法逃避自己的忧郁，以飞翔的姿势从24层楼上跳了下来，与此同时，有一首歌却以同样的姿势升空。在那首曾经的《红》中，张国荣这样唱道：“红，像蔷薇任性的结局/红，像唇上滴血般怨毒/在晦暗里漆黑中那个美梦，从镜里看不到的一分阵痛/你像红尘掠过一样，沉重/心花正乱坠，猛火里睡/若染上了未尝便醉，那份热度从来未退/你是，最绝色的伤口……”

电影，便以这样的姿态凝视春天。然后，引领我们逃遁。

春天，是最绝色的伤口吗？

梦境之花

一直很喜欢向日葵的，那是因为童年的记忆吧。童年时代我生活在皖南山区的一个小乡村里。在乡野里，除了一些零星的富有野趣的小花小草之外，身边最多的，就是金黄色的向日葵了。我印象最为深刻的是我家的后窗正对着一块坡地，坡地上总兀立着几株向日葵，每到夏天，晨曦出现的时候，我总通过摇曳的向日葵看到升起的太阳。那时，在我的眼中，向日葵平白如水，她单纯而亲切，明朗而幸福。虽然当时的环境赋予了向日葵太多的内容，赋予她感恩、忠诚和别有用心的绚烂，但在我的眼中，这种朴实而单纯的花只是金黄和通红的辉映，就像一幅单纯的画，一直镌刻在我的记忆里。

后来，我离开了那个小山村，有关向日葵的影像也变得不真切了。在很长时间里，我甚至忘了这样一种极普通的花。前几天看索菲娅·罗兰主演的老片子《向日葵》，当影片开始，一望无际在风中摇曳的向日葵扑面而来的时候,记忆的阀门突然打开了,一种无比亲切的暖意涌上心头。我又嗅到了往昔岁月的味道。

但向日葵给我的感觉已今非昔比了。当我再一次面对向日葵,面对她金黄与通红的辉映,面对她火轮一般的炽热,我现在的第一感觉是:这种金黄色的圆轮花有着一种很复杂的气质,她有着一种隐藏在单纯之后的巫气,也有着一种复杂之后的简单。我知道我的感觉源于一种敬畏和皈依,那是一种宁静而纤细的第六感。但我说不清楚向日葵复杂在什么地方,简单在哪里;为什么复杂,又为什么简单。但她表面的明朗,似乎总遮掩不住难以诠释的神秘。

还是说电影吧。维托里奥·德·西卡导演的《向日葵》说的是一个令人心酸的故事,讲的是战争对于家庭以及爱情的伤害。电影中向日葵寓意的是一种忠诚吧,或者还寓意着生命的茁壮和轮回。影片中一望无际的向日葵出现在俄罗斯大平原上,在向日葵下面,埋葬着无数在战争中死去的军人和平民。无数的死魂灵使得向日葵格外绚烂。向日葵在影片中反复出现,直到影片的结尾,仍然是"金黄色的海洋",而此时,战争的受害者索菲娅·罗兰泪流满面,徒叹命运。灿烂的向日葵与泪水涟涟的脸,应该是一种强烈的对比。绚烂的向日葵似乎是从不知悲苦的,但她的绚烂,似乎是悲苦至极的一种转化。

看过电影中有关向日葵的意象,阀门算是彻底地打开了。日本导演竹中直人的《东京日和》中,似乎也有着向日葵。这部片子讲的是一个简单的爱情故事，拍得春情脉脉、细雨和风。电影没有任何情节，只是平淡而幽远地述说，似乎连浓烈的情感也成为奢侈，有的只是两人之间的默契和坦荡。在电影中，向日葵一开始是作为背景出现的，不引人注目，而到了后来，向日葵的意象一下子明显了，画面中经常有两株向日葵肩并肩地立在一起，就像两个相亲相爱的人。这时候的向日葵更有一种拟人的况味吧，似乎已不是一种植物，而是一种象征。我在想，在竹中直人的眼中，什么是最好的爱情呢？就是如两株向日葵那样肩并肩地站立吧。

将向日葵描绘成一种梦幻气质的是北野武。电影《花火》中有个很小的情节涉及向日葵，却是绝妙的点睛之笔——主人公的朋友崛部在受伤瘫痪后以绘画消磨着时间，他的绘画异常奇妙。有一天他在长久地凝视向日葵之后，竟然在图画中把向日葵的花盘与一头狮子联系在一起，然后在这样的葵面狮身旁，涂抹上斑斓浓烈的色彩。这样诡异抽象的画面让人陡生暖意，有一种感动让人潸然落泪。这是一种渴望的潜意识吧，也是死亡的潜意识。当影片的最后，主人公与他身患绝症的妻子一同自杀身亡的时候，我突然明白北野武想告诉人们的就是，死亡并不是阴鸷和悲伤的，而是绚烂和梦幻的，就如同向日葵的绚烂开放。也许，越是凄凉悲惨的东西，越可能拥有本质的热烈吧，就如同炽热的花火，就如同绚烂而明朗的向日葵。

……现在，在我们的身边，已经很少能看到向日葵了。我们整日生活在城市里，看到的，都是优雅的、含蓄的、精致的让人生出怜意的小花。而骨节粗大、朴实恣意、嚣张无节制的向日葵，是得不到人们青睐的。以至于人们越来越远离这种简单而复杂的花朵，也忘记了向日葵本身所暗藏的意义（如果她还有意义的话）。庆幸的是，在影片中，我又发现了她，也明白了她。看完《花火》的那一天，我因为影片中的葵面狮身像而失神，那样的画面，在我内心的宣纸上洇了开来。也就是那天晚上，在梦中，我梦见了一簇簇旋转而来的向日葵，就如同凡·高笔下的炽热和迷幻。我突然明白向日葵的神秘之处了，她就像一个梦，一个远离家园的梦，眩晕而明朗，黑暗又明艳。梦是没有答案的，这种梦境之花，同样也不会有答案。

天才的代价

《莫扎特》是第57届(1985年)奥斯卡奖获奖电影,在这一届奥斯卡中,《莫扎特》获得了空前的成功,它一共获得了包括最佳电影、最佳男主角在内的八项大奖。这部电影华丽而壮观,尤其是音乐,整部电影都以莫扎特的音乐作为背景,令人震撼,情节也引人入胜,导致冲突的是一种刀尖似的复仇愿望。

对莫扎特,我一直是噤若寒蝉的,我惧怕和敬重这样的天才,甚至不敢妄加评价。试着想一想吧,一个人3岁就会弹琴,5岁就会作曲,而且出手即是天籁。这样的天才让人震惊,也给人以无限的压力,甚至引起人们关于生命的疑问,怀疑造物主的厚此薄彼。影片不是正面叙述莫扎特的生平,而是选取了莫扎特进入奥地利后,与宫廷乐师安东尼奥·萨利埃雷的冲突来展开莫扎特的后半生的。萨利埃雷也算是一个成功者了,一个毕生都非常努力的人,一个音乐大师,但他在莫扎特面前所呈现出的渺小让人感到心酸。莫扎特与生俱来的音乐想象力,他的行为方式,他的无羁和创造,他在无意识中所达到的惊人高度,都寓意着其他人的无足轻重。人和人的确是有着区别的,有许多人,似乎是从一生下来,就有着其他人似乎要努力一辈子才能达到的水准。什么是“天才”,天才就是体现着天意,让人感觉到自然的规律,感觉到“上帝”的偏爱性。

但这样的天才明显是给人以压力的。当一个平庸而又不甘平庸的人面对着天才轻而易举所达到的高度,而这样的高度又是平庸的人奋斗一辈子追求不到的境况时,这时候一般会剩下什么,只有嫉妒和一种共同毁灭的欲望。即使是毁灭自己,也心甘情愿。影片中的萨利埃雷即是如此。

在这样的背景下,也难怪一个天才在平庸世界里会感受到凶险了。天才是鄙视平庸的,平庸的人群也会以牙还牙,这算是永远的冲突吧。正因为无节制地挥霍天才以及与平庸的冲突,莫扎特在35岁那年便早早地去世了。元神用尽,天才便如天上的流星一样陨落。当然,这样的陨落方式,也是有着美丽无比的弧线的。

由《莫扎特》,我想起了前些日子所看的另一部有关音乐家的电影《希拉里和杰奎琳》(*Hillary And Jackle*)。这部电影叙述的是英国天才女大提琴手杰奎琳·拉普蕾和她姐姐希拉里·拉普蕾的故事。与姐姐相比,杰奎琳明显的就是一个天才了,她在很年轻的时候就将大提琴拉到了世界大师的水平。而同样学音乐的希拉里却相当平庸,最后成了一个普普通通的家庭主妇。姐姐对于天才的妹妹是怂恿的,甚至当杰奎琳提出要与姐夫同床时,姐姐也满足了她这种近乎无耻的愿望。天才就是这样,他们总习惯于漠视规则,任性而自私,对于艺术是这样,对于道德也是如此。而希拉里似乎天生就是一个天才的知音,就像衬托着美玉的砂石。她知道妹妹作为天才的残缺,能够领会天才的万念俱灰,更能够懂得她的支离破碎。天才与痛苦往往是并蒂莲,一个人在拥有才华的同时不可避免会拥有痛苦。这种痛苦的来源就是因为天才有着比常人更敏锐地感觉到不完美和缺陷的能力。拉普蕾就是这样,看起来如任性的孩子一样的莫扎特也是。

我有一盘拉普蕾的CD,上面收集了拉普蕾所演奏的艾尔格、海顿、贝多芬的曲子。在她的琴声中,我能感觉到那种极致的孤独,那种巨大的忧郁烟波浩渺,能够将听众淹没。也许天才来到这个世界上的目的就是以自己的稀世制造欢乐,以博得荣誉。而当使命行将完成之时,生命便会画上一个圆满的句号。拉普蕾即是这样,当她只有30岁左右的时候,便染上了一种怪病,全身颤抖,然后瘫痪。天才是需要付出代价的,因为他(她)生命的形式跟别人有着区别,往往是将生命的能量集中而快速地释放。就如同烟花,寂寞而灿烂。这样的释放方式,自然灿烂无比。

我时常感到庆幸的是,我不是一个天才,我只是一个平庸的人。我喜欢一种温和的生存方式,缓缓地度过人生,就像一棵树,先长出树叶,然后开花,然后结出一颗平凡的果实,然后脱落老去。

欧洲脆弱的心脏

一个人对某一个地方的向往和情感有时候竟是莫名的。比如我，就一直莫名地喜欢着西班牙和捷克，还喜欢印度。实际上我从来就没有到过这些地方，也不太了解那里的人和曾经发生的一些事情。有一个不知名的读者，前些日子经常给我写信，谈他（她）读《夜兰花》的一些心得。有一次在我写了一篇关于西班牙电影的文章之后，他（她）来信说自己也是莫名地喜欢着西班牙，还莫名地喜欢捷克，这真是跟我意趣相投了。这位读者的信写得极好，隽永哀怨，能够在忙乱的时候聆听这样的声音，真是可以畅达悠远。

不说西班牙了，说一说捷克吧。捷克在地理上处于欧洲中心，文化艺术跟北边的波兰、东边的苏联、南边的匈牙利和奥地利以及西边的德国相互影响，这种独特的地理位置造就了那股粗豪之气中透着灵巧和飘忽的神韵。捷克真的是个沉郁的民族，像空椅上的花环,宁静而深情,而且一直特立独行。记得小时候看《好兵帅克》的书和电影,一直感到难以理解,那个捷克小人物为什么选择一种搞笑的方式来对待这场战争呢?他不能选择一种其他的方式吗?譬如说你死我活,譬如说逃离战场……后来看米兰·昆德拉的小说《生命中不能承受之轻》以及那部英国拍摄的、由刘易斯与比诺什合作的同名电影(也译作《布拉格之恋》),对于托马斯那样自甘堕落的不合作方式也感到有些别扭,他为什么在祖国沦陷的时候沉沦于女色或者是哲学的思辨呢?相反,我倒是喜欢德沃夏克的音乐,那倒是有着激情的,也有着缅怀,不沉重,有一种如释重负,不过那是因为德沃夏克后来去了美国吧。

前些日子看捷克出产的电影《柯里亚》(又译为《给我一个爸爸》),突然地,似乎对这个国家有些明白了。这部电影有着典型的捷克风格,大提琴手鲁卡是一个不羁的浪子,迫于生计,他只好跟一个不认识的俄罗斯女子假结婚,帮助她取得居住权,以便换取可观的酬劳。谁料婚后不久,那女子便把5岁的儿子柯里亚丢下,自己逃到西德去了。鲁卡没法,只好一个人带着不属于自己的小孩子……我明白这个弱小国家国民的想法了,正因为捷克恰恰是欧洲的心脏,是心脏,所以格外容易受伤,在一次次的受伤之后,这个国家似乎再也没有激情来进行争斗或者反抗,也没有那种以卵击石的勇敢了,它只能选择一种委曲求全的方式,以一种沉默和漠不关心来对待强权。

这部获得1997年奥斯卡最佳外语片奖的电影充分地展示了

捷克的国民性。整部电影虽然处于一种忧伤的背景下,却没有忧伤的情调,相反地,还有着幽默和乐观。也许捷克人就是这样吧,正是因为弱小,所以才没有那种剑拔弩张的强悍,一切都是游刃而回旋。当命运不以自己的意志为转移时,他们往往会选择回避与忍让;或者移情于生活和艺术,钟情于音乐与啤酒,对于他们来说——小国是没有资格玩政治的,政治是实力的魔杖,也是莫大的风险。

因为这一点,所以我真正地理解了"好兵帅克",这个小国军人会将所有的委屈都通过一种幽默的方式加以表现,有点玩世不恭,有点视人生为游戏。在长期的颠沛当中,捷克找到了自己最佳的释放方式:当一个人含着眼泪和委屈微笑着吟唱时,这首歌一定会成为不朽的清音。这样的感觉还让我想起另外一个人,那就是一辈子都生活在布拉格的奥地利人卡夫卡。卡夫卡在自己的所有作品中都明显地作践自己,把自己视若粪土,视作甲壳虫或者地鼠什么的,但这个明显自卑和谦恭的人,却以自己的作品奠定了不朽的地位。也许历史就是这样的一种东西,伟大的,可以变成腐朽的;卑微的,可以成为永恒的。捷克人是深得历史三昧的,所以他们能够用幽远忍让的态度去对待现实,从而赢得历史的尊重。

举一个实例来说吧,在 1968 年那个寒冷的"布拉格之春",苏军入侵布拉格,这时候的捷克人选择了什么呢?他们只是在街头张贴了很多漫画,并且摘下了路标和自己家的门牌,使布拉格成了全世界唯一没有路标和门牌的首都——这就是捷克人反对外族入侵的方式;但他们等到了,等到了苏联军队的平静离开。

曾经有一段言论,是论述布拉格的:“对于人类的生存处境,卡夫卡提供了阴郁的寓言,昆德拉提供了斑斓的象征,哈维尔提供了政治的实验,三者都达到了顶峰,布拉格真是让人嫉妒。”

这个国家给人的综合印象是什么呢?无论在思想上,还是艺术上,或者是世界观上,哪怕是在电影上,它都是——非主流。

日本式的简单

几年前我看岩井俊二的《情书》，那一种唯美的简单让我无比感动。那就像一首隽永的情诗，在字面上只有几行，却回味无穷、清丽婉约。后来我又继续看了岩井俊二的其他几部电影，包括《燕尾蝶》《爱的捆绑》以及《四月物语》，岩井俊二的风格始终如一。比较而言，《四月物语》更像是一篇优美无比的散文，在拍摄这样的散文过程中，传说岩井俊二曾与女主角的饰演者松隆子相恋了。这也难怪，在这种唯美的背景下，势必会产生一些单纯而美妙的情感。

我时常感叹的是，在世界越来越纷繁复杂的背景下，在内心越来越坚硬的状态下，岩井俊二能够意识到情感的珍贵，以一种纯朴的心态去认识和发现它，这本身就应是一个值得尊敬的举动。比如说《四月物语》中的那个女大学生，发奋考到东京，是因为暗恋着一个上一届的男生。这样美妙的情感，也使她的人生就此受益。影片中,女孩甚至连跟那个男生对话的勇气都没有,只是暗恋,但这样的情感真是幸福,暗恋别人的人与被人暗恋的人,都是幸福无比的人。

竹中直人的《东京日和》,也是一个简单的爱情故事。唯美无比的镜头与音乐,尤其是女主角中山美穗,那么清丽淡雅的一个人,她套着一件茶绿色的薄毛开衫在东京晚春的街道上满腹心事地行走着,周围一派妖娆的绿色,那种景象,实际上就是"东京日和",就是电影所追求的一种简单而永恒的情调。而这时候,连爱情本身都变得不重要了,情感化了,化成了周围的风花雪月。

日本就是这样一种文化,在很多方面,它都是简约的,简约得接近朴素,但似乎又不是朴素,在它的骨子里,它比朴素要高,比朴素有着更深的精神和感觉。日本的审美中有很多佛教"禅"的东西,"禅"是什么呢?就是一种可以感觉而无法表达的东西,是一种横向的联系和综合,是一种氛围的提炼和集中,是一种写意和暗示。有"禅"的时候,镜头和语言都会可有可无,只剩下一种和谐,让你暗自欢喜。

这样的表达当然是有着传统的,我最喜欢的日本作品《源氏物语》,还有《雨月物语》以及谷崎润一郎等的作品,都是满纸的秋叶蝉声。在电影表现上,日本也是有着传统的,比如说黑泽明,比如说小津安二郎。相比较黑泽明,小津的作品就更简单了,有点像室内剧,都是些简单得不能再简单、琐碎得不能再琐碎的事情,但小津就是通过摄影机后面那双安安静静的眼睛,安安静静地说着一些安安静静的故事。

小津的电影其实我看得不多。市面上只有那部著名的《早安》。这部《早安》的故事真叫简单呀,邻里之间的鸡毛蒜皮,两个小兄弟为了父母不买电视机而赌气拒绝说话。其他的还有什么呢?没有了。但就是在这样简单的故事中,你能察觉到小津的镜头背后有一种深藏不露的东西,这种东西是什么呢?你能感觉得出,但你说不出。

附带地说,在《早安》中,两个小兄弟只是为了没买电视机而赌气不说话,大人们却以为他们是在拒绝着人与人之间的客套和废话。其实小孩子的思想才没有那么深邃呢,都是大人们的自以为是。我的一个离题的想法是,对于人与人之间的交往来说,废话真是不可或缺的一种东西,只是人们应该适当节制,一种没有节制的废话才是真正可怕的。

当然,也可能小津只是自然地叙述这个故事,至于故事本身的意义,并不在他的考虑之内。对于一个导演来说,他只想把他感觉到的一些东西尽量地用镜头来加以表现,至于其他的,那是属于观众的事情了,属于电影评论家以及电影爱好者。但话说回来,当导演有这样思想的时候,他实际上就已经是一个深刻的导演了。

“除了解释,还只是解释/而所谓的意义/仅仅是在人们不断的/不同的解释之中/其中也包括我们自己。”这是哈姆雷特的一段自白,我在这里录下它,是想表明,我们有很多自以为是的解释，其实都是我们的一厢情愿。作为电影，作为表现力极强的电影，它的镜头所摄到的，永远会大于我们所思考的。这可能也算是小津们拍这些简单电影的一个理由吧。

有关越南的童话

有时候，喜欢一部片子，是因为喜欢电影里的风光，以及风光里暗藏的那种无法言喻的让人心动的东西。比如说《印度支那》这部老电影，最能打动我的是电影里越南的风光，海的韵味，宏伟漂亮的古殿深宅，热带沼泽湿气里一丛缤纷的异花仙草，翠绿无垠的田野，还有稻香万里，瓜果摇红。这一切都有着一种童话般的自然以及缓慢的诗意。当然，那本关于越南的杜拉斯的小说《情人》更是有着一种童话般的隽永。当时，杜拉斯还是一个妖冶的小魔女，岁月蹉跎，百变成精，到了后来，小魔女已成为乖戾的老巫婆了，然而老巫婆难以忘怀的还是自己的青涩岁月。在那部小说的开头，老巫婆喃喃自语：我已经老了，有一天，在一处公共场所的大厅里，有一个男人向我走来。他主动介绍自己，他对我说："我认识你，永远记得你。那时候，你还很年轻，人人都说你美，现在，我是特地来告诉你，对我来说，我觉得现在你比年轻的时候更美,那时你是年轻女人,与你那时的面貌相比,我更爱你现在备受摧残的面容。”

杜拉斯的《情人》洋溢着一种低沉而迂回的缅怀和质疑,却有着童话般的明亮和温润。不完全是杜拉斯的《情人》,在我看来,一切高妙的艺术似乎都有着童话的性质,它总是以一种单纯和明丽,击中你内心中最柔软的地方,然后在那片最柔软的地方埋藏着种子。终于有一天,你自己都想不到,那里会出人意料地开出花来,映出一点别样的红招摇于你的人生之中。

1997 年我曾经匆匆地在越南的老街市走了一圈。那是一个闷热的中午,街上几乎没有行人,我只是在市中心的铁锁桥上碰到几个穿着鲜艳的越南女子,看着我低眉浅笑。后来我在老街的免税商店里买了一瓶绿颜色的法国香水,然后又匆匆地回到红河。我的感觉就如同来到一个陌生的南方小镇。后来人们问及我对越南的印象,我说那哪能算印象,就如同在热烘烘的正午所做的一个梦,梦尚未开始,就已经结束了。越南的精髓,应该在海边的西贡吧,因为杜拉斯在西贡,《印度支那》在西贡,还有那部好莱坞的《猎鹿人》也是在西贡,而越南名导陈英雄的电影,也是在西贡。

有关让·雅克·阿诺的《情人》的电影我是不想提了,提起它,就想起扇叶转动的黑色的房间,从老屋子木缝射进的光线中可以看见灰尘在跳着舞,电影拍的是一种躁动,青春的躁动以及情欲的躁动。还有《猎鹿人》《现代启示录》《野战排》以及《全金属结构》，那都是战争，库布里克的金属概念以及奥列弗·斯通们眼中的黑洞概念，那也是一种躁动，战争的躁动以及兽性的躁动。

越南的精髓应该是宁静的，就像陈英雄早期的那些电影，比如《青木瓜之味》《夏天的滋味》，那里面真的有一种童话般的晶莹和剔透，精致而静谧，闲适而安稳。在静中，所有简单和纯朴悄悄地生长，灵秀和柔嫩也发芽滋生。这样都是童话的神韵，就是些青枝绿叶，花红藕白。而陈英雄后来所拍的《三轮车夫》，我并不喜欢，原先的简单和良善没有了，满大街都是困惑和杂乱，对于世界粗暴的攻击，还有黑帮诗人故作姿态地流鼻血。

当然，还有一种东西并不是童话，但我更愿意将它当作童话看待，就如那部法国电影《印度支那》。这部曾获得 1993 年第 63 届奥斯卡最佳外语片奖的影片，有着一种诗意和明亮让人怦然心动。在电影中，杂花的老树丛中是一幢幢红瓦白墙的殖民时代的小洋房，钢琴的絮语天天飘过绿影，飘过矮墙，飘过海边的庭院。炎热的午后，天花板上的吊扇开得多大都祛不了逼人的暑气。一切都是在百叶窗内外发生的故事。这当然是殖民者心中有关东方的一个梦，但我更愿意将其看作一个广泛意义上的童话。相比于德纳芙饰演的典雅而高傲的法国女子，那个越南女子更有着东方女性所具有的一种贤淑而成熟的媚态，一种低眉顺眼的浅浅微笑，安静的眼神偶尔也有着粼粼波光。而樊尚·佩雷斯的出现总是让人眼睛一亮，这个美极了的男人就像是热带早晨的太阳，也是童话中的王子。在童话中，王子不需用剑，只要用眼神和爱情，就可以击溃一切邪恶。

这样的电影也许是悲怆和沉重的，但在我的眼中，它却泛着一派澄澈的光泽，只是暗藏怜惜和疼痛。也许童话就是这样一种东西，不取决于题材，而决定于你是否有着童话的心境。譬如，你敢不敢将你的人生当作一则美丽的童话，而不管它乏味也好，坎坷也好，纯粹看作一道美丽的风景？

杜拉斯所说的“我更爱你现在备受摧残的面容”，也可以用来形容越南吧，一面破碎的镜子，仍然可以放射炫目的光。

等待自己的灵魂

一直挺喜欢伊朗电影的。看阿巴斯·基亚罗斯塔米的《橄榄树下的爱情》和马基德·麦吉迪的《小鞋子》是好几年以前的事了,那种缓慢的节奏和不断重复的对白虽然简单至极,但至今难以忘怀。想起来真是奇怪,这么些年来不知看过多少离奇的动作片、悬疑片,情节曲折,武打火爆,特技高超,但看了以后大都忘得干干净净了,或者就是纠缠在一起分不清彼此。相反,简单得不能再简单、平淡得不能再平淡的伊朗电影却清晰地像刀刻一样镌在我的记忆里。

喜欢伊朗电影,有时却很怕直接面对。尤其是在忙忙乱乱之后,好像都找不到自己的心,所以更是无法耐下性子来面对那种直白和简单的真实。思维混乱和麻木的时候,就渴望一种类似好莱坞大片似的东西搅动一下才舒坦。但搅动过后接下来是更大程度的烦躁。就如同吸毒,不断地加量,又加量,最后我们反而在这种刺激中迷失了自己。

这几天天气晴好，突然就有了看伊朗电影的欲望。于是将橱中买了很久却一直未看的几部伊朗电影一股脑儿地找出来，有《生生长流》，有《风中的玻璃》，有《女人三部曲》等。在完整的两天时间里，我一直沐浴在一种单纯的古风中，缓慢而静穆。这种感觉，就如同乘坐在古朴的牛车上，观看着两边不太美丽的景致，听着木轴在吱呀呀地转动，岁月如炊烟一样缓缓升空。这样的情景乏味而平淡，但偶尔路边有一两朵还算绚丽的野花跳出来，在你眼前一亮。在这样单调的旅程中，你会感到平静，感觉到生活的质朴以及欲望的简单。但灵魂如风，在简单的生活中我们可以感觉到一种清晰的力量无所不在。

这样缓慢的节奏最初让人感到无所适从。在这个世界无时无刻不在比拼着速度的时候，似乎只有伊朗电影在蔑视着速度的存在，它们一如既往地按照一种本来的节奏缓缓运行，享受着慢节奏带来的平淡的喜悦，让我们在慢节奏中回归到生活的源头。我认为伊朗电影更像是电影河流中的逆行者，以逆行获得舒缓，让我们溯流而上，感受源头之水的清澈。

我起初一直感到困惑的是，为什么在伊朗电影中，竟有相当的比例在说着儿童的故事。后来我明白了，只有儿童，才会以一种简单的方式去体味这个世界。而阿巴斯们正是想以儿童的故事，让我们回忆起我们曾经有过的光阴，关注我们早已忘却、麻木或者一笑了之的问题，提醒我们真理的单纯和简单，重新品味简单的可贵和凝重。

当然,伊朗电影值得我们尊重的还有那一份面对苦难的沉静,不是麻木,而是顽强,就像小草坚韧地从逼仄的岩石缝里钻出来。我一直认为,就人类与这个深不可测的世界的关系而言,光荣是虚假的,征服是虚假的,痛苦是虚假的……连快乐也是一种故作姿态,只有沉静,才是一种本质的真实。

电影《生生长流》中,主人公来到大地震后的灾区,他问一个正在架设电视天线想看世界杯足球赛的山区农民:在这场大地震之后,你还有心情去看世界杯足球赛吗?那个农民的回答却是:说实话,在地震中,我的妹妹和三个外甥都死了,但世界杯四年才举行一次啊!

这种对待生活和命运的沉静,算是人类生生长流的根本吧!

前几日中央电视台播放意大利大导演安东尼奥尼的那部享誉世界的《云上的日子》,虽然我已看过两遍,也拥有这部片子的DVD,但我还是认真无比地又复习了一遍。安东尼奥尼是一个极具东方智慧的导演。在第三个故事中,我又聆听到了剧中人在讲述那个富有东方智慧的寓言:在墨西哥,一个人要迁到山顶,请了当地人搬行李。走了一会儿,当地人停下来休息了。这个人怎么也叫不动他们。过了一会儿,当地人又上路了。过了一会儿又停下。这个人感到很奇怪,便问当地人:你们为什么总是要停下呢?当地人回答说:我们走得太快了,灵魂跟不上来,我们要歇一下,等灵魂跟上来。

也许伊朗电影所表达的是同样的意思吧,我们在现实世界里跑得太快了,自己的灵魂在后面,跟不上来了。阿巴斯们就是让我们歇下来,等自己的灵魂跟上来。

俄罗斯的隐忍

一个男人，端庄俊美，举止优雅，诚挚温和，充满人道精神，这个人自小在法国长大，他的俄语带着浓烈的法国口音。但有一天，他回到了祖国俄罗斯，带着他的法国妻子以及幼小的孩子，怀揣着满腔热情。但很快，他发现，自己落入了一个政治骗局，他的全家陷入了灾难。在此之后，为了逃离俄罗斯，他历经艰辛，忍受着最深切的耻辱、仇恨、痛苦和委屈，坚持着。终于有一天，他们逃脱了魔爪。生命在历经近20年后，画了一个巨大的圆圈，又回到了起点。岁月如滔滔大河，站在生命的末端，想起自己一生的意义就是拼命地游回起点，这样的感触一定刻骨铭心。

这是法国大导演雷吉斯·瓦吉涅的电影《东方西方》的故事情节。这两天，有人问我："这一段时间你看的最好的一部片子是什么？"我想了想，回答说："是《东方西方》，这是我这段时间以来看到的最有史诗意义的电影，它感动了我，甚至让我泪流满面。"

我说的不是一句虚话，的确是这样。这部电影撼动我的不仅仅是曲折动人的情节，更多的还是俄罗斯人那种特有的抗受苦难的能力。那个俄罗斯男人，在所有的通路都被堵塞之后，他没有放弃，或者麻木，甚至疯狂，而是坚守、忍耐，孤独地在黑暗中杀出一条血路来。这个过程是那样的悲壮，也是那样的孤勇。这个男人虽然自小养尊处优，文质彬彬，浪漫多情，但他的骨子里仍然流淌着俄罗斯人的血，坚韧、勇敢、无畏，有着对于苦难超强度的忍耐力。

我一直对俄罗斯民族心存敬畏。在我的印象里，这个居于东西方之间的民族，仅仅在历史以及艺术上的成就，就足以让人仰视。这个北方国家有着无垠而广阔的土地，冬日漫长而凛冽，白桦林在严寒中寂寞地延伸。地理环境对于人的性格的影响是巨大的，漫长的严寒不仅仅是严酷的，还有彻底的寂寞。这种严寒中的寂寞给人的感觉就像是"一个人在与整个世界进行对抗"。岁月一天天地过去了，环境和生活造就了俄罗斯人独特的性格：一方面，他们有着强烈的宗教情感，精神强大，无畏而大气；另一方面，却极度内敛而坚强，不屈不挠，忍耐力极强，能在万般磨难中，不放弃自己的理想和信念。这种感觉就如同一个人在大雪苍茫的荒野中独自跋涉。那种坚忍不拔的气魄和胸襟，散发着一种与斯同在的天地情怀。

我一直喜欢有关俄罗斯题材的电影，每次看，似乎都敬畏、忐忑。在这些电影中，总有一些震撼的东西，直通人的情感，也直通人类历史，比如《日瓦戈医生》，比如尼基塔·米哈尔科夫的电影《毒太阳》《西伯利亚的理发师》等。我从来不算是一个多愁善感的人，但这样的电影屡屡打动我，那是因为在它的内部隐藏着一种力量，一种历史的力量、人类的力量。一部作品，站在历史的琴弦上跳着震撼人心的舞蹈时，那种冲击力，相信是无人能敌的。

《东方西方》还让我想起了俄罗斯思想家赫尔岑的一件事。20世纪初沙皇当局绞死十二月党人五位领袖时，曾举行了一个盛大的祷告式。赫尔岑还只是一个12岁的少年，但他像当时最有良知的俄罗斯人一样，感到了耻辱、仇恨和痛苦。这件事对于少年赫尔岑的影响太大了。30年后，赫尔岑写道："我参加了那个祷告式，我当时只有12岁，隐没在人丛中，就在那里，在那个被血淋淋的仪式玷污了的圣坛前面，我发誓要跟这个皇位，跟这个圣坛，跟这些大炮战斗到底。"

赫尔岑的方式无疑也是隐忍。这种隐忍就如同俄罗斯人忍受着漫漫的冬日严寒，沉默如铁。沉默是一种巨大的力量，它是一种愤怒，更是一种僵持。只要存在着，就能够等到春天。

隐忍不是麻木，不是随遇而安。隐忍的后面是坚定，是由一种强大的力量支撑着，就如同花岗石。隐忍不同于麻木，麻木是一种放弃，是一种自我否定，因为没有坚持的力量，便松软了，腐朽坍塌，最后只剩下灶灰一样的蜂孔石。

以这样的视角去看待俄罗斯，我们便会感到在平静之下的汩汩潜流，感到岁月轮回的巨大磨难。在回顾着俄罗斯的历史时，我们甚至能感到一个民族隐忍的光辉。在隐忍中,在沉默中,延伸着自己的生命。就如同片中的主人公,他可以看起来很天真,也很单纯,甚至弱不禁风,多愁善感,但他同时也可以坚强如磐石。他的眼神,可以是孩子般的,也可以是友人般的,甚至是情人般的,但当他身负着巨大的灾难存活于这个世界上的时候,他的眼神,就满是什么都不明白的陌生,以及水火不近的冷漠。

春华与秋瑟

这几日一直在闲读日本的古代散文，比如《枕草子》，比如《王朝女性日记》。我一直喜欢日本古典文学当中的那一种淡定，以及文章当中那种洇开的伤悲。那种悲伤，不是刻骨铭心的，也不是撕心裂肺的，而是淡雅从容、悠悠闲闲的；它并不具体，而是虚化为氛围，雾霭般缠绵在你的身体左右，甚至尽在你前前后后的时光里。那一种感觉，就像久雨之后，太阳未升，你面对旷远的风景，明朗也不尽然，空蒙也不尽然；不是伤悲，也不是喜悦，就是那种水汽迷蒙，幽远寂寥。然后就让你在那里，什么也不想，什么也不做，意会着空山雨响，心中一种莫名的惆怅和无奈。

日本的电影似乎也是这样。日本几个早年的电影大师中，沟口健二的东西我尚没有涉及。小津安二郎的电影，我看过他的《东京物语》以及《早安》，看得干净透明，心如止水，然后便是混沌一片。有人在看过小津的电影后跟我交流，几乎是怯生生地问:小津真的是那么好吗?说得像一个神似的。——言下有点怀疑是不是皇帝的新衣了。我怎么说呢?以我的理解和感觉,我觉得小津是最不会拍电影了,也可能最不屑拍电影,他更像是一个日本传统的作家,只是以摄影机为笔,然后用这支笔来写文章。虽然拿的是那个写实的大家伙,但耿耿于胸的还是趣味、淡雅、幽远和空灵。

小津曾经说,“电影只不过是披着草包,站在桥下拉客的妓女”,以这样不屑的方式对待电影,便有了很多限制,比如,摄像机永远不能高过人的高度,对人,永远只能仰拍……有时候,艺术真是一种阴差阳错的东西,小津对电影化繁为简的理解,对电影的严格限制,也就形成了一种极度内敛的方式,变成了一种小津风格。于是我们就可看到小津电影中的淡定和戒律,似乎是真的应了佛教中所说的,由戒生定,由定生慧,在智慧的淡定中散发着静穆的芳香……我曾经与一个朋友探讨小津的意义,他说小津的电影中有着“禅味”,这是对的,都可以看出。但我觉得小津的电影中还有着一种被忽略的日常生活的况味,那就是东方文化中的“仁”。那种朴素平易的视角,谦和有礼的处世态度,一种恰到好处的距离感,以及在这种距离之间的圆融和收敛,还有诗的敏感和忧伤等,在任何时候,都是有着“仁”的光辉的。

关于日本电影,我以前曾经写过一些文字,我喜欢的是日本电影宁静中携带的一种淡定和幽远,比如《鳗鱼》,比如《幸福的黄手绢》,还有北野武的很多作品。甚至今村昌平的那部曼妙而富有生趣的电影《赤桥下的暖流》,那真是一种独特的想象力。但日本文字当中的那种特定的混沌似乎很难用电影的手法加以表现,它很难收放:放得太开了,就变滥而浅薄了;收得过分了,又容易显出沉闷,淡出个鸟来。在绝大多数电影中,这两者之间的平衡似乎很难处理妥帖,不是过于浓重,就是空泛而呆板。浓烈的当然是黑泽明了,黑泽明总是用一种戏剧化的东西来表现着他的激情和智慧。他的电影都像是《天问》,坚定而大胆,勇敢而孤独,即便是最柔软的地方也显得浓烈而深邃。比如那部《影子武士》,比如那部《乱》,满目之间,净是云腾雾绕,秋叶蝉声。在我看过黑泽明的近十部电影中,《八个梦》应该是他电影的总结吧,那是最高的智慧和混沌了,《八个梦》就像是电影版的中国《庄子》。黑泽明在悲愤地设问了一辈子之后,终于含笑着回归最简单的至理了。

据说,小津安二郎去世之后,他的墓碑上只刻有一个“无”字。这是他的人生理解吗?到底是东方人,活着,没有更多地考虑终极意义,只有美学过程;死了,才给人以思辨的启发。或者,活着的时候就不知道往哪里去吧,然后就往高空升华。记得奥立弗·克伦威尔曾说过这样的一句话:“当一个人不知道往哪里去的时候,是他升得最高的时候。”这句话用来形容小津他们或者日本艺术,算是最妥帖的抚慰了。日本的艺术就是这样,在一定程度上,它似乎不知道往哪儿去了,就那样静静地待在原地,一片春华,一片秋瑟。那是干净,也是混沌,散发着幽远的光芒,就如同我们头顶上永恒的、静谧无声的星光。

无法逃遁的忧郁

第60届美国金球奖的获奖电影呈现出一种奇怪的走向，最佳电影为*The Hours*，最佳外语片为《对她说》。在我看来，这两者都是同一主题的电影，都是呈现着一种晦涩而颓唐的人文关怀。*The Hours*在我国有两种译法，一是译成《时时刻刻》，另一种译为《小说人生》。前一种是直译，但有一点曲折；后一种干脆就是意译了。但我以为，这部电影还是直译成《时间》为好，因为电影就是想表达对于时间的一种看法，表达人类在面对无可解读的时间时，呈现出的巨大忧郁。

一个时代总有一个时代的忧伤。对于孤零零存在于宇宙的人类而言，每发展到一个新阶段，总会面临新问题，呈现出新的忧伤和痛苦。这里所说的新阶段，不完全指的是物质以及社会发展，更指的是文化和精神上。《时间》的导演是史蒂芬·道顿，他曾执导2000年的那部颇有名气的电影《比利·艾略特》（又译《跳出新天地》),《时间》是他的第二部电影。在电影中,三个时代的女性都有着极度的忧伤,这种忧伤不是有关社会的,也不是有关家庭的,它没有社会背景和意义,没有社会的借口,那是一种纯粹的忧伤,是与生俱有的悱恻。这三个人物包括,1941 年的英国著名女作家弗吉尼亚·伍尔芙,1951 年的家庭主妇劳拉·布朗,2001 年的职业妇女克拉丽莎·沃恩。她们共同地忧伤着,行走在崩溃的边缘。值得一提的是 1951 年的家庭主妇劳拉·布朗,她在生下第二个孩子之后,决然地从家庭里出走,她似乎再也不愿意被这种无休止的家庭责任羁绊。她出走的理由,就是为了让自己的身心完全获得自由。但最后,她终于明白:她只是在挣脱,并没有获得真正的自由,幸福与自由并不是同一种东西,一种本质上的束缚无时不在。

三个不同时代的人物都有着相同的忧伤。就如那部反映生命与死亡的电影《细红线》(又译《红色警戒》),在那种电影中,主人公仿佛在地穴中沉吟道:每张面孔都是同一个人,都是一个"大我"——这样的言语真是到了极致了,我在漆黑的夜晚第一次聆听时,全身都感到阴冷无比。

《时间》笼罩着一种晦涩刻板的规则,还流淌着一种慵懒倦怠的情绪,有一种迷幻似的毁灭荡漾其中。这样的风格与情绪是可以击溃任何人的。总有一种情绪,会让我们泪流满面。

这部电影还使我想起塔可夫斯基的《乡愁》。这是一部老电影了,写的也是关于生命的疑问和忧郁。在《乡愁》中,那个诗人一直在寻找,他找不到自己,也找不到归去的路,他已经接近疯狂了,但是仍没有找到自己的故乡。人为什么总有故乡的情结呢?因为意识里想归去。就像在这部电影中,弗吉尼亚·伍尔芙与一个小女孩的对话。

小女孩:我也会死吗?伍尔芙:每个人都会死。小女孩:我死的时候会去哪里呢?伍尔芙:我们来的地方。小女孩:我不记得我从哪里来了。伍尔芙:我也不记得了。小女孩:它(一只死了的小鸟)看起来很安详。伍尔芙:这是会发生的事情之一,我们看起来也会很安详。小女孩:安息吧!

董桥曾经这样写伍尔芙:那张闪着灵气的嶙峋的脸,细致得不带半丝性欲,几乎注定了她的成就,也注定了她的生命的凄美的结局——这是宿命的推断,宿命的艰险和贴切。在无法逃遁的忧郁面前,伍尔芙们觉得控制不住自己了,她们在迷失,一切都飘忽不定。在逃遁的路上,伍尔芙想:自己并不是个作家,真的不是。她心想:自己只是一个很有天分的怪人。

1941 年 5 月28 日,60 岁的弗吉尼亚·伍尔芙安静地将两块大石头放入自己的口袋,然后走向湍急的河流;1951 年的某一天,劳拉·布朗找到了自由,却没有得到最后的自由;而 2001 年的一个阳光灿烂的日子,克拉丽莎·沃恩目睹着自己的初恋情人如断了线的风筝一样从窗户上坠落。

人生轮回,忧郁轮回。

暗流和激流

2001年戛纳评委会大奖、奥地利导演迈克尔·哈内克执导的《钢琴教师》讲述的算是一个比较奇特的故事了。40多岁的维也纳音乐学院女教授一直跟随着自己的母亲一块儿生活。在乖戾母亲的影响下,女教授生活得坚硬、封闭,就像严冬里的一块冰一样拒绝着男人的靠近,矜持和冷酷,仿佛她的存在,就是要与男人对抗,与性对抗。这样的结果,当然是把自己彻底搞乱了。女教授不可避免地染上了阴暗的怪癖:偷窥,自虐,凶残。

一个英俊的学生爱上了她。在直白的爱面前,女教授不知所措。但惯性使得她继续着自己的方式。她想爱,却变得扭曲;想性,却成了变态。在这样的过程中,爱与对抗如一把有着双刃的钝刀,凶残地撕扯着人性本身。那种孤独和坚硬的状态表明,女教授不仅仅是在与她的生活经历和性格相对抗,彻底地说,也是与自己内心当中的魔鬼相搏斗。

这是一股爱的暗流。法国女演员伊莎贝尔·于佩尔也因她出色的表演获得了戛纳影后的殊荣。自始至终，她所表现的角色都有着一种甚嚣尘上的高傲和狂躁，但这种高傲和狂躁又显得特别虚弱，可以从细微处看出一股涌动的潜流。这个满脸雀斑的女教授有着高雅的气质和迷人的风度，她就像是一朵在黑暗中生长的罂粟。但这样病态美的花朵如果迁徙至阳光之下，则极有可能暴毙身亡。

影片的结尾，女教授拿出刀来，在自己的胸口上刺了一刀，血流了出来，有可能，她是想真实地尝一下疼痛的滋味。然后，女教授走了，那个坚硬的后背体现不出忧伤，也体现不出酸楚。也许这样的女人留给世界的就应该是一个坚硬的后背，除了莫测高深，还有对抗。这样的故事真是让人难以忘怀。而在同一天看到的另外一部片子里，我看到了另外一种女人，一种迥然不同的女人。这种女人是上帝专门为男人制造的。在她的生命中，绝对不可以没有男人。她存在的意义，她生命的价值，完全要通过男人的爱情来体现。这种情况，就像鱼离不开水一样；也像月亮与太阳的关系。当然，这些比喻都很俗了。

这部电影名叫《一个法国女人》。主人公由法国异常漂亮的女演员艾玛纽·贝尔饰演。她曾经被称为法国最漂亮的女演员。在影片中，这个楚楚动人的女人生命的全部意义就是承接爱的滋润。她就像一朵离不开雨水的花，没有爱，这朵花就会干枯。丈夫在家的日子，她是贤淑的，也是娇憨的；而当丈夫离开家之后，她便频繁地寻找着男人填补空白,就像一个道德败坏的“荡妇”。这种女人,就像是在道德和品质之外的自由物,她单纯而善良,惹人怜爱,一天也离不开爱情。在社会的背景下,连她自己都觉得自己这样做有悖伦理。但归根结底是,没有男人的日子,她实在是忍受不住。

对这样的女人我们还能说什么呢?不需要做简单的评价,以宽容的态度想,这个女人天生就是为情欲所生的。

也许这就是取名为《一个法国女人》的真实含义。法国女人是不能缺少爱情的。类似的小说有福楼拜的《包法利夫人》。在大学时,我们的老师认为包法利夫人的放荡是为了反抗中世纪对人性的压抑。让这样的评论见鬼去吧。在她几百年之后所出现的《一个法国女人》,实际上就是包法利夫人的今天版。

在某种程度上,这样的女人情有可原,因为在她们身上蕴藏着一种女人的愿望。每一个女人都愿意变成一朵被蜜蜂围绕的花,这样的花才是生动的,而不是被人采回家养在花瓶里。这也是这一类电影或者小说打动人心,尤其是女人之心的一个潜在理由。

悲悯的故乡之旅

20世纪70年代中期吧，看好一部越南电影《回故乡之路》。现在想起来，电影中的情节是一点也记不起来了，只记得飞机和大炮的轰鸣，还有就是摄影机架在大卡车上摄的镜头，一直摇晃颠簸着，足足有二十来分钟，让我们在下面看得头晕目眩，真有一种晕车的感觉。那部电影想表达什么呢？应该是美丽的祖国被敌人占领，然后大家团结起来打击侵略者吧。

这样的故乡之旅当然令人难忘，但这样的难忘方式只是简单的对祖国的热爱，还有另外一种故乡之旅，在热爱中夹杂着一种难以言喻的情感。因为深沉，所以复杂，才会诞生悲悯，诞生爱恨交织，诞生失望和痛苦。

秋凉之际，看了两部电影，一部是托尼·加列夫的《只爱陌生人》；另一部则是莫森·马克马巴夫的《坎大哈》。这两部电影说的都是游子回归。《只爱陌生人》描述的是罗马尼亚吉卜赛人的生活，它通过一个法国音乐人的视角，描述了吉卜赛人的物质和精神的生存状况。从表面上来说，整部电影的基调似乎是欢快的、是喜悦的、是热闹的、是载歌载舞的，但在它的骨子里面，却隐藏着忧伤和悲悯，这些忧伤和悲悯正是导演对吉卜赛人的贫穷、对吉卜赛人的缺乏理性力量、对吉卜赛人文化历史的缺乏根基而产生的巨大忧患。关于托尼·加列夫，我知道得并不太多，只知道他身上流淌着吉卜赛人的血，他依恋着这样的血脉，直到有一天，他找到了自己的根，但找到根之后的心情并不完全欣喜，还有忧虑，更有悲悯，一种由于发现了本民族致命弱点而产生的强烈忧患和感伤。那是一种可以一直进入骨髓的痛，是一种说不出的内伤。当一个真正有着博大胸怀的人，对于与自己血脉相连的土地还保持着高度的清醒时，都会有这种说不出口的隐痛。

相比较而言，托尼·加列夫的《只爱陌生人》最起码在表面上还有层浓烈的欣喜，就如同蛋糕表层的奶油。而《坎大哈》则里里外外全是痛楚，还有痛楚到极致的麻木。《坎大哈》讲述的是在塔利班时代，一位已通过难民身份移居加拿大的原阿富汗女记者纳法斯，接到仍被困于阿富汗的妹妹的一封来信，妹妹表示因不堪非人的生活，打算在日食到来前自杀。纳法斯为了营救妹妹，冒险从伊朗与阿富汗的交界处，沿着当年逃逸的旧路再度重返阿富汗。这是一次悲悯的回故乡之旅，饥荒、干旱、恐惧、绝望……所闻所见的，都是麻木，对现实的麻木，对反抗的麻木，对生命的麻木，甚至对恐惧都有着一种彻底的麻木。

这部电影让人产生一种彻骨的寒意,它甚至不能引发我们心中的泪水,只能勾起我们心中的悲凉。在电影中,姐姐给企图自杀的妹妹一个活着的理由是什么呢？是希望,一种空洞的希望。“你绝对不能失去希望。围墙再高,不要忘了,天空更高。终有一天,世界各地的人们会了解你的困境并帮助你。如果没有这么一天,那么你应该帮助自己。你要是觉得这个家园太小,请闭上眼睛,想象自己是只蚂蚁,然后你会发现这个小小的家园如此广大……”

听到这段台词,你还会说什么呢？这是一种极度悲凉的愿望了。生命维系的力量就在于想象了,只有想象自己是蚂蚁,才有着活下去的可能。这又该是一种多么悲凉和隐忍的方式呢！这部电影的导演是伊朗人,在历史上,伊朗与阿富汗是血脉相连的。伊朗人一直有着东方人的隐忍和内敛,在电影中,这种东方的隐忍和内敛可以说是发挥到极致了。对于这一片毫无生命气息的土地,生命的价值又在何处呢？而这样的回故乡之路,不如当作是一种死亡之旅,以自己的生命作代价,体味死亡的过程。

我总喜欢在看电影的时候记录下一些经典台词。我在记录《坎大哈》中的台词时,总禁不住手在颤抖,它会给你一种窒息的感觉:“我把我的灵魂投入到这次旅程中,去走一些从未走过的路,就为了给你找一个活下去的理由。如今,我终于穿过了那一片布满罂粟与地雷的沙漠……我给你带来了一千个要活下去的理由。”

作为一次悲悯的故乡之旅,《只爱陌生人》是为了寻找录音带上唱歌的“吉卜赛女子”,而《坎大哈》则是为了解救一个濒临死亡的“妹妹”。这两个人物在电影上都没有出现,我宁愿将这两个人物看作是导演的一种虚拟,它代表着一种美好的情感。

诡秘与狂放

最近接连看了西班牙导演朱里奥·梅德姆的几部电影。先是《红松鼠杀人事件》，再就是《牛》以及《露西娅的情人》。这几部电影都有着惊人的天才感觉，一种对于事件本身的新鲜触觉和异样而奔放的张力。这样的电影，只要是第一眼瞅见它，便可以看出它的不平凡之处来。就像一个女子独特的气质，那种让人眼睛一亮的优雅或奔放会在第一时间冲击你，而不是让你细细地琢磨她的与众不同。

我一直在暗地里喜欢西班牙人的生活方式，虽然他们的生活方式与我的观念和性格完全不同。在我的理解中，这是一个能将艺术完全平民化的国度，它的风格不是英国的优雅和内敛，法国的浪漫和随意，而是狂放和迷幻，充满着不确定，极具感染力。在这个世界上，我一直对两个“非主流”国家怀有很大的兴趣，一个是印度，我觉得这是这个世界上最聪明的民族，有一种“智的直觉”;再一个就是西班牙了,西班牙代表着人性最大程度上的不羁和回归。我甚至觉得这是一个能将人性诗意化的国度,能将自己的生命能量完完全全地燃烧,不浪费也不做作,犹如热热闹闹的篝火,只要能够噼噼啪啪地燃烧,哪管之后化成灰烬呢?它所洋溢的那种生趣、那种情欲、那种热烈舞蹈的愿望,就如同那个半岛上的阳光一样,燥热、恣意,充满着永无止境的抒情。

言归正传,还是谈电影吧。西班牙的电影与其他艺术形式一样,都可以在这个世界上独树一帜,大师层出不穷。从早年的布努埃尔,到近年的天才导演阿尔莫多瓦。他们一直狂放,五彩缤纷;一直诗意,意味深长;既哲学,隐晦神秘;也抒情,奔放激越。那种感觉,就像是镜头前正在跳着探戈舞步的红色高跟鞋,性感,神秘,华美迷人。关于阿尔莫多瓦的电影,我这里就不说了。我想说的是朱里奥·梅德姆,这同样也是一个让人吃惊的天才,在我看来,他一点也不低于阿尔莫多瓦,他的视角独到,风格诡秘,细腻隽永。他不似阿尔莫多瓦的华丽和激情,却有着阿尔莫多瓦所不具备的诡异和绵长。《牛》说的是两个家族之间的恩怨,似乎又不是两个家族之间的,而是整个西班牙历史的恩怨与隐秘。电影最大的特点在于充满魔幻色彩,整个电影是“牛眼看人生”,通过牛的视角来观察人类的生生长流。在牛眼中,人类的历史与生活,充满着情欲、杀戮以及无所事事,一点也不接近生命的本质。而《红松鼠杀人事件》则充满着狐疑和不确定的因素,诡秘、奇谲,如迷宫一样曲折幽深。在所看过的朱里奥·梅德姆的三部片子当中，我最喜欢的，还是《露西娅的情人》。电影一如既往的朱里奥风格，像是在剥开一层层故事的笋壳，充满着悬念、幽深、诡秘、细腻和忧伤，同时又非常的诗意化。音乐也特别好，感伤而绵长，像是洞穴里拂出的阴冷的风。在电影中，露西娅来到一个静谧的小岛，既是逃遁，也是寻找；既是在寻觅着自己过去的影子，也是在寻觅自己未来的道路。露西娅的生命离不开海，实际上对于整个电影的人物来说，谁又能离开海呢？那几个主人公，都跟大海一样多情、浪漫、善变、诡异，反复无常。

这样的电影就如同一个发光体一样，华美慑人，拥有着不可抑制的磁性。能够创造这样电影的人，他的生命能量必定是超常的，他将自己的能量全都通过摄像机释放了出来，一次次诗性的表达，一次次灵魂的自我安抚。

艺术就是西班牙人的性格。西班牙人的艺术之源是什么呢？是情欲，如夏日海水般的情欲。只有在这个国家里，你才能感觉到，艺术实际上是情欲的一种外在表现形式，是桶泼在外面的水，而它的水源是那样的滔滔不绝。这是一个能将最普遍的东西艺术化的民族，也是一个能将情欲升华的国度。这个国度的人总是充满着不羁和奇思妙想，充满着欢畅和喜悦，充满着情绪的起伏和跌宕，充满着出人意料的宣泄和狂想。他们习惯于藐视规则，也习惯于创造规则，就如同毕加索一样，艺术化也是个人化地看待着万事万物。

西班牙片还有一个特点，那就是闪亮、明亮而感性。就如同西班牙语给我们的感觉,脆生生的,如同咬着一块块精巧漂亮的小饼干。作为一个总是想寻觅“意义”的影迷,每次我在看完一部西班牙片之后,都有着快乐的眩晕感,有着迷幻后的无所适从。就如同看见“卡门”在快乐地舞蹈,却不敢接近,只有远远地看着她,就如同看着阳光下一片铺天盖地涌过来的红玫瑰。

明亮的悲伤

前几天朋友打电话给我，跟我谈起电影，然后问我：有没有那种电影，有一种让人很感动的悲伤，疼痛，却不撕心裂肺，但过后却有着一种淡淡的欢喜？我开玩笑说，有这么精致的悲伤吗？不是疼痛，而是欢喜？放下电话，却一直思考，我想起了克日什托夫·基耶斯洛夫斯基的《维罗尼卡的双重生命》，可能那就是一种欢喜的疼痛吧，一种水果的酸涩。

那部电影我是两年前看的。当时，就被击中了，人呆立在那里，感到椅子上的我化成了一摊水，就如雨珠一样滴滴答答，就湿了一地。基耶斯洛夫斯基的构思真巧妙啊，两个女子，分处波兰和法国，却拥有一个心灵，一副面貌。然后，这个人就能感觉到远方有另外一个自己，自己的一举一动，都有着另外一个人的影子。这样的意味洋溢着一种神秘的哀伤，更带有梦幻的气息。然后，一个人突然死了，另一个人莫名地就感到了心悸，就有一种哀伤如水一样弥漫上来……在看完电影之后的很长时间里，这个故事就一直萦绕着我，也一直想就电影写点什么，却一直没写。我感觉总有一些飘忽不定的东西让人难以把握，可以感觉得到，却极难用文字来表达。我深深地被这部电影的美丽、宁静以及哀伤所牵扯，总觉得那里面有着一种对于生命的敬畏和淡淡的忧伤以及欢喜。连里面维罗尼卡所唱的一首歌也喜欢，那就像一只透明干净的鸟，从头顶上倏然飞过。

平生最喜欢的，也算是基耶斯洛夫斯基了。我几乎喜欢他的每一部电影，包括《红》《白》《蓝》三部曲，包括《十诫》，甚至包括他最后撰写的剧本、前两年由别人拍的电影《天堂》。我喜欢他电影里的轻渺以及沉重、温暖、干净，还有一种沉郁的思辨。我也算是能稍稍地明白他吧，也能跟他稍稍心通。基耶斯洛夫斯基说：我唯一的优点，就是我很悲观。按照我的理解，悲观应该是他的本质吧。但真正的悲观者，往往有着一颗温暖的心，有着一种觉悟之后的良善。悲壮和乐观在词义中是那样的容易区分，但在现实中，它们如同肉跟骨头一样长在一起。基耶斯洛夫斯基从来就是良善的，他的电影不是一味的悲伤，而是涌动着巨大的生命力，面对死亡表现出一种生命的光辉和力量。正是因为如此，基耶斯洛夫斯基的电影看起来是那样的悠远，仿佛是从那遥远的岁月中传来的回声，或者是从孩子们的坟墓中传来的圣歌，在银幕上留下他们的宁静和明亮。

1996 年 3 月 13 日，基耶斯洛夫斯基跟维罗尼卡一样，因心脏病去世。在去世之前,他有一句简单的话:我一点也不喜欢电影,我只想坐在凳子上,自己抽自己想抽的烟。

我也是能理解这句话的。在基耶斯洛夫斯基眼中,也许电影于他而言只是一座桥梁,它超越了思考,绝不是工于心计的产物,也绝不是蹙额疾首的理由;它只是一种爱,一种虔诚,一种理解、沟通,甚至是一种暗示。有时,看着他的电影,我真是觉得,在这样的电影面前,所有试图理解的语言都显得那么苍白。它似乎总有着另外一种力量。就如同少年的莫扎特,你无法想象不谙世事的孩子为什么能写出那么晶莹剔透的曲子。他的《安魂曲》,那早已超过了思想的范围了,完全是理念的光辉,以及在这种光辉之下的幸福和安宁,还有超然受之。

据说,《维罗尼卡的双重生命》在巴黎放映的时候,一个小女孩在看完之后,主动走到基耶斯洛夫斯基的面前,说:“我原来是不相信有着灵魂的,但看完电影之后,我相信有灵魂的存在。”基耶斯洛夫斯基感叹说:“能让人们感到善良的灵魂,我觉得就够了。”

在电影《莫扎特》中,莫扎特在写作《安魂曲》时,最大的努力就是每天达到与死亡的亲近,然后感受宁静的境界。莫扎特在1787年4月4日曾给父亲写过一封信:“至于死亡,当我们走近它的时候,它是我们存在的目标,我在过去几年已经和这个人类最忠实的朋友,形成了亲密的关系。它的形象不仅不再让我恐惧,而且事实上非常抚慰、舒心。我每天晚上躺下之后都在思考它——虽然我这么年轻——我可能无法看到第二天的到来。”

基耶斯洛夫斯基也有这样的本质吧,他的电影就像一只神秘的鸟,长满着自由、平等、博爱、温暖、灵魂以及死亡的羽毛。在它飞起来的时候,就如同我们站在悬崖的边上看云——霞光万道,美不胜收。

昨天晚上又看了一遍《维罗尼卡的双重生命》。然后于漆黑的暗夜中,扪心自问:你相信这个世界有一个跟你一模一样的人吗?我是相信的。不仅如此,我还相信,在没有我的从前或将来,也肯定会有另一个人与我一模一样,相貌和心灵,情趣和追求。只不过穿着不同的衣服,说着不同的语言,遵守着不同的礼仪……这该是一件多么有趣的事情呢!这样的想法使我感受到温暖,让我相信生命的永恒,相信爱的永恒。

男人的荒凉

相对于大部分好莱坞导演的平庸恶俗以及欧洲导演的奇谲和怪异，马丁·西科塞斯的电影一直拍得才华横溢，有着史诗般的气魄和余韵，人物也游动着活生生的灵魂，而且细节也处理得隽永、妥帖。这一风格总是震撼着观众，每次看西科塞斯的电影，都像经历了一次土耳其浴，身体和心灵因为彻底的濯洗而变得松软无比，也舒坦无比。

第一次看西科塞斯的电影是他的《出租汽车司机》，这部罗伯特·德尼罗主演的片子现在已成为电影中的经典了。那时我就想，那个出租车司机，先是沉默寡言，然后，他就开始杀人了，鲜血把墙壁溅得满是盛开的花。是什么样的力量致使这位出租车司机如此残暴而疯狂呢？当然，他杀人是有着理由的，英雄救美，绝地反击。但我总觉得在他的无情之后还有一种东西，不只是复仇，而是绝望，一种人性的绝望。就像把人孤零零地置放在沙漠上,那种由孤独造就的疯狂,就如热带盛夏午后的晴天霹雳,那是想挡也挡不住的。

在此之后,我不断地接触到西科塞斯的电影,《纽约故事》《纯真年代》《好家伙》《愤怒的公牛》《基督的最后诱惑》,直至去年所拍摄的《纽约黑帮》。西科塞斯一如既往地延续着他的风格,电影中的男人似乎都有着内心的焦灼、压抑和爆发,克制与痛苦永不疲倦地纠缠着他们。在更大程度上,人物内心的矛盾比外面纷乱的世界更加如火如荼。那种自我之间的争斗让人看得心惊肉跳。我不断地看,也不断地想,终于,我明白西科塞斯的内心了,我懂得了一个男人内心中的荒凉,那种极致的寸草不生。而西科塞斯的电影,正是为了展现他内心中的大漠风沙。

可以这么说,在西科塞斯的电影中,几乎所有男人的内心都是痛苦的,为金钱,为地位,为社会责任,为爱情,为终极关怀,甚至为自己也不明白的一些欲望。比如《愤怒的公牛》中的拳王;比如《纽约黑帮》中的黑帮;至于《基督的最后诱惑》中的基督,那是更不需说的了,一个一辈子注定与精神和思想纠缠不清的人,内心当中必是一片雪原,不生寸草,而又孕育一切。即使是风格迥异的电影《纯真年代》,秀美无比的画面中,仍可以看出无力的情感,那个刘易斯饰演的主角为什么如此落寞呢?似乎是爱上了不该爱的人,但又似乎不仅仅如此。就是那种莫名的忧伤吧,自始至终缠绕。忧郁和落寞,只能是纯真年代的一种情怀,而在现在这个时代,一切都早熟了,青涩之果尚未打苞便早早地谢下,剩下的，就只有麻木和玩世不恭了。

看介绍，说马丁·西科塞斯出生于纽约一个意大利西西里移民的家庭，他的父亲是一个裁缝，母亲是熨衣工。西科塞斯因为从小患有哮喘，所以在绝大多数时间内显得落落寡合，想必内心一直是孤独的吧，也很荒凉。但因为荒凉，就有着开阔的可能。所以，西科塞斯在人生道路上行走的时候，就一直携带着这种旷野的气息，以一种荒原大漠的感觉来俯瞰人生。我一直以为在人的内心中也是有着天文地理，有着风花雪月。有的人内心是荒原大漠，有的人是盆地平原，而另一些人则是高山峡谷或者雪地湖泊；气候也不一样吧，有的人有着赤道的炽热，有的人则是亚热带的平和和理性，而另一些人则是冰天雪地……然后，不同的人，因为不同的心理环境，心中就能长出不同的花来，或者妖娆，或者平淡，或者色厉内荏，或者疯狂激越……就如同阿尔莫多瓦，永远是情欲的野地里长出的鬼魅的鸢尾花，摇曳开放，在夜半时候唱出塞壬的歌。

前几天闲翻黄裳写《水浒传》的一篇短文，黄裳说《水浒传》中的梁山好汉都是畜生，否则为什么那么仇视女人呢？动不动就对女人举起刀子，怎么能下得了手呢？这样的男人在内心里称不上是荒凉，只能是变态和扭曲。而荒凉则是一种大境界，也是一种大胸襟，最起码是一种不平凡的标志吧。内心荒凉的人是可以有着铁骨柔肠的，就如同《基督的最后诱惑》中的基督，在临终之际，他也有着对这个世界的犹豫吧，一直矛盾着，像一个优柔寡断的普通人。

忘不了《愤怒的公牛》中的那个镜头，那个内心荒凉的拳击手在比赛的前几天一直是要禁欲的，但有一天，他被情人撩起了欲望，但他控制着，来到卫生间，抓起了一把冰块，塞进了裤裆——这些内心荒凉的男人啊，总是这样暴戾乖张，他们总是想证明着自己，想拼命地杀出一条血路来。但是结果呢，似乎一切都是徒劳——没有最后的绿洲，只有更加的荒凉。

人性边缘的忧伤

我不得不写阿尔莫多瓦了。一直不写,是觉得阿尔莫多瓦的电影有种不确定性,难以把握。我在前面的文章中曾经提过西班牙人思维方式上的不确定性,这种不确定性包括某种突如其来的想法和灵感,包括一种非理性和非控制的思维习惯,如同将五彩斑斓的颜料随意泼洒,或者就如同多棱镜里看世界。这是一种变形,暗藏杂乱和无序,就如同毕加索、马蒂斯甚至哈利的绘画,那种天才恣意汪洋。对于西班牙人来说,这样的思维习惯和变形有着传统,那是一种艺术生活化的习惯。

我的一个朋友对于阿尔莫多瓦的电影异常着迷,他说阿尔莫多瓦的电影绚烂而迷乱,不可抵挡。我也有相同的感觉。但最强烈的感觉是忧伤,在华丽的色彩以及烂漫的气定神闲中,我总能感觉到一种忧伤在电影内外弥漫。

在我的眼中,阿尔莫多瓦的每部电影都像一支探戈舞,伴随着烈酒、吉他和咏叹调，外表华丽，深处的却是孤独寂寞。阿尔莫多瓦起初的电影带点幽默，亢奋而调皮，而到了后来，成熟之后的电影却有着一种巨大的忧伤。在他的电影中，主人公常常是一些怪异的人物——明星崇拜者、易装癖者、蹩脚作家、同性恋者、恐怖分子、特异功能者、怪诞的电视主持人。这些都是现代社会毛病的携带者，也是人性边缘的行走者。当道德的力量变得微弱、物质的欲望不再强烈、专制的压抑遥不可及，人性在失去压迫感的前提下，极容易突破自己的控制，变得无所顾忌、放浪形骸，从而找不到自己的归宿。阿尔莫多瓦的电影，正是将镜头对准了这样一伙人，小心翼翼地表达捉摸不定的关爱，在内敛的镜头前，散发着一种迷乱的忧伤。

阿尔莫多瓦还算是一个女性主义者吧。在我最初的感觉中，阿尔莫多瓦就如同贾宝玉一样，是不喜欢男人的，他不喜欢男人的懦弱、虚伪和龌龊。在他的镜头中，男人大都是吸毒者、性变态者或者杀人狂之类的，或者就是胆小鬼，总是在逃避，逃避责任和爱。而女人才是忍辱负重的，只有她们，才把男人扔掉的责任勇敢地承担起来。在《高跟鞋》中，阿尔莫多瓦出人意料地反其道而行之，写了一个女子的恋母情结；而男人呢，是一个不讲伦理的好色之徒。而《关于我母亲的一切》更是明显地表达了自己的态度。那个男子在扔下了怀孕的女友后，为了逃避，竟然变成了人妖，而且将艾滋病传给了新的女友后又逃遁。在这个世界变得越来越迷乱的时候，只有女性，在坚强地抵抗着各式各样的厄运。

相对而言，我喜欢的是阿尔莫多瓦后期的电影。在我看来，阿尔莫多瓦的思想是慢慢变得清晰的。或者说，是从《关于我母亲的一切》开始，渗透着一种深沉无比的爱了。在最近的那部《对她说》中，我们更是可以感受到这种爱的逐渐清晰，如蘑菇云一样升腾。这样的爱当然不是泛泛的，如浮油一样漂在水面。而是博大广袤，类似临终关怀之博爱。或者干脆说，就是关怀本身。爱游走在人性的边缘，也游走在社会的边缘，像交响曲一样微弱而强烈，表达着隐秘，也表达着忧伤，一种在骨髓中流淌的忧伤。

在《对她说》中，阿尔莫多瓦甚至舍弃了自己女性主义者的立场，表达了更高的宽容和关爱。在这部电影中，我们看到了男人勇敢地站了出来，他们承担了对女性的关怀和爱——当然，这在更大程度上是一种博爱，是一种灵魂之间的互相依赖。阿尔莫多瓦到了《对她说》时，已经不仅仅是讲述一个简单的故事了，他所表达的，有着一种悲天悯人的忧郁。当然，这种忧伤极为内敛，内敛得几乎等同于故事本身。

在看完阿尔莫多瓦的《对她说》之后，我不由得暗暗地替张艺谋捏一把汗，张艺谋的《英雄》能战胜《对她说》吗？（据说《英雄》进军奥斯卡的最主要对手便是《对她说》）这部小成本的电影传达的关怀是无人可以抵挡的，那种忧伤，可以说不仅仅是阿尔莫多瓦的忧伤，它甚至可以说是人类本身的忧伤，是世界本质上的忧伤。这样的电影是可以一直进入人们的心灵深处的。而“英雄”呢，对于这个世界来说，只是海市蜃楼的华丽和缥缈。或者说，只是人类本身的梦想。忧伤和梦想，你喜欢哪一个呢？我说不准，每个人都会喜欢梦想，但他永远逃避不了忧伤。

透明的邪恶

有朋友在跟我聊天时,说:你对世界电影那么熟稔,写起来头头是道,仿佛沟通得很深入。现在你想想,你觉得最难以理解的,是哪个导演?

我想了想,然后毫不犹豫地说:是意大利的帕索里尼。

我总觉得这家伙身上有着一种难以抑制的叛逆,他不仅仅是在否定着别人,否定着社会,否定着各种各样的文化和思想,同时,他还在不断地否定着自己。

曾经看过帕索里尼的《马太福音》《十日谈》《一千零一夜》。说实话,很喜欢这三部电影。在我看来,这三部电影都有着纯净无比的镜头感和别致怪诞的视野。《马太福音》是帕索里尼的早期作品了,看得出来,早期的帕索里尼虔诚而圣洁,电影给人的感觉是干净、清秀,细致中透着悲悯,平白中蕴含着高贵。而后两部电影,已能感到帕索里尼的变化,帕索里尼这时候的视野就像个孩童，但已不似原先那么圣洁，带点坏孩子似的恶作剧，是那种单纯而透明的邪恶。看得出帕索里尼在竭力超越社会伦理道德，转求混沌三昧，无是也无非，力求一种如如本来。就如同伊甸园时期的亚当和夏娃。这样的艺术思想使得电影透明而简单，平易而畅达，显豁而敞亮。所有的情节仿佛落花流水，而在两岸的任何地方，都长满一朵朵清新淡雅的小花。

这样的感觉还让我想起余华的长篇小说《许三观卖血记》。我一直认为这部长篇小说是中国文学史50年来最好的一部长篇小说。它的好在于有着超越世俗的干净和智慧，事理和人物也有着蜕去复杂的简单。就如同《圣经》的语言方式，平白中暗藏着极致的诗性。《许三观卖血记》中人物“一根筋”的状态，平白的叙述、重复的言语，以及作者隐藏的位置感等，给人的综合感觉，就有点出自“帕索里尼风格”。我一直怀疑，余华的这部小说在很大程度上受到过帕索里尼的影响。这样的方式，似乎是不用技巧，但实际上是在不经意中，把一切技巧都超脱了。

那时就想，难怪说帕索里尼是一个天才，天才就是这样的，似乎是漫不经心的，也似乎是信手拈来的，但他的手指之间，总有着一种格外剔透的东西，像无所不在的光；随意点石，便也成金。也许在帕索里尼的眼睛里，世界的一切就应该如此——表面上的混乱，骨子里的简单；表面上的凶恶，骨子里的幽默；表面上的悲剧，骨子里的喜剧。这样干净澄明的视角更像是一个彻悟了的“老人眼”，老人之眼也即“孩童眼”。在这样的眼神之中，枯寡会变得有趣味,平白会变得生动,干涩会变得湿润……世界在客观上是没有差别,它的差别,只是呈现在各人的眼睛里。

但帕索里尼的绝唱还是让人失望了,不,不只是失望,简直让世界震惊了。那部1975年拍摄的《萨罗,或索多玛的120天》,在我看来,这部电影完全是在表示对人类整体上的对抗,表示自己的仇恨,然后把自己置在历史的砧板上,随人们肢解宰杀。这时候的帕索里尼就像是一个坏到极致的孩子,他的目的就在于疯狂地撕破人性最后的遮羞布,然后现出人类的丑来。

这样的行为就像是疯子。在电影中,一帮最疯狂变态的人唱着最庄严的国歌,弹奏着最优雅的乐曲,然后大快朵颐地吃着污物……我相信所有的观众都会不忍卒看,世界也会恶心得转过头去。

帕索里尼也许要的就是这样的效果。就如同帕索里尼自己所说的:"本质上,电影是对太阳的一种质问。"也许,在这个意大利人眼中,这个世界从没有什么东西是神圣的,他的任务,就是打碎这种神圣,用简单、质朴,或者干脆就是用丑恶。

一个矛盾无比的人肯定也是一个痛苦无比的人。在以透明的邪恶的方式表达对于世界的理解之后,他似乎不知道往哪里去了,但又要爆发。久久的积郁之后,帕索里尼疯狂地选择了恶心,以此否定自己曾经的干净。

1975年11月1日,时许53岁的帕索里尼在罗马郊外的一个荒野,被一个17岁的男妓用棍棒击杀。据说这个男妓是一个失去理智的疯子。一个疯子,被另一个疯子击杀,这也算是这个世界的一个巧合吧!

在缓慢中老去

这几日淫雨淅沥，下得令人无所适从，莫名地有一丝悲苦浮上心头。这样的日子是不适合外出的，索性躲在家里，一口气看完了侯孝贤早年的几部作品：《风柜来的人》《冬冬的假期》《童年往事》和《恋恋风尘》。

这几部电影都是青春的伤逝吧：微热的季风，寂寥的蝉鸣，在旷远的乡野中，我们看到了一个人莽撞地成长，他身边的人莽撞地成长；或者一个人意外地死去，他身边的人意外地死去；一个人初尝爱情，他身边的人初尝爱情……侯孝贤的电影传达的都是一些曾发生在我们身边的故事，平淡而琐屑，仿佛用胶片将那些岁月复制了一遍，并且不加剪辑。我们是那样的熟悉，又是那样的亲切，只不过岁月匆匆，难得心静，从没有像他那样细细地品味过，不屑回首，也不愿正视。

我一直是很怕与侯孝贤面面相对的，这几部碟片放在家里已经有一段时间了。作为一个整日里忙忙碌碌的人，我真的很害怕侯孝贤电影中的缓慢。每次看他的电影，都像是与他进行一场耐力的比拼，拼得久了，心都会惴惴发慌，真的恐怕灵魂也控制不住自己，会从自己的胸腔里跳出来逃遁而去。当然，这样的缓慢也有另外一番压力，那就是逼迫你不得不跟他一道回忆，让逝去的岁月重新湮没你。回忆绝不只是甜蜜，更多的还有无奈以及关于岁月的感慨，面对前程的心虚。作为一个合作者，朱天文曾这样评价侯孝贤："侯孝贤基本上是个抒情诗人而不是说故事的人，他的电影的特质也在于此，是抒情的，而非叙事和戏剧……吸引侯孝贤走进内容的东西，与其说是事件，不如说是画面的魅力，他倾向于气氛和个性，对说故事没有兴趣。"

当然，侯孝贤的电影绝不是简单而泛泛地表现一些乡村情感，或者是对于捉摸不定的城市的简单恐慌——这样的情感在更多的时候总是有点滥情而廉价。侯孝贤的电影更多是在缓慢中展现一种衰老，或者表现一种生命的无奈。侯孝贤曾经说："我觉得总有一天电影应该拍成这个样子，平易，非常简单，所有的人都能看。但是看得深的可以看得很深很深。"

这样的电影真是内敛得可以，即使有着一些闪光的地方，也经常地隐藏起来，怕给别人贸然看见，扩大了，也就廉价了。比如在《童年往事》中，那个老精怪一样的祖母突然在场子里表演着芭乐特技，右手丢，左手接，三个芭乐在空中滚成一个大圈圈。这样的场面既笨拙又亲切，但也只是倏忽一下，又归于那种平缓如水的节奏了。

侯孝贤的这几部电影都是根据朱天文的小说改编。曾有人问我:“侯孝贤的这几部电影,到底传达的是朱天文的直觉,还是侯孝贤的思想呢?”或许,是一种共性吧,我一直认为一个脱颖而出的人总具有双性的特质,既有男人的力量和深刻,也有女人的敏感和细腻,然后这种混合的东西洇开来,那是一种坚定的洞察力,一种纯朴而敏锐的智慧。但相比于男性,女性可能在生命过程中能够更多地体味着那种水波一样的无奈,那是一种人生的三昧。而男性,其实相比于女人,在更大程度上要显得虚假笨拙得多,表面上的一派雄赳赳、气昂昂,其实是内心虚弱的一种掩饰。

每次看完侯孝贤的电影,总有一种心如止水的感觉。侯孝贤的电影更像是有意无意之间对于缓慢的一种阐述,也许在缓慢中,什么都尽显出来,就像我们在缓慢中成长,在平淡中老去……我甚至感觉到侯孝贤为了能使时光更加缓慢,他宁愿放慢电影本身的节奏——当然,这样的感觉无异于缘木求鱼,但,侯孝贤好像就是愿意在这种“缘木”的过程中求到自己的“鱼”。

一直以为侯孝贤受日本文化影响的因素比较多。他的电影,他对人生的看法,看得出源于日本电影大师小津安二郎。那是在一种淡定中,瞑然相对人生的茫然、陌生、焦虑和恐惧,就像一个俯瞰人世的旁观者,温暖、安静、清醒,带着疏离,这样的过程自始至终浸透着一种宽容和悲伤。然后用电影描绘一个大大的“无”字。

有时候我觉得,人生真的需要有一种对于世界无奈的感觉,这样,就会珍惜时光了,就会淡定良善了,就会悲天悯人了……然后,无奈就会转化为一种平静,淡定中夹杂着混沌,清醒中掺和着无明。就像此时此刻,我独坐在初春的晚上,听窗外淫雨的声音,然后敲击着我的键盘——我知道什么是伤悲,也知道什么是欣喜;我不知道什么是伤悲,我也不知道什么是欣喜。

“流氓”天才

那一天与朋友们谈好莱坞，谈起美国著名导演奥立佛·斯通，都说这是一个天才的导演啊，气宇轩昂，大气磅礴。我笑了，我问：知道奥立佛·斯通的好在哪里吗？就在无所顾忌的流氓性。

这不是一句玩笑话，也没有贬义，而是实话。实际上对于许多人来说，他之所以成大气候、有大作为，是因为他的身上有着一种无所顾忌的流氓气，以及屈伸自如的痞气。这种东西不仅仅存在于政治人物和事件，在艺术上也是如此。

记得前几年读书，好像是读到南帆的一篇文章吧，从文化的角度谈论政治中暗藏的流氓气。南帆说楚汉之争之所以刘邦战胜项羽，就是因为刘邦身上有着一种流氓气，或者说，是一种泼皮气吧。这种气质，使得刘邦在更多的时候可以不受道德的约束，委曲求全，阳奉阴违。而项羽呢，因为是贵族出身，身上总有着一种骑士精神,性格太直,太注重做事的规矩。所以跟刘邦比起来,项羽就显得太迂腐。虽然从人格上来说,项羽远胜刘邦,但政治似乎从来就是讲究结果的。以项羽的忠厚老实、简单直观,哪里敌得过诡计多端、不讲信义的刘邦呢?

政客总是或多或少有着流氓气。与刘邦一脉相承的,还有明太祖朱元璋。朱元璋的出身和经历,使得他身上携有浓重的流氓泼皮味。乱世出枭雄,这也使得他在混乱无比的世界中脱颖而出,成为一代霸主。

一个清明的政治体系是不需要流氓气的。但在艺术中,从某种程度上讲,却是极需要一种无畏的精神来打破秩序,或者,让一种无序的东西进入,扰乱一下正人君子的沙龙。

“天才就是创造规矩的人。”奥立佛·斯通就是这样。他从不屑按照既定的规矩去做,他就像一只电影世界的大跳蚤,蹦着,藐视着,撕咬着电影的规矩,大肆挥霍着自己的流氓气,让一些人不舒服,让另外一些人如坐针毡。

在最初的《野战排》中,奥立佛·斯通就大胆地表现着自己的叛逆性了。这样的电影与其说是一部反战的电影,更多的还不如说是奥立佛·斯通为了表达自己的与众不同与独立见解。这部电影本身并没有什么东西,但它却靠破坏既定的程式确定了自己的风格和特色。而在两年之后的《生于7月4日》这部“主旋律”电影中,奥立佛·斯通更是表现了他让美国政治厌烦和痛恨的一面,因为他在电影中借一个伤残的军人形象,不断地揭露着政治的伤疤。奥立佛·斯通甚至借影片主人公的话说:“我爱美国,可是我操这个狗日的政府。”这样的话语明显地带有流氓习性了。但奥立佛·斯通并不是一个反资本主义、反美国的家伙,他只不过借电影宣泄着自己的叛逆和不羁。至于政治,本不在他的研究范畴之内。有一种家伙就是这样,在什么样的环境里,他都会叽叽歪歪。

奥立佛最天才和叛逆的电影是那部《天生杀人狂》。这部充满着邪恶浪漫主义的电影真像是悬崖边上盛开的一朵罂粟,恣意而绝望,洋溢着华美的流氓气息,有一种邪恶的力量气吞山河、义薄云天。那真是将邪恶发挥到极致的产物,似乎是什么都不在乎,什么都敢踩在脚下,或者让它消失在自己的枪口下,然后潇洒地吹一口枪口未散尽的烟。这样的行为本身,就有着一种势如破竹的生命能量和彻底的破坏欲,而且带有歇斯底里的张扬和无所顾忌。以这样的视角看世界,所有的东西便处在生命的边缘,呈现出最绝望的表现,都有着一种“临终之眼”(川端康成语)的美丽。美艳与疯狂往往是相伴而生的,一种到极致的结果,便是能在疯狂中绽放出另外一种无上的美艳来。就如同在熊熊烈焰中的涅槃,只不过,这只冲天而飞的大鸟不是凤凰,而是一只挥舞着七色翅膀的凶狠大枭。

这样的大叛逆不仅仅是政治意义上的,也可以说是美学意义上的,甚至可以说是人生意义上的。有些人,人生的意义,就是叛逆和破坏。在叛逆中存在,在破坏中创造。在此之后,奥立佛·

斯通以同样的姿态拍摄了邪恶古怪的《U 形弯》。同样是才华横溢，诡秘神奇。似乎是，按常理，你以为那是迷失的，是没有意义的，是病恹恹的，但却是在那样的荒原大漠中，绝处逢生处却长出一朵艳美无比的花来。就像冰雪之中的雪莲，有着纯粹意义的绽放。

看奥立佛·斯通的有关介绍，知道他很小时候的一则行为：十来岁的奥立佛·斯通曾经异常热衷于将醋倒进昂贵的苏格兰威士忌，然后自斟自饮。少年时的“流氓”举动，也就决定了奥立佛·斯通一辈子的艺术道路和人生道路。他的电影，似乎都有着威士忌加醋的味道，既火辣，也酸得渗牙，不按常规，暗藏一种天生的叛逆品质。

一半是天使　一半是魔鬼

也许对于很多人来说,北野武就像是一个谜。他看起来是粗鲁的,粗鲁得就像是一个不谙世事的“愣头儿青”,那种思维和处理问题的习惯直来直去,从不拐弯抹角;这个家伙看起来又是凶残的,他的周身充满着乖戾、杀机和阴鸷。但同时,他的身上又拥有异常明亮干净的一面,很纯真,也很细腻,就像是透明的儿童画。许是天赐机缘吧,这样的家伙走进电影了,将他的暴戾和干净全部宣泄在胶片上,而他也从电影中找到了自己,与电影一道成长,与电影一样趋向完美。

这是一个真实的人。他有一张让人一见难忘的面孔,一半凶狠乖戾,一半机械木讷,像是隐藏在黑暗中。前年看大岛渚的《御法度》,北野武在里面演一个武士队长,一身的阴鸷让人看了心惊。关于北野武,好几年前我就曾听过他的故事了。这个出生于1947年的家伙天生的有一种“愣头儿青”的性格,他的成长经历,就像那部带有自传性的电影《坏孩子的天空》,充满着暴力和惊险。一直到1986年,当时任相声演员的北野武对于曝他隐私的记者的态度是率众闯入杂志社内,将社内成员打伤,结果被判监禁半年。或许,在北野武的身上,一直隐藏着巨大的暴力能量,这种能量是与他的天才,与他隐藏得更为隐秘的细腻情感纠葛在一起的。而他的艺术之路,就是不断地释放这种能量,释放这种个性的魅力。

1989年北野武真正走入电影。他先是拍摄了一系列暴力片,然后,他几乎是每拍一部凶残无比的暴力片后,就拍一部细腻无比的生活片。比如说《棒下不留情》之后的《那年夏天,宁静的海》,《坏孩子的天空》与《花火》之后的《菊次郎之夏》,《兄弟》之后的《玩偶》等。这真是一种奇怪的现象,我想,北野武大概是以这样的方式在找平衡,找人生与美的支点。

我几乎看过北野武所有的电影,包括那部自传体的《坏孩子的天空》。我对北野武暴力电影的印象是:就像一把出鞘的刀,或者像瞄准的枪口,有一种凛凛的感觉。说真的,我并不是太喜欢他的暴力电影。他的暴力主张毫不犹豫,毫不拖泥带水,生与死之间毫无距离。但我总是被他的另一类电影所打动,比如《花火》,比如《菊次郎之夏》。《菊次郎之夏》温馨明朗,简单纯净,像在大海边宁静的小花,妖娆万状,红粉芳菲。这充分体现了北野武性格中童趣的一面。当然,最好的,还应是《花火》,这部电影集中体现了北野武的双重思想。虽然影片中的血腥暴力依然较多,但此刻的暴力是有理由的，因为它是在主人公对妻子以及朋友深厚柔情寄托的背景下产生。电影中常常出现沉静的空旷写意，暗藏着一种对于死亡的美丽剖析。我记得我在看完这部电影之后许久没有站起身来，我好像嗅到了一股死亡的气息，这种死亡的气息并不是腐臭的，却是带有大海般的腥味和苦涩；不是躁动的，却是宁静的，如花朵一样散发着神秘而洁白的精神。

我想我读懂了北野武。如果说这个世界上只有一个民族将死亡当作一种艺术的话，那就是日本了。日本传统文化的“武士道”就是一种死亡的艺术，将死亡升华为艺术，崇尚和尊敬死亡，这正是“樱花之美”的内在含义。在传统文化中生长的北野武也是这样理解的。他曾经这样答记者问：“我是一个迷恋死亡而又害怕死亡的人，我不理解现代的日本人和西方人为什么会如此讨厌关注死亡。我觉得没有理由讨厌死亡。当你想到它的时候，你要知道，‘生’并不是你可以选择的东西，而‘死’每个人都可以平等地选择。”正是在这样的思想和情感下，北野武表面的暴力实际上正是在表达死亡的精髓，向人们最柔软和最脆弱的地方挺进，将自己的美学靶心设置在死亡的边缘。

我很喜欢北野武的电影《花火》以及《菊次郎之夏》中那些温情的细节，温馨而有节制。不像我们的很多电影，表现起感情来，像泼出的一脸盆水，把人淋得浑身透湿。北野武是克制的，因为克制，他甚至拥有粗鲁现象下的优雅、激情下的宁静。在这两部电影中，都出现了很多幅天真得几近于透明的绘画，据说那些画都是由北野武亲手绘成的。我真是喜欢那些画,那些画面中所表现出的单纯和干净,能够安抚和平息所有的躁动。

北野武真是一个很怪的人,当有人问他:你最喜欢的季节是什么?北野武的回答是:如果我跟女人在一起,就是秋天;如果没有女人的话,就是夏天。

喜欢的季节跟身边有没有女人有关系吗?我想不透其中的道理。这是一个禅。

风萧水寒的空明

我一直对于黑泽明的电影感到异常亲切。七八年前吧，看《八月狂想曲》的电影录像带，是在一个朋友的家中，当时有着很多人，那种缓慢的节奏让人们欲罢不能，而我却深陷其中，被一种绵软而强烈的悲悯所击倒。后来，电影结束，有人问我，你看到了什么？我回答说：我看到了无力，一个人对于人类自身的悲伤与无奈。

似乎真的是这样。黑泽明的电影总渗透着浓郁的悲悯情怀，坚定而克制，勇敢而孤独，即使是最柔软处也显得浓烈、深邃。那种平和中透露的苍凉是那样的久远，也是那样的细微。这个孤独的大智者，似乎在通晓了人类的本质之后，没有故作糊涂地逃遁，也没有甚嚣尘上地游刃，于是，剩下的就只有无穷无尽的忧患和苍凉了。所以，在电影中，即使是晴空万里，也能感受到春雾秋雨绵绵不断地漫延过来。那是整个人生的梦幻泡影。

这个疯狂的日本人一生拍过无数电影。曾有朋友问我,你喜欢《罗生门》和《七武士》吗?我的回答是,一般吧。比较而言,我更喜欢的是黑泽明后期的作品。在早期的《罗生门》等电影中,黑泽明更多的是表现对于人性以及人本身的怀疑。这个矮小的年轻人叛逆、不羁、钻牛角尖,总试图以电影的方式来剥蚀人性的外衣。黑泽明早期的电影就像一把薄薄的、锋利无比的手术刀,总是试图划开表面杂乱无章的纹理,寻找身体中的内核。在很大程度上,我觉得《罗生门》等电影更像是弗洛伊德或者荣格什么的精神分析的案例。但人性到了这一层次,似乎没有确定的答案。表象的东西看起来是古怪神秘的,而答案则永远像海底的珊瑚,没有既定的程式,只是呈现出光怪陆离来。

但黑泽明后期的电影就不一样了。在后期的电影中,我总能感受到神秘的光晕,从电影的上空照下来,宁静、祥和、无奈、悲悯,这时候似乎没有激烈、没有尖锐了,只是在表面矛盾对抗,没有是非曲直,也没有怀疑,有的只是温和的米色和宁静的蓝色,还有一种似乎是紫色的苍凉。是那种关于人生的惨痛,也就是那种把一切都想得透通之后无奈的笑,还有更深意义上的清晰的迷幻。从这一点出发,黑泽明的《影子武士》《乱》《德苏·乌扎拉》《梦》都可以说是人类艺术和思想的巅峰之作。有一些道理就像是山巅上不朽的松木,虽在极高的山巅,却是平常之材料。而高人之所以成为高人,只是在于看到它,并且能够明白这个道理。

我一直诧异的是为什么黑泽明前后期的作品有着那么大的

差异。前期是尖锐的疑问,而后期则是清晰之后的大混沌。后来我无意中看到黑泽明的一些经历,在早期大量地拍了一些聪明而尖锐的电影之后,黑泽明曾在20世纪70年代初步入一个低潮期。1971年,年逾花甲的黑泽明曾用剃须刀在身上割下21处伤口,遍身是血地躺在家中的浴缸里。黑泽明当然没有死成,他一直缄默着,从不说出此举的原因。但自此之后,他的艺术一下子跃上了一个绝顶的高度。在境界上,似乎没有谁可以超得过他了。这时候在黑泽明的视野里,满眼都是春花秋叶,满耳都是风声鹤唳。而他的作品与他的内心一样,一下子鼓满寂寞的风。

一个人,当他接近死亡之河,濒临滔滔逝水的时候,往往会衣袂飘飘,会有一种风萧水寒的空明。同理,一个人,要是经常地想想死亡,研究死亡,回味死亡,那他便会对人生有着透彻的明了。生与死,是一张纸牌的正反两面,它们似乎是背靠背的,毫不搭界,却是不可分割的同一个东西。

著名演员、李敖的前妻胡茵梦在自传《死亡与童女之舞》中写道,她在看完《乱》之后,曾经泣不成声,她含泪问男主角仲代达矢:黑泽明导演是不是认为人类已经无望,需要佛陀的智慧救世?仲代达矢答道:是的。

一个伟大的艺术家必须先要有一个伟大的心灵。而伟大心灵的前提是自觉地对人类的生存状况以及思想状况给予相当的关注,在生与死之间架设一座桥梁。黑泽明就是这样,他在风萧水寒的河上,架设了温暖的彩虹。

关于罗伯茨

朱丽娅·罗伯茨的脸长得很奇特：细长的眼睛，翘翘的小鼻头，脸部轮廓尖细狭长，当然，最有特色的，还是那张著名的大嘴，一笑起来，阳光灿烂，风情万种。朱丽娅给人的感觉很奇怪，尽管有着那张著名的大嘴，身材也很高大，但她看起来却异常的秀气，一点也不显得粗犷。我想，这应该是她美丽的一个独特因素吧。

我的一个朋友对朱丽娅迷得要命，他说，朱丽娅·罗伯茨就像是他的嫂嫂，旷达而可亲。这是对的，朱丽娅身上有着一种平民的美丽，这种美丽不是高不可攀的，也不是不可接近、冷若冰霜的，她就存在于大众之中，甚至混迹于穷街陋巷、市井工地。她的美有着平民母亲的成分，是亲切的，甚至有时候是粗俗的，是傻头傻脑的，这种粗俗可以让人感到放松，让人不会仰视。这样的感觉当然令人舒服。从类型上说，朱丽娅的美完全不同于帕尔特洛，帕尔特洛的美丽是高贵的，是优雅的，是时尚的，是清纯的，是高高在上的，是如玻璃水晶人的，当然，也是让大众顶礼膜拜望而却步的。

朱丽娅的演技非常出色，自然放松，浑身充满着亲和力，也能真正进入角色。早在1995年，我就看过她很有名的两部片子，一部是《漂亮女人》，另一部则是《与敌同眠》。前一部片子也译作《风月俏佳人》，是与李察·基尔合演的，这算是朱丽娅主演的第一部电影。朱丽娅·罗伯茨正是凭着在这部电影中的精彩演出一炮走红，她将一个娇憨而略带粗俗的下等妓女演绎得风情无比、可爱无比，一下子让全世界人民知道并喜欢上了。什么叫一夜成名？朱丽娅·罗伯茨就是一夜成名。

从此朱丽娅真算是一步登天了。很快，她成了全世界的“大众情人”，也一跃成为好莱坞最亮的明星之一。与所有喜爱电影的观众一样，我看着朱丽娅发达，成长，暴富，一切都尽在我的眼中。有时候当我突然意识到朱丽娅竟是好莱坞第一富婆时，我会顿生感慨：啊，生活啊，真的能使一个人脱胎换骨，昨天还是一个黄毛丫头，今天就成了亿万富婆！当然，人人都有一本难念的经，就朱丽娅的个人生活来说，她的压力肯定如泰山压顶，好莱坞就是一个巨大的旋涡，涉足其中，就要不停地挣扎，稍不留神，就会被命运吞噬。这样的故事有很多了，比如说梦露，比如说费雯丽，我们还可以从那部名叫《诺丁山》（又译《新娘百分百》）的电影中看到朱丽娅的影子，其实朱丽娅就是那个苦恼无比的女明星。

然后我们就是不断地看到朱丽娅的一些花边消息，比如说朱丽娅的一部片酬达到了8位数；朱丽娅出席金球奖颁奖仪式竟然露出了腋毛；朱丽娅性格乖戾，经常性地耍大牌……在这个过程当中，我们了解到，朱丽娅走马灯似的更换丈夫和情人……总而言之，朱丽娅的消息占尽了报纸和杂志的娱乐版，她的一举一动都能引起全世界影迷的关注。这也难怪，谁让朱丽娅是这样一个“漂亮女人”呢？更何况，她还是一个拥有10亿美元家产的富婆。

有意思的是朱丽娅的个人生活竟然与她所演的电影缠在一块儿了。比如说那部《逃跑的新娘》，似乎演的就是朱丽娅自己，因为朱丽娅在与基弗·苏泽兰的结婚当晚，就与贾森·帕特里克飞往了爱尔兰，真的当过一回“逃跑新娘”。而自从演了《诺丁山》后，朱丽娅突然地与本杰明·布拉特分手，与一个“小人物”摄影师丹尼尔结婚。为了这个摄影师，朱丽娅竟然一把掏出200万美元给丹尼尔的妻子，算是丹尼尔的“转会费”吧。这样的结合当然让世界目瞪口呆，因为丹尼尔只是个年收入4万元的穷小子，而朱丽娅每拍一部片子就可以赚到2000万美金！

在我看电影的同时，我总是忘不了捎带着这些花边趣事。这些巨星的爱情与情欲，就如同银幕上溅出的火花，使得我单调平凡的生活多了很多丰富的内容。我一直喜欢在有意无意之间观看这些“活报剧”，就如同某个雨夜，我守候在音箱旁，呷着好茶，听历史上最糜烂的爵士，然后漫不经心地看着窗外一片黑色。那种感觉，就像是守候一条岁月的河，我看着河面的涟漪，看着河里的鱼虾，看着鬼魅一般的水草，然后目睹沉渣浮起，河泥翻滚，一连串的水泡欢快起舞。那真是一种妙不可言的感觉。

青春过后“大撒把”

那天晚上看法国电影《不可撤销》，真是有一种大吃一惊的感觉。虽然在此之前听过一些有关这部电影的传闻，但还是忍不住震惊不已。电影明显是由那些坏孩子所拍的，用那种恶作剧似的方式。这当中最突然的表现就是摄像机像是随意架在某一个醉鬼肩上，就那样摇摇晃晃昏天黑地般地拍——这样对待电影的态度就如同《萨罗，或索多玛的120天》或者《猜火车》，完全称得上是兽性的释放，并且只管释放，不管接受。这样的操作方式是可以类比的，比如绘画上的达利，诗歌上的波德莱尔和艾略特，还有美国作家亨利·米勒。在那部极具想象力的浑蛋作品《北回归线》中，亨利·米勒这样写道：这一本不算是书，它是对人格的污辱、诽谤、中伤，是无休止的亵渎，是啐在艺术脸上的一口唾沫，是向上帝、人类、命运、时间、爱情、美等一切事物的裤裆里踹上一脚……

但《不可撤销》显然不能跟《北回归线》等相提并论，它至多只能算是马路上的行为艺术。在我看来，这部电影根本没有资格将自己的脚踢向上帝，它根本提不起脚来，只能算是在泥泞地里扯掉自己的衣服胡乱打滚。我甚至认为它完全是一部垃圾片。

一般来说，我对这样的垃圾电影是敬而远之的。我一点也不喜欢帕索里尼，甚至会为他的电影感到恶心。我只是冲着电影的女主角——绝色的莫妮卡·贝鲁奇去买这部电影的。这位 NO.1 的美人，曾在朱赛佩·托纳多雷导演的《玛莲娜》中饰演一个花瓶，一个少年的暗恋对象。在那部电影中，她几乎连一句台词都没有，只是冷若冰霜地从街头走过，就使得整个小镇活色生香，男人们垂涎欲滴，女人们炸开了锅。

莫妮卡便如十月的花朵一样绽放在这个世界上。开得突然，也开得嚣张。十数年的模特生涯没有给她带来光环，倒是电影突然展示了她的美丽。30 岁之后的女人似乎没有什么想遮拦的，因为迟放，所以格外地变本加厉。于是我们所看到的莫妮卡在出名后变成了这样一种人，她仿佛连每个细胞都愿意大胆地展现，大胆地糟蹋——尽管她天生拥有高贵，但她却总是喜欢以一种嬉皮而淫荡的形象出现——也许，莫妮卡的出发点还是自信和自恋，但自恋过度，便有着一点自虐的成分了。

有关《不可撤销》这部电影，我看过的介绍说，莫妮卡是为了还愿。从《玛莲娜》开始，她就觉得全世界的男人对自己都有着一种想入非非的侵犯欲。莫妮卡想彻底地来个了结。于是在这场与自己的丈夫文森特·卡索合演的冲突中,上演了长达9分钟的强奸戏,可谓是惊世骇俗。在镜头中,莫妮卡如一头受伤的母狼一样低低怒吼着、咆哮着,暴烈血腥。莫妮卡或许想再一次吸引全世界的注意,但她过界了的举动,让全世界的人目瞪口呆。

也许莫妮卡心中仍然有着怨恨吧,出名太迟,也知道那些男人看重的,只是她的身体。一个女人,在35岁之后仍然靠着性感出名,总有点阴差阳错吧。这样的情景有点像狂欢节的最后一天被选上了皇后,既然狂欢节将要逝去,索性来一场真正的"大撒把",把酒当歌,脱衣起舞,或者来一次人皆可夫的"一夜情"。

由莫妮卡·贝鲁奇,还让我想到了另外一个绝色美女,那就是法国影星苏菲·玛索,这个曾主演《初吻》以及《芳芳》的清纯少女,脸上总是有着一种忧郁和纯情。但那都是她早年的事了,想想她现在的电影吧,也像是青春最后的"大撒把"。从《黑日帝国》到《坚贞》《亲密Ⅱ》,苏菲·玛索都是靠着并不年轻的身体打天下。有时看着苏菲·玛索在电影中动不动就宽衣解带,心里竟一直替她惋惜。对于将近40岁并且现在孑然一身的苏菲·玛索来说,没有什么可以约束她,让她顾忌。也许结果就是这样吧,35岁的女人想做到无羁,但给人看到的,却似乎是无耻。

我发誓下次再也不看莫妮卡·贝鲁奇了,也不想看苏菲·玛索,甚至不愿再看将近40岁的巩俐在《周渔的火车》中的激情戏,那样的情景让人心酸。我不想看到一个天生丽质的女子在生活与功名的重压下拼出自己的性命——尽管生活是这样的残酷无情，但我仍是不愿目睹这样的“大撒把”。

《不可撤销》整部电影都是强刺激，但却有着一个天才而温情无比的结尾：劫后的莫妮卡·贝鲁奇躺在草地上，身边是孩子们快乐地嬉戏，镜头从上空俯视下来，一阵曼妙的音乐响起，我听出来那是舒伯特第九交响曲的第二乐章，一场暴风骤雨后的平静祥和。然后电影的画面在音乐中回旋。这一切似乎在预示着一种结局，那些35岁之后的美女呀，也许再翻上几个筋斗，就会变得平静安宁了。

天才魔鬼

杰瑞米·艾洛美长着一副神经质的面孔,这样的面孔在好莱坞并不多见,比较著名的只有马龙·白兰度,还有安东尼·霍普金斯。这种面孔的拥有者一般都是天才与魔鬼的混合体,因为他们往往过于敏感,神情紧张,内心阴鸷而执着,他们一般不屑于与别人对话,他们在更大程度上只愿意跟自己的内心对话。

艾洛美的电影留给别人的印象都很深,比较有名的是 1997 年在那部纳博科夫原著的电影《洛丽塔》(又译《一树梨花压海棠》)中饰演那个著名的中年男子,他在一种极端的偏执中爱上了 14 岁的洛丽塔,爱得自私而病态,然后又在一种共同毁灭的欲望中杀掉了洛丽塔。给人印象极深的是艾洛美杀人后独自驾车在雾霭中失魂落魄地绕圈,周围的草地一片无比平静的绿色,这恰好反衬了一种人性边缘剃刀般的凶险。

与库布里克在 20 世纪 60 年代所拍的那部著名的《洛丽塔》

相比，我认为1997年版的《洛丽塔》似乎要逊色一些，尤其是女主角，少了那份天生的邪气，那是一种纯洁、欲望和不羁夹杂着的气质。但，艾洛美的表演，却是毫不逊色的，他能将中年男人的爱欲和疯狂表达得相当妥帖，这样的对角色的理解，当然是一种天才的接近方式。

接着说比诺什了。朱丽叶·比诺什一直是我最喜欢的女演员之一。喜欢她，是因为她的戏路宽广，她在《新桥恋人》《生命不能承受之轻》《蓝》《英国病人》等电影中的演出都是无与伦比的。比诺什似乎是这样一种演员，她可以一直进入别人的内心，在内心中完成角色与自己的一种幻变；然后，她就变成了另外一个人，连眼神都是别人的，灵魂也是别人的。

比诺什的每一部电影都可以称得上是经典，当然，最好的，还是基耶斯洛夫斯基的《蓝》。《蓝》成为艺术电影的高峰，与比诺什极具个性色彩的表演是分不开的。在这部电影中，比诺什将女主角内心当中一种巨大的忧郁恰如其分地表现出来了，不，不是表现，而是自然的流露，她的眼神忧郁茫然，她的略带神经质的个性让人感到悲怆而伤痛。我们就从她的身体以及眼神中看到她的内心——当然，这都是电影《蓝》当中女主角的个性，但我宁愿将之看作是比诺什的性格。

就这两个天才的演员，他们突然地相遇了，相遇在电影《烈火情人》（又译《爱情重伤》）之中，将一场对手戏演绎得如火如荼。当男主角艾洛美与他儿子的女朋友比诺什第一次相见时，他们一下就从对方的气质和眼神中找到了自己，或者说，从对方的身体上嗅到了一种亲切。这时，我突然意识到他们——艾洛美与比诺什是那样的相像，无论是气质还是心理，似乎彼此都算是彼此的影子，彼此都是对方的另一半。

也正因为如此，他们算是一见钟情了吧，于是一场“不伦之恋”展开了。爱得你死我活，爱得神经错乱，爱得一地鸡毛，爱得悲壮惨烈。这样的爱，既是一个人对另一个人的倾慕，也算是一种生活方式对另一种生活方式的倾慕，或者干脆说，是一个时代对另一个时代的倾慕。

为爱总是要牺牲的，但电影《烈火情人》中艾洛美为爱情的牺牲似乎太大了一些——他不仅仅使自己儿子死于非命，同时也丢掉了自己议员的位置。生活就是这样的惨痛无比，在一个方面赢得了胜利，在另外一个方面就会输得一败涂地。

艾洛美的表演仍然是那样的精彩。他似乎一直游离于社会和自己的思想之外，那种偏执和一意孤行的行为夹杂着相当的莫名其妙，他能将心理的冲动和矛盾表现得淋漓尽致。有一种男人就像一把危险的刀，平日里深藏不露，一旦拔出鞘来，刀刃就一定是要见血的。

电影中有一段台词相当好，艾洛美对比诺什说：我想看清楚你。

比诺什则茫然回答说：我什么都没有看清楚过。

比诺什当然是什么也没有看清楚过。这个女子一直生活在一种错乱当中，正因为错乱，她已经不知道什么是正常了，迷惘而沉静中掩盖着巨大的悲伤。况且，即使是生活在正常的情况下，只要你深入地思考一下，你也会发现，关于正常，甚至道德，其实是最脆弱无比的，是一种外表坚硬，其实却可以随时坍塌下来的一种东西。

这部电影的导演是法国名导路易斯·马勒。对待这些走在人性边缘的电影，不要试图用道德的秤杆去称出它的斤两来。这些电影，似乎一直就是游离在这些道德之外，它们就是试图去挑衅，去喊醒，去骚扰这些道德准则，就像是一群大胆的物理爱好者，不断地去撩拨那些带电的高压线，直到碰撞出噼噼啪啪的火花。这时候若是行人目瞪口呆，他们就会在一旁恶作剧似的开心。他们，要的就是这种效果。

无茎的美艳

那天晚上听到消息，张国荣自杀了，说是从24层酒店的楼上跳了下来，砸在一楼的水泥地面上。很奇怪我的第一反应竟然一点也没流露出吃惊，好像自己早就有思想准备似的。我记得当时我说了一句：张国荣似乎注定是这样的结局——我的意思是，一朵没有根茎的花朵开得再美艳，也终究会很快残败，残败之日，必定是毁灭之时。

说实话，对张国荣，我一直不太喜欢。记不清是什么时候第一次看到他了，当时我的第一印象就是，这个男人竟有如此浓重的脂粉气，造作忸怩，妖娆妩媚。我并不是排斥秀美的男人，相反还很喜欢那种暗藏力量的清秀。但在这个人的身上我却能觉察到他的异样，在他妖娆的背后，似乎有着浓重的忧郁，甚至绝望。后来看陈凯歌的《霸王别姬》，在那部电影中，张国荣身上那种颓废的优雅获得了完全的释放，他似乎就是程蝶衣，多情而轻狂，迷幻而华丽。可以这样说，张国荣在《霸王别姬》中算穿上了属于自己的花衣裳，也明白了真正的自己。电影中的张国荣尽兴地展示自己的妖娆，销魂而绝望。银幕上活色生香，而我在下面却看得毛骨悚然。

再后来看王家卫的《春光乍泄》，看他跟梁朝伟在电影里的亲热镜头，感到特别地别扭，录像带看到一半我就按下终止键了。我算是真正明白张国荣了，这哪里是一个男人呢？这分明是一个女人，只是断魂一般地生着男儿身！后来我听说他公开了他的性取向，也是一点也不感意外。也听说港台演艺圈在20世纪80年代曾经有过“四大美艳”的称谓，那指的是林青霞、关之琳、李嘉欣三个大美人，还有一个则是张国荣了。这样的排列真让人尴尬，也让人吃惊。我明白张国荣忧郁颓唐的原因了，从一出生，他就坠入一个错误，错误使得他的生命阴差阳错，无法拒绝，也无法改变。身陷其中的人必定痛苦，必定绝望，必定危险。自此之后，凡是张国荣的电影，我都有一种心理上的排斥，或者是需鼓足勇气才去看。我很怕面对着他，面对着他的忧郁、他的美艳、他的妖娆。

有一次看电视，无意当中看到了张国荣最近的一个个人演唱会。台上的张国荣彻彻底底地扮演成一个女人了，他穿着一双红色高跟鞋，嘴唇涂得血红，指甲上也是蓝色的蔻丹，一袭半透的丝绒闪闪亮亮，他唱得如泣如诉、欲死欲活，如一个冤情未了的女鬼。我看得不由得打起寒战，我甚至从他的举动中嗅到了一股浓重的死亡味道。一个不顾一切宣泄自己欲望的人,也许真的要拿生命作赌注了。舞台上的张国荣就像一团熊熊的火焰,不顾一切地燃烧自己——也许,只有在舞台上,张国荣才能尽兴一把,在梦幻中完成自己的转变,洒洒脱脱地把自己的躯壳留在尘世中,让“真我”驾云腾雾,欲仙欲死。

但,现实终究是现实,张国荣在短促地享受“真我”的陶醉后,必定要回到亦步亦趋的现实。张国荣肯定是一个追求完美的人,也是一个懦弱的人,我可以想象他疯狂之后逼仄的境况:优秀的男人对他都敬而远之,而女人总会在一旁指指点点,残留在身边的只会是一些什么呢?一些烂仔,或者一些女人同情的目光。然后慢慢地目睹自己的身体如春水一样起皱,美艳不在,晚年落寞凄凉。张国荣的梦是很难再圆了,即使圆了,怕也难有当年的美艳,只是一个残枝败柳的半老徐娘。这样的情景就像黄昏中的昙花,生命中最光鲜的时间已然过去,夜幕降临之时,花瓣必然黯然神伤。

我有时想,我们所处的世界真是有着固定的游戏规则的。虽然说人生如戏,戏如人生,但规则却是无法改变的,一旦背离,伴随生命的,只有痛苦,或者无边的失落。

但张国荣显然是一个天生的叛逆者。天生叛逆者的定义在于,连叛逆都是上帝赐予的。因为这一点,张国荣当然没有责任,一切都是天造地设,但问题是,上帝如何去安抚那些命运的弃儿?

据说,有一种鸟儿,只要折断了最漂亮的羽毛,它就会不吃不喝，然后等待死亡的到来。我想，张国荣可能就是这只鸟儿投胎的。我记得茨威格曾说过一句很独特的话："少女之心存在我的身体中。"张国荣想必也是这样吧，这应该是一个一辈子有着少女之心的人，他如一个缺少世故的少女一样生活了40多年，干净而忧郁，颓唐而乖戾。这样的人就像一朵无茎的花朵，没有现在，也没有将来，它最好的结局就是趁着败落之前，画着美丽的弧线陨落，引发细若游丝的绝响。

寂寞的等待

我一直对于自己曾经走过的道路怀有一种异样的感觉。甚至连这个世界,我都有着一种不可避免的疏离感,这种疏离的感觉并不是单纯地从社会的角度来说,它可以说是本质上的,是时间和哲学意义上的。以至有时候梦醒之后我总是情不自禁地想:啊,我还在这个世界上,这又是新的一天了。

新旧交替之际,关于时间和人生的感慨一般会格外多。前几天单位的人一起聚餐,在喝了很多酒后,我们来到了歌厅。在卡拉 OK 的曲目单上,我突然地意识到周围的变化太大,我们身边的很多东西已经变得陌生,曾经熟悉的时光已经尘封在那些歌曲目录当中。我这才想起,不知不觉地,我们已经走过很多日子了。而在这个历程当中,似乎最亲切的东西还遗留在原处,自己却被一些东西推搡着前行。所以那天,当我端起话筒,与那个时代狭路相逢时,在歌声中,岁月与我已用不着细细打量,双方似乎都不是原来的自己了。

在这样的情绪之下，我又看了第六代导演贾樟柯的《站台》，这部被贾樟柯认为是自己最成熟的一部电影，向我们展示的是同样的意义。它表达的就是时间，有着很好的时间感觉，它发现并展示了时间的性质和意义。当我在夜色之中独自面对《站台》所展示的有关20世纪80年代的一切，包括那时的流行歌曲，包括穿着打扮，包括言行举止，包括那个时代的表情以及心理状况，我都不由得会心一笑。我原以为那一段时光并不遥远，也以为自己的故事仍然新鲜，仍然是结在树上的果实。可当贾樟柯将20世纪80年代原封不动地端上桌时，我这才知道，那些东西早已是果泥了。这就是时间给我们的馈赠。

也许正是共同的心境吧，贾樟柯在这部电影中选择的是客观描述。他一直用中长镜头来记载这段历史，客观、内敛、迷离，有一种极深度的克制，克制的是一种不断向外涌动的情绪。电影展示的是1979年至1989年整整十年的飘摇，一小撮年轻人紧咬着牙关迎接动荡并自我动荡。那个时代有着我们感到亲切的迷茫、断裂、变迁、压迫和焦虑，有着喧嚣和彷徨、暧昧和混沌，还有浅浅的欢乐和忧伤。电影就是这样和盘将这一切端给我们，就如同小说中的白描，但比白描更显客观。贾樟柯不是模拟生活，他描述的就是生活本身，有着质感和肌理的生活本身。电影的镜头是那样的沉静，似乎从不试图进入别人的内心，甚至连一个特写都不给。在这样的处理方式中，人都湮没在那个时代与岁月中了，都是千人一面，简单而有着共性。没有什么是清晰的，是独特的，是值得细细表现的，包括岁月、友情、爱情，甚至迷茫以及困惑，然后这些共性的东西便如岁月一样慢慢地洇开来，当所有的东西都洇开来的时候，现实就变成了历史。时代出现了一种无可奈何的明朗——这个世界的变化真让人惊心动魄。

贾樟柯的《站台》，还使我想起了另一部电影，那就是安哲罗普洛斯的《尤利西斯的神秘之旅》。这同样是一部关于时间、具象以及旅程的电影，它同样也是大量运用长镜头和中镜头，没有一个特写，也没有一个近距离。有人说贾樟柯的电影更多是像小津安二郎和侯孝贤，但我以为他还是像安哲罗普洛斯。起码这部电影就是。只不过《尤》片显得尤其静穆，在静穆中渗出一种哲学的意味。而《站台》则是吵闹的，在吵闹中表达一种社会的变化。之所以选择中长镜头，那是因为，历史就应该远远地眺望吧，在眺望中，才能看到本质；而堕入其中，是很难深得三昧的。

《站台》是不寻常的。我指的并不是电影本身，而是电影所暗示的变化。或者说，只有我们回过头来，我们才会看到脚下的铁轨。过去的一切是那样的荒诞不经、纯朴而又傻帽，但那毕竟是我们曾经的青春、曾经的岁月，我们就是那样在裸露着的土地上，在布满灰尘的道路上，轰轰烈烈地走过。

记得前一段时间看经典电影《公民凯恩》，有一句台词让我刻骨铭心：凯恩尝试着改变世界，但他的世界现在已经成为历史。我们不也同样吗？我们似乎正在尝试着改变世界，但我们曾经的站台呢，早已被远远地抛在身后。

生命中不可承受之美

我一直钟爱丰子恺先生翻译的日本古典名著《源氏物语》，不仅仅是喜欢，干脆就是迷恋了。前几年，我曾经在很长时间里翻阅着这本书，每次只要读上几页，就有着一种心窍塞满的沉醉，然后便合上，然后又再次打开。那是一本将文字的魅力发挥到极致的书籍，有一种魔力游走在这本书的字里行间，传达着一种古雅的氛围和禅意，还有宿命的安静，以及无辜、天真，或者轻轻的哀愁。这样的文字是可以玩赏的，甚至可以忽略书籍本身的情节，只是翻阅那些文字，感受文字之后那种干净，就会有着洇开了的智慧和安详。

这样的小说拍电影真让人提心吊胆。但日本东映在2002年推出的电影《千年之恋·源氏物语》却做得非常好。它给我们传达的，是与小说一模一样的心理感受。一大堆美丽冲击你，然后洇开来，慢慢地化去。尽管我对于电影的美丽画面有着心理准备，但当电影开始，当一大堆类似小说中浮世绘的唯美画面扑面而来时，我还是有着一种目不暇接的忙乱，也有着一种美不胜收的惊慌失措。

可以说，在电影《源氏物语》中，每个镜头都是一幅艳丽无比的古典日本画。电影一如既往地承载了小说的方式，像水墨画，也像工笔画。日月星辰，山川河流，雾雨雷电，风花雪月，这些都安安静静地走入画面了，而在肃穆的宫殿之内，秀丽的屏风之后，在曲折走廊的拐弯处，走来了一个又一个绝世的美人，脸上洋溢着单纯而沉着的处女气息，像一粒干净的水滴一样度过自己的一生。

这样的电影无疑是一场视觉的盛宴。可以说，到现在为止，我还没有看过一部美得如此让人心惊的电影。前几年我看侯孝贤的《海上花》，我曾为电影中类似陈逸飞油画般的沉静和典雅所惊叹。但《海上花》与这部《源氏物语》相比，显然要缺乏那种梦幻般的极致了。前者的美丽只是一种人间烟火，而后者的美丽呢，更有着一种一尘不染的干净和空灵。这样的东西仿佛长着一对透明的翅膀，可以飞在空中，呈现出缥缈和捉摸不定。电影的画面不仅仅是渲染，还有着一种克制，渲染的是客观的理念，克制的是主观的情绪。关于美的问题在理论上一直有着主观美与客观美的争论，而通过《源氏物语》，你会明白，其实美完全是主客观的统一，没有人心，又何尝谈得上美丽呢？而景致就是人心，就是人物内心的表现。或者干脆说，景物也是有着内心的，它的变化，相通于人们内心的变化。

当然,这样的美丽就是为了阐述内容的,是为了阐述无常,世界的无常与人生的无常,只有在无常中,才会有着一种惊险的美丽。在电影的结尾处,紫式部幽幽地感叹说:“只有幻觉才会那么美,京都的繁荣只不过是彩虹罢了。”我想,彩虹之所以美到极致,是因为它的短暂吧,短暂而脆弱,才有着非同一般的惊艳。

玩唯美,这个世界上似乎谁也拼不过日本。日本的美学真谛似乎就是寂与艳,寂与艳密不可分,在寂中方有艳,而艳极了,寂也就出来了。由《源氏物语》,我明白了一个至理:美丽并不是单独的一种东西,它是有尾巴的,它的一头隐隐约约地连着空灵,暗传着一种无以言喻的精神,美至极,就会散发着一种寂寞和空灵的气息,拥有着一种让人噤若寒蝉的震慑和神秘。

当然,电影更让人忘不了的是剧中人物的表情。所有的人物都是安详的,柔弱而迷离,有着一种宿命的平静和内敛的忧伤,在这种脸上我们可以看到一种在本分里对神秘命运的尊重。那是一种我们所不熟悉的表情,也是一种我们不熟悉的世界观。每个时代的人,都是有着不同的表情和举止的。

这样的电影或小说给人的东西当然很多,看完电影之后,我抽下书架上的《源氏物语》,在下册的扉页上,我发现了一段我在1996 年 7 月 8 日写下的一段文字:与《红楼梦》相比,虽说书中的佛学思想是基本一致的,但在风格上,此书的天籁成分还可以说多一点,也就是说精巧和人工的成分要少一些,且味道、视野也不一样,感觉的成分非常多,可能因为曹雪芹是男的,而紫式部是女的。我已经记不清我写这段话时的心境和感受了,但我知道,只要捧起这本书,我便会有着一种鱼游进深海的感觉。

诗人是孩子

很多年没有想过顾城了,就要把他淡忘了。我们整天疲于奔命,谁会想起一个诗人呢,一个杀人犯诗人,但看电影《顾城别恋》,禁不住记忆一下子汹涌而出。

20世纪80年代初诗歌热的时候,我正在高中苦读,但我仍然抑制不住自己对诗歌的喜爱,偷偷地邮购了一本薄薄的蓝封面的《舒婷顾城诗选》,然后躲在暗地里背诵。后来上大学,我的那所并不优秀的大学以出新锐诗人闻名,校园里总有诗歌的狂热,但我知道,很多同学是把写诗当作爱情的纸鸢。我没有加入这支队伍,我只是整天在篮球场上乱蹦一气,消磨我荷尔蒙旺盛的大学时光。

现在回想起来,那股汹涌的诗潮是有着强大历史背景的,当时人们极想找回自己失落的心灵和记忆,于是便有强烈感受,有着抒情的欲望。由于思想和行为的幼稚,很多诗作在现在看来完全是天真幼稚，故弄玄虚。但当时还是有一些诗作堪称不朽，比如说顾城，比如说北岛，比如说舒婷，都可以说是真正的诗人。在他们的内心中，有着水晶般的剔透和单纯，散布着青草般的气息。而这当中，可以说我最喜欢的，就是单纯无比的顾城了。

顾城是独特的，他的诗给我的感觉就是，像童话一样透明，像花蕊一般纤细。就像是内心升腾的肥皂泡，新鲜而美丽，没有纤尘，同时又孱弱无比，就像是一个孩童面对大千世界的独自呓语。

后来，我的生活离诗越来越远，在搬过几次家之后，那本绝版的《舒婷顾城诗选》也不知道丢到哪儿去了。我们抗拒不了世界越来越物质化的趋势，在这个过程中，一些零星的有关诗人的消息不断传来：舒婷正在变得越来越平庸；北岛销声匿迹；顾城好像出国了……人人都为自己的生活忙乱不堪，而诗歌就像是我们脚边的野花，似乎谁也没有空闲去注意它。直到 1993 年我从报纸上看到顾城在新西兰杀妻后自缢的消息，当时我只是心里咯噔了一下，感到一个瓷器般的东西破碎了。

我当时想，顾城终于死了，以自己独特的方式，以属于自己的方式，离开了这个世界。他不愿平庸，也不愿意消亡，所以他选择死亡，以一种极端自私的方式。实际上他可以算是这个时代最后一位纯粹的诗人，他就像一个透明的、薄如蝉翼的瓷器，晶莹、敏感、脆弱而珍贵，不堪一击。而他终于碎了，消失了，就像一首诗燃烧在火中。

《顾城别恋》这部电影是由香港导演陈丽英执导的。这部电影拍得还算不错，尤其是冯德伦饰演的顾城，一种失魂落魄的气质，一双没有焦点的眼睛，算是抓住根本了。外形上也像，面孔清秀单纯，带着微微的神经质。影片完全是纪实性的，以一种写实的手法来回顾顾城的生活以及死亡的过程。在诗歌面前，顾城专注而伟大，他本身就是诗。而在现实面前，顾城显得那样孱弱而可怜，就像一个迷途的孩子一样。这样的孩子是孤独的，同时也是孤芳自赏、一厢情愿的。他的思想空间既广阔，也狭隘；既纯净，也偏执。这样的人是难以面对人群的，这么有秩序的世界哪里有他的生活空间呢？当所有的规章都对他形成挤压时，他会感觉到一种彻底的窒息。

我记得在顾城事件后的那些日子里，报章曾有许多关于道德、关于艺术人生等话题的争论。我没有写，也没有看，我只是在想，顾城是个诗人，是个天才，同时他也是一个孩子，一个不谙世事且自私的孩子。对于孩子，犯下的罪行当然不可饶恕，但对待孩子，就不要从道德上去谴责他。孩子的错误与大人的错误是不一样的，孩子缺乏心智，在他单纯而狭隘的内心中，世界很小很小，世界又很大很大。

一个真正的诗人必定是孤独的，也必定是痛苦的。孤独是这样一种东西，它专门挑选那些痛恨孤独的人。在电影中，我们看到的顾城就是那样的孤独，他似乎与这个世界上的任何人都没有关系，跟任何事也没有关系，所有的东西都是他的背景。而他生命的全部意义，似乎就是在寻找着诗，就像一个在海滩的孩子，为那些海滩上的美丽贝壳痴迷而癫狂。

这部电影有着华丽的死亡色彩,它让我感到哀伤。也许对于顾城来说,死亡并不意味着根本的变化,因为他本身就是游走在死亡与生命之间的,或者说,他的生命本身就是死亡。“我想死一回,在生命的边缘行走,去看凋谢的玫瑰。”这样的诗句,简直就是刀锋上滴下来的殷红的血。

似水流年的歌

前几天淘碟，碟屋的老板热情地推荐说：有法斯宾德的电影，全套的，要吗？我迟疑了一下，我看过法斯宾德的电影，太闷了，虽然我可以说是“闷片大王”，但还是有着顾虑。拿来选了一下，没有全要，买了几部著名的，比如《莉莉玛莲》《爱比死更冷》等。

《莉莉玛莲》是一首歌曲的名字，在“二次大战”中红遍了德国。同样走红的还有演唱该曲的女歌手维莉，但这个双颊饱满、姿态妖冶的女歌手因为有着一个犹太情人而命运多舛。一首歌的命运就是这样与一个人，甚至一个国家的命运联系在一起了。全片自始至终穿插着《莉莉玛莲》的旋律。这首暧昧凄美的歌真是有点奇怪，它的表面是崇高和缅怀，但在它的骨子里，似乎却暗藏着一些背道而驰的东西，旋律重复，绝望增加，而优美却在慢慢弱化。就像一块看起来优质的肥皂，每擦拭一次，就会少掉一些东西；而水，却是慢慢地变得混沌起来。

关于法斯宾德，我并不陌生。这是一个扭曲的天才。他一生下来，就跟着从医的父亲生活在一个小诊所里，每天嗅到的就是与妓女有关的怪异气味。5岁时，父母离异，法斯宾德跟着母亲，而母亲竟找了一个18岁的小情人生活在一起，这个少年一直对法斯宾德尽职尽责。这样的成长环境真让人毛骨悚然。后来，15岁的男孩法斯宾德开始了自己的卖淫生涯……一个人，最悲惨的莫过于童年或者少年的畸形了。这样的人，就像阴暗潮湿的地方生长出的蘑菇，鲜艳，糜烂，带着天生的罪恶，有着一种钢丝般坚硬而颤抖的生活欲望。

也难怪吧，到了后来，奇丑无比的法斯宾德将自己心灵扭曲的能量完全地释放在电影上了，痴迷甚至接近于疯狂，他甚至拒绝休息，发疯似的拍着电影。法斯宾德甚至在一年里可以完成6部电影，而且都是杰作。这是怎样的一种速度呢？简直匪夷所思。法斯宾德为了击败他的睡眠，染上了酗酒和吸毒，他一直坚持说："我不睡觉，除非我死了。"

这样悲壮的赶路就像一场一个人的战争，在这样的状态下，电影之于法斯宾德，就如同滴在他生命蜡烛上的火油，相互助燃，越烧越旺，使他37岁的生命燃起熊熊大火，然后化为灰烬。

同样一首歌代表着一个人甚至一个国家命运的，还有《贝隆夫人》（又译《埃维塔》）。那首著名的《阿根廷，别为我哭泣》，实际上也是埃维塔个人的心声，一个人，在历史的临界点上无力地倾诉、要求以及悲悯。这部电影也是从头至尾回荡着这首歌的旋律，先是深情的诉说，但到了后来，就变成一种绝望，掩饰不住，从旋律中渗透出来，像雨雾天气里路灯边浓重的晕。

比较而言，我还是喜欢《甜蜜蜜》。那部在邓丽君的歌曲中发生的情与爱的故事，是那么的家常，又是那么的隽永。这时的歌曲才是一遍比一遍浓情，一遍比一遍纯粹，一遍比一遍回肠荡气。我宁愿相信这种没有任何背景的爱情，也不愿相信那些冠冕堂皇的作秀——我曾在前面的一篇文章《欧洲脆弱的心脏》中提及小国是玩不起政治的，政治是大国的游戏，是力量的展示。实际上小人物与小国一样，也是玩不起政治的，政治就是巨大的"搅拌机"，小人物进去，恐怕是血肉模糊吧。但似乎是，只有小人物才会有爱情，大人物大多只是交易和摆设。你能相信那些写在书里、登在报纸上、在电视上露脸的大人物的爱情吗？人的命运总是有得必有失，爱情，似乎也是这样。

在写这篇文章时，我又看了一遍《莉莉玛莲》，在记下歌词的同时，我越来越强烈地感受到歌曲中的绝望和凄楚。也许一首好歌就是这样吧，有着酒的功能，它能在不知不觉中软化你最坚硬的地方，并且会让你产生错觉：你以为是从酒中得到雄性了，得到力量了，其实不是，恰恰相反，酒会让你感到内心的软弱，感到真实的力量。从本质上说，人一软弱，反而会变得安全了。坚硬，永远是虚假的外壳，穿着它，只是徒耗自己的意志。

兵营边的灯就一直亮着，

就在那里见面吧，
我会把你紧紧拥抱，
让两个融为一体，
再见吧，莉莉玛莲
……

一首被时代赋予意义的歌总是这样，表面上是雍容和深情，但在骨子里，却有着深深的绝望，苦难地、悲伤地、微微地透着暖气。这样的歌，就是那段历史，像一根美丽的绳索，从那个时代遗失下来，随便地就丢弃在路上；或者像一条蛇，溜走时蜕下的缕衣。

这样的歌曲还是似水流年。王小波说似水流年“就如同一个人中了邪躺在河底，眼看潺潺流水，粼粼波光，落叶，浮木，空玻璃瓶，一样一样从身上流过去”。我现在，听着歌，就有这样的感觉。

欲望及对欲望的恐惧

看《遇上1967的女神》是在一个子夜。因为来了朋友，陪他们喝了很多酒，在夜半翻来覆去睡不着，于是索性起来，随手摸出张碟，就在那里打发子夜的时光。

这是一部才华横溢的电影，拍得流光溢彩而又暗藏玄机。这样的电影对于世界和人性的阴暗有着匕首般的质疑，而对于自然和天道却怀有一种简单的虔诚。透过电影华彩无比的景致，我甚至可以嗅到阳光、青草、沙漠以及原始森林的味道，看到人性在绝望时升腾起的一股浅蓝色烟尘。

故事是这样的：一个生活在东京的日本男子整日里心若止水，他的宠物只是一些毒蛇和蜥蜴。有一天他在网上征购"雪铁龙女神车"，并且得到信息：一个澳大利亚人有一部1967年的"雪铁龙女神车"要出售，价格是35000美元，要的是现金。日本男人用计算机从银行盗得一大笔钱之后，独自来到澳大利亚。来到接头的地方后，一个红头发的澳大利亚盲少女告诉他，那个想卖给他车子的浑蛋因为跟老婆争吵，一怒之下开枪杀了老婆，然后自己也自杀了。红头发盲少女还告诉他，那部“雪铁龙女神车”本是她的，但被那个男子抢走了。现在，如果他还想要，只要开车送她回自己曾经居住的沙漠，然后，就将这部车送给他。

于是日本男子带着盲少女上路了。一路风光旖旎，在这美丽无比的风光中，盲少女对日本男子产生了爱情，并告知了自己的身世。盲少女的家在沙漠之中，她是外公与母亲乱伦的结果，她既是外公的外孙女，又同时是他的女儿。后来，外公又企图对她不轨。而她的母亲禁不住道德沦落的负重，自杀身亡，临死前，放火烧毁了家。她这次回去，就是想杀死那个既是她外公又是她父亲的人。而当她到了目的地之后，来到淘金的矿井中，真正举起枪瞄准那个已经精神崩溃的老人时，她实在没有力气扣动扳机了。她选择了放弃，或者是选择了宽容，以忘却为起点重新生活。

这样的题材总是让人心悸的，就好像来到一个万丈悬崖边，随时都有着失足的惊险。导演却能在这样背水之战中杀出一条血路来，在万丈悬崖边生出了翅膀。电影拍得悠扬而幽远，没有艰涩、故作高深的思想，却有一种流动的诗意，绝处逢生，苦楚而隽永，如沙漠的河流。这样的河流是人的欲望，也是生存的法则。这部电影的最大特点，是将最锋利的刀刃直抵你的心脏，刺进去几毫米，然后又跌落在地。锋利到极致，便有一种浓郁的宗教感，和平而宽容，这便是超出仇恨之上的自然。

这部片子的导演是罗卓瑶。有人曾跟我提起她的《诱僧》，我没有看过，我只听说拍得矫情而做作。也许罗卓瑶在移民澳大利亚之后，相比于浮躁的香港，在那个孤独的大陆上，可以更多地面对自然，充分地领悟到自然的精神与人性的迂回。

我一直爱看这样的电影，也一直怕与这样的电影面面相对。也许人性就是这样。总有一些人愿意用电影这种最现代的艺术方式去叩击心灵的禁区，探究人性的青苔。在夜色之下，在阴霾之中，我总是被他们的离经叛道惊得目瞪口呆。这样的题材总是契合了人类心灵中的某些暗斑，逃也逃不开，躲也躲不掉。人性是那样的宽广幽深，一不留神，就可以看到几株别致的野玫瑰在边缘之中独自灿烂，放射着诱人的火焰。

我明白人类永远摆脱不了什么，那就是——欲望以及对欲望的恐惧。

至高无上的想象力

那一天翻《看电影》杂志，读到苏童、余华等一帮人谈电影的文章，就看到苏童自称最喜欢的电影是费里尼的《罗马风情画》，于是怦然心动。我是有这张碟的，但自从买回来后就存放在书橱里面，一直未看。在此之前，我看过费里尼的《大路》《卡比莉亚之夜》《八部半》等，尽管对费里尼的镜头感与奇思妙想有着相当深刻的印象，但仍是觉得那都是老片子了，毕竟是那个时代的产物，感觉上总隔了一层。所以，费里尼的片子尽管买了不少，但大都闲置着，跟很多陌生而不朽的经典堆放在一块儿。

于是，看了《罗马风情画》。真好，是那种你会不时发出惊叹的好。这部电影有着惊人而别致的想象力，有思想，更有奇思妙想如宝石一样放着光芒。我甚至能够感觉到电影就是费里尼的一种表达方式，费里尼就是想通过不确定意义的电影镜头来寻找那段捉摸不定的时光，过去和将来，以及时间打磨过的痕迹。这些东西肯定是没有确切答案的，或者说，有，但不是用语言和言语所能阐释的，也是人的大脑所无法明白和理解的。但用电影的表达方式，却可以达到一种只可意会不可言传的心领神会。

费里尼的镜头感真好。他的镜头总是出人意料，但不得不说那是一种高妙无比的视野。他似乎什么都不说，只是在用镜头说话。似乎镜头也不是他操纵的，他只是揣摸出一种力量，然后把它交给这种力量。他就那样袖手旁观、信马由缰，就如同上帝一样，一切都懒得去管。如果这个世界是他的作品，那似乎是他留下某种力量后便蜇身而去，让无数由此衍生的谜如星星一样闪烁。

费里尼的确是一个高人。我感觉到这个人似乎就是站立在时间和历史的河流边；或者说，他就像一个高妙无比的裁缝，随意裁剪着时光的布料，拼凑着，织成一件件色彩斑斓的衣裳，然后光鲜地走在旷野上；或者是，随意采撷时光之花瓣，然后撒起来，像一个顽劣的孩童，留下了一地的斑斓，以及清脆无比的笑声。

在我看来，《罗马风情画》的每一个章节甚至每一个镜头都非常好。比如，剧场章节，雨中拍摄章节，妓院章节，还有教会里的服装表演章节，似乎每一处都可以让人拍案叫绝。我感觉费里尼甚至把片场搞得像马戏团一样热闹和谐谑。似乎电影就是费里尼的马戏团，而他就像一个小丑，在表面的热闹中固守着自己内心的孤独。费里尼的电影是没有明确时间界限的，人们就像涉足在记忆、梦境、肉欲以及情感的迷宫。在这个迷宫中，每个人都不知道自己是谁，过去是怎样的人，未来是怎样的人。所有的梦交织在一起，无前，也无后，无小，也无大……我感叹的一点是，一个人怎么可以有那么多的奇思妙想呢？就像一个神秘的森林人，不知道任何法则，也没有先入为主的铺陈，就在那里想啊想啊，按照他的想象力，那是可以把森林都翻个个儿，也能让世界四脚朝天的。

夸张与变形并不是盲目的扩大，它的意义只是在于集中地表现着一些特点。这些特点只是本来，或者说，在更多的时间隐埋在里面，只是将它们发掘出来堆积在一起。在我看来，费里尼的镜头的起点是自己的心灵，而它的终点同样也是自己的心灵。对于他来说，现实世界不再是唯一值得摄影机停留和关注的对象，而内心世界的奇谲诡秘、渊深狂乱，才是他所着力想窥探的。费里尼说："我拍的所有一切都是自传，即使是描绘一个渔夫的生活，也是自传。"费里尼是有着一颗伟大心灵的。只有有着伟大心灵的人，才会不屑说一个个啰啰唆唆的故事。故事本身是不重要的，重要的是故事的意义以及散发着的光晕。在我的想像里，费里尼长着一双硕大无比的翅膀，那是一对凤凰的翅膀，有着这样翅膀的人，肯定只愿意在空中飞翔，而不屑在地上走来走去。只有在地上的鸡才会唠唠叨叨地彼此讲述：从前有座山，山上有座庙……

费里尼不是鸡，他是凤凰，他想给我们展示的就是他美丽的翅膀，那是人类至高无上的想象力。

女人三十一朵花

那一天在家昏昏地看好莱坞电影《挽歌》,突然有惊艳的感觉。惊艳的原因有二,一是有很长时间我没有看到一部让我兴奋的电影了——这两年中,好莱坞一直不太景气,拍出的电影也少精品,贝佛利山仿佛把电影这种艺术形式的好招数全用完了,有一种山穷水尽的感觉。这一部电影,至少是能拿得出的。二是电影的男女主角演得真好,润物细无声。好的演员,仿佛身上散发磁性似的,能将观众的目光和心思全吸附在他身上。男主角本·金斯利就不说了,他曾经饰演过《甘地》《辛德勒名单》中的德国军官,在他身上,有一种无法抵御的蛊惑力,阴鸷,细致,奔放,强大无比。没想到的是他的搭档——佩内洛普·克鲁兹,这个西班牙的"女花瓶"竟然也有那么好的表演——举手投足间,尽是夜色温柔。

我看克鲁兹的电影已有很多年了,最早的,是那部《火腿、火腿》。在那部电影中，克鲁兹表演稚嫩，动不动就宽衣解带。当然，这是一部带喜剧性的情色电影，那时候，克鲁兹才初出茅庐。但不能否认的是，佩内洛普绝对是那种看一眼就让人忘不了的漂亮女孩。她就如同小鹿一样健康、单纯、明亮，她的眼睛很大，睫毛很长，头偏小，脖子直立，一双薄薄的嘴巴偏大，一笑起来，仿佛绽开一朵花。也难怪电影制片人阿兰·普尔曾这样定义："她有让交通停顿的魔力。只要她不是静止不动，你就会忍不住去凝视她的一举一动。"佩内洛普的出道，是因为她漂亮，毕竟，作为观众，谁不愿意赏心悦目呢！

佩内洛普·克鲁兹这样的女孩子，只要她们想做，就会勇敢地攀缘直上的。

在此之后，我又陆续从好莱坞的电影上看到克鲁兹——先是与尼克汉姆合作的《天使之恋》；不久，克鲁兹开始与西班牙著名导演阿尔莫多瓦合作，就如同章子怡与张艺谋一样。克鲁兹先是在阿氏《颤抖的肉体》中饰演一个小角色，随后又与阿尔莫多瓦合作《关于我的母亲》。这是一部极成功的电影，当然，重要的不是克鲁兹的演技，而是阿尔莫多瓦电影的寓意和理念，还有他的声望。当克鲁兹与阿尔莫多瓦一块儿站在戛纳红地毯上时，就已经说明，她已成为继同胞安东尼·班德拉斯之后，又一位在好莱坞走红的西班牙人。

尽管克鲁兹取得了这么大的声誉，但我对于她的演技，从来就没有认同。在我看来，这个来自西班牙的女孩尽管如小鹿一样漂亮，她的气质却很单薄、很糙，甚至很粗鲁，她的表演一点也不精致，也不到位。只要看看她的眼神就可以知道，她的眼神，只是一条清浅的小溪。从这样的小溪中，是很难游到艺术彼岸的。

一个能让人感觉到内心的演员，是多么少啊！

在此之后，我经常从报纸娱乐版的八卦新闻中，领略到克鲁兹的故事：先是和马特·达蒙传出绯闻，然后又是和尼古拉斯·凯奇，后来又是与大情圣汤姆·克鲁斯上演了一场纷纷扬扬的情与爱。克鲁兹活活地就把汤姆·克鲁斯跟妮可·基德曼拆散掉。想想也真是怪，在一般人眼里，克鲁兹哪里堪比妮可·基德曼呢？克鲁兹虽然很漂亮，但跟妮可站在一起，分明是一对主仆。但克鲁兹年轻啊，年轻就是无敌。另外还有一点就是，这个小蹄子还是有股狠劲的，硬生生地，就要鸠占鹊巢。以妮可的优雅和温顺，哪里敌得过这个西班牙“卡门”呢？

但后来，这一场“旷世之爱”也就无声无息了，也可能汤姆·克鲁斯还是不习惯克鲁兹身上的粗俗吧，热情，总是跟粗俗联系在一起；等到热情消退，就只剩下粗俗了……一直到2006年，看阿尔莫多瓦的新电影《回归》，又一次看到克鲁兹。这一回，电影中克鲁兹的表演沉静多了，也沉郁多了，也许，人真的是要经历一些事情吧，只有经历多了，才会“骨质疏松”，才会脱胎换骨。当然，也许是电影本身的风格决定的，对于克鲁兹的风格转化，我也没有太留意。在此之后，又看了《撒哈拉》等，还真的发现，克鲁兹变了——变得优雅了，变得沉静了，那种优雅和沉静，不是来自角色，而是来自内心。一种不知不觉的东西，就那样无声地潜入她的眉宇之间，也缠绕在她的举止之中。

陆陆续续地又看了一些佩内洛普的趣闻琐事：在拍完《骏马》之后，佩内洛普成了一名素食者；在位于加尔各答的修女特雷萨开办的儿童避难所义务劳动一周；把自己拍摄《乡间高低路》的片酬全部捐献给了避难所……难怪啊！

还是想说一说这部《挽歌》：一个孤独的老教授爱上了来自古巴的年轻美丽的女学生，老教授的魅力无人能敌，女学生也爱上了他。后来，反而是这个女子得了绝症，老师陪着她，走过了最后的时光……在电影中，佩内洛普·克鲁兹优雅、知性，浑身上下散发着淡淡的忧郁。一直到这个时候，我才确信克鲁兹变了，毕竟，年过三十了——二十岁的年纪哪叫美丽呢？只能叫漂亮，或者可爱。她们就像鲜花一样，虽然招眼，却也简单。美丽应该是有内涵的，甚至应该是复杂的，是一种复杂的气息，那是浸淫过很多东西的复杂：男人、世界、爱、情感、性、死亡、无助、迷茫……只有复杂无比的东西才能经得起久久回味，就像香水，就像葡萄酒……

这个时候，才可以说，这个女人已不单是一株花，而是香水或者酒。

鳗鱼的故事

今村昌平算是日本电影界一个很奇怪的人物。在70岁左右的时候，突然地，这个老家伙对性感兴趣了，实际上也不是刚刚有兴趣，还是兴致还魂，有一种末日的浓烈。今村昌平1926年出生，算一算，1996年，他刚好70岁。那一年，息影多年的今村昌平拍摄了《鳗鱼》，引得一片叫好。第二年，这部电影获得了戛纳电影节金棕榈奖。三年之后，今村昌平又拍了另一部电影《赤桥下的暖流》。如果说《鳗鱼》的内容还有着象征和隐喻色彩的话，那么，这一部《赤桥下的暖流》明显地就没有顾忌了。在电影中，遍地开花的都是对性炽热的留恋。在我看来，这时候的今村昌平已经是有着“临终之眼”了，电影中遍布禅意——对于那些心若死灰的老男人来说，性就像圣诞夜的小女孩划着的火柴一样，能够在黑暗和冰冷中闪亮出一丝暖意。

陆陆续续读过一些日本文化史方面的书，对日本的性传统稍稍有点明白：日本的文化诞生时，性禁忌，就是很少的——传说日本“玉皇大帝”天照大神关闭天窗，世界陷入黑暗，众神便在天窗前开舞会，一名女神露出乳房和阴部，大跳艳舞，逗得全场大笑。笑声传至天顶，天照大神忍不住探头出来看，一下子被这个女神吸引住了，然后，阴阳交媾，日本诞生——这样的创世纪，完全不同于中国的盘古开天辟地，或者基督教的上帝造世界。这是一种最质朴的阴阳观念，元气饱满，思维简单而单纯，可谓是名副其实的“思无邪”。在这种清澈的目光中，“性”本来就是顺理成章、自然而然的事。值得一提的是，日本的第一任天皇神武天皇所娶的皇后，芳名便是“女阴”。据说其父见其母，兴奋之下化为丹箭，射入对方阴中，对方怀孕，产下的女孩，就叫“女阴”了。

因为这样的源流，相对来说，日本的性观念“禁区”就要少得多了，甚至在某种程度，还是快乐的源泉之一。光源氏是紫式部的《源氏物语》中的一个人物，这位平安时代的武士一辈子风流倜傥，他就像蝉吮吸着树浆一样，吮吸着人世间的情与欲，然后，又像蝉一样生命短暂。紫式部显然是很留恋这样的“色”的，也因此，笔下满是哀怨，满是惆怅。日本的文学一直是情欲旺盛的，无论是平安时代的《源氏物语》《枕草子》，还是江户时代的《好色一代男》《好色一代女》，哀伤婉转的基调中，男女之事如樱花般粲然绽放，又如樱花般颓然败落。空与寂，一直是日本文化的核心，这样的世界观，使得岛国文化始终有一种及时行乐的成分，性爱是娱乐也是游戏，像雾像雨又像风。

也难怪日本会出现大岛渚了，也会出现《感官世界》这样连西方人看起来都瞠目结舌的电影。大岛渚们也是有着“临终之眼”的，在他们看来，性欲的高潮，就是樱花开放之时。既然樱花如此美丽动人，并且短暂，干吗不能将镜头对准它们，以发现它们的内在之美呢？于是，日本电影中常常会出现这样的画面：古旧的木屋，纸拉门，灯光昏暗，身穿和服的武士发髻高簪，一个影子款款地走过来，小猫一样待在一旁；男子哼了一声，女人便静静地爬了过来，温顺地服侍着男人……日本女子似乎一直有着 A 面和 B 面，着衣时温顺、羞涩、淡雅，衣服一褪，便成为一个开放的母兽。日本人是很难理解“柏拉图”似的爱情的——即使是《失乐园》中自杀的男人和女人，死前，还要将自己的肉体紧密相连——只有日本，才有这种极端的情欲，如《感官世界》中阿部定那著名的剪刀一剪。

说明日本性观念开放的，还有一个现象，那就是日本 AV 产业的奇特发展。近年来日本 AV 发展神速，已成为超越动漫的一个产业了。这种色情小电影一开始就不躲躲闪闪，他们旗帜鲜明、大张旗鼓地进行宣传，每年还进行各种各样的评奖；那些 AV 女星，红火得也如电影明星似的。日本人的行为总是让人咋舌，这一点，日本又与西方不一样了。不一样的根源还在于观念和文化——对于在这方面的“成就”，“无耻近乎勇”，西方人都自愧不如。

当年，今村昌平曾给小津安二郎当过很长一段时间的副导演。对于小津,今村昌平一直保留着自己的看法。他曾批评小津的电影过于“官方化”,意思是指小津的电影从不表达人的欲望、个性和私人生活。这也难怪,小津电影中的人物一个个都像人世间的样板一样,善良、虔诚、责任、谦逊。跟着这样的“佛”在一起工作,那非得把不羁的今村昌平给憋死不可。各人有各人的法门,很难说高低贵贱的。在我看来,小津是“佛”,今村同样也是“佛”。“不二法门”,说的就是如此。

前几天读奥修,感觉特别好的一句话就是:春来草自青。细细地想,这一句话的好在于,不仅仅是其中的禅意,似乎句子本身也如青草一样,能够慢慢地随风生长。

性也是见风长的一种东西。我有时痴痴地想,实际上对于有一个人来说,有时候“为老不尊”还真是一种境界。到了晚年了,时间不多了,为什么不能自由地活一段呢?这就是进入“化境”了。想想这个,也就能理解很多人很多事了。今村昌平就是这个样子,在接受电视台的记者访问时,今村昌平突然冒出一句:“我最喜欢女人的下半身。”这一句话,让人们瞠目结舌。其实有什么瞠目结舌的呢?70多岁的老人,于性而言,早已是兴趣大于冲动,游戏大于本能了。这时候谈性,是一种超脱,更是一种自由和情趣,也算是对于人生的回味和品咂。

像罗伯·格里耶一样独特

罗伯·格里耶死了,是仙逝。北京时间2月19日凌晨,他在法国诺曼底市一家医院停止了呼吸,享年85岁。罗伯·格里耶是去了"马里昂巴"吗?知晓这个消息时,我油然想起了这个地名,想起了这个从未存在的神秘地方。

我是20世纪80年代末接触到罗伯·格里耶的。当时,一个写诗的朋友神秘兮兮地告诉我:罗伯·格里耶太好了,他让所有的作家都无颜于世!对于这个朋友的极端看法,我一笑了之。但我还是很认真,并且是硬着头皮读了罗伯·格里耶的《橡皮》《嫉妒》以及《去年在马里昂巴》的电影剧本。现在回过头来看,20世纪末的学习方式完全是生吞活剥,那时的文艺青年就像一群饿狼出席盛宴一样风卷残云、暴敛天物。那样的吞食方法,完全是不知来龙去脉,也不知游戏规则,甚至连文学发展的脉络也没把握住。由此所产生的错觉和误读就可想而知了。值得肯定的只有一点,那就是窗口突然打开吹拂来的清新之风,的确让人无比震撼。

一直到近年,我看电影《去年在马里昂巴》,看罗伯·格里耶的访谈以及其他作品,我才算稍稍读懂了罗伯·格里耶。现在,这个法国"新小说派"的代表人物就像一盘回锅肉一样让我品味到余香。当我们开始知道"新小说派"的地位和坐标,当我们能聆听到文学一以贯之的心音的时候,罗伯·格里耶的真实面目和价值就清楚地呈现在我们面前了。

去年有没有在"马里昂巴"

可以这样说,《去年在马里昂巴》无论怎么说都是一部散发着怀疑精神的作品。这种怀疑,不是对现实的怀疑,而是对记忆本身,甚至是对人本身以及这个世界的怀疑。怀疑具有浓郁的形而上的意味。一男一女,相遇在咖啡馆里,男子喋喋不休地对女子说,去年在马里昂巴时,我们怎么怎么。女的开头是一头雾水,后来,开始感兴趣了,她追问了一些细节。男的再接着阐述。后来,女子自己也搞不清是否真的认识这个男子,也不知道去年是否去了马里昂巴。她开始对马里昂巴感兴趣了。最后,他们一同走了,不知道去了哪里,也可能是马里昂巴吧?

罗伯·格里耶就这样以一种另类的方式阐述着他对于这个世界的认识。对于人类来说,这个世界一直具有某种疏离、痛苦和不确定性，寡情而让人绝望。在当时，这部电影真是具有划时代的意义，人们看不懂它；人们越是看不懂，就越是给撩起了兴趣。有人说这是“新小说”与“新浪潮”电影的一次完美结合，甚至称它是“前所未有的最伟大的影片”；也有人对影片持批评态度，认为它令人费解，完全是垃圾。现在看，这部电影还是令人费解，费解的原因在于，罗伯·格里耶本身就不想弄清楚它。

几年之后，与罗伯·格里耶同时代的电影导演、意大利人安东尼奥尼在电影《放大》中，表达了几乎与罗伯·格里耶同样的思想。只不过这一部电影比《去年在马里昂巴》表现得更为直接，也更为人们所接受——一个青年摄影师在伦敦公园里偷拍了一对情人的照片，那女子拼命追来索要照片，引起了他的怀疑。他把照片逐级放大，似乎在照片中看到有一具尸体和一个拿枪的人。这无疑是一桩谋杀案的证据。但当他再次放大照片，想把那一点放得更大以显得更加清晰时，什么也没有了，只有照片上粗大而混沌的影像颗粒——有很多东西是无法放大的，放大了，却转变为“无”了。

究竟有没有尸体？这个疑问，就跟去年有没有在“马里昂巴”一样，成了一个问题。可以说，这不是一个现实问题，而是一个哲学问题。

《嫉妒》的时光游戏

“现在，柱子的阴影将露台的西南角分割成相等的两半，这个露台是一条有顶的宽廊了，从三个方向环绕着房舍，那根柱子就撑住廊顶的西南角。露台的宽度在横竖两个方向都是一样的，所以，柱子的阴影正好投在房子的墙角上，不过阴影并没有向墙上延伸……”这是罗伯·格里耶小说的开头，细致入微，不慌不忙。他的笔慢慢从室内移到室外——撰写着柱子、阳台、花园、房屋、种植园、远处的山坡和田地……几乎是不厌其烦，就像画画一样，用笔在慢慢描绘和勾勒。这样的视角，来自一个人，那是一个人在午后的时光游戏。

在我看来，这本书的基调不是“嫉妒”，而是恍惚和无聊，是一种无意义的描绘和观察。罗伯·格里耶似乎只是想打开一个人物的脑壳，把在他脑海荧光屏上不断闪现的图像、场景转化为文学语言，并铺写成一部小说。所有的内容就是这些了，剩下的，就让你自己去想。这种角度和方法无疑奇特无比，那不是小说，而是一部由文字所组成的风景。至于“嫉妒”之名，我想，这只不过是罗伯·格里耶信手拈来的名称吧！

同样让人感到奇谲的还有格里耶的另一部小说《橡皮》。1951年，罗伯·格里耶因身体原因从加勒比海马提尼克岛启程返回法国本土。在轮船上，无所事事的他创作了《橡皮》。那时的格里耶还不太有名，从一开始，他就打算走一条与前人不一样的道路：这是一个发生于24小时之内的谋杀故事。让人出乎意料的是，罗伯·格里耶在结构上打破了按时间顺序发展情节的格式，把小说变成了一幅拼凑起来的图片。这样，与其说《橡皮》是一部侦探小说,不如说是一部撕碎了又拼凑起来的事件组合。这哪里是原来意义上的小说呢?这同样也算一场时光游戏。

在此之后,罗伯·格里耶还写作了《不朽的女人》《说谎的人》等小说。他变得越来越不像一个小说家了,不断地在作品中添加绘画、电影、神话甚至音乐的元素。罗伯·格里耶一心考虑的是,如何让自己的作品与众不同。在《不朽的女人》中,邂逅的爱情出现了不祥的幽灵,最后以神秘的车祸结束;在《说谎的人》中,夹杂着追捕、逃亡、阴谋、圈套、越狱、伏击等等惊险情节,还加上同性恋的画面。值得一提的是他的电影《横跨欧洲的快车》,在电影中,竟然出现性虐待的场景。罗伯·格里耶真是大胆。想想那些西方艺术家,他们就像开着车在马路上横冲直撞一样,完全不顾忌道路和交警。有时候他们会突如其来地撞出个大奖,有时候则撞出一大堆分文不值的垃圾。

格里耶就是在这样的时光游戏中载歌载舞。他就像是一个顽童一样,幻变出奇丽和魔幻。当然,等到人们对他习以为常之后,也就懒得关注了。值得一提的是法国人对于各种各样艺术形式的宽容,即使是罗伯·格里耶这种“痴人说梦”,人们也表示出对于艺术的尊重,也为他的精彩喝彩。这一点,正如同在罗伯·格里耶逝世之后,法国总统萨科齐办公室在一份官方声明中所称赞的:罗伯·格里耶“在表达私密的幻想和进行流畅冷静的概念分析时同样拿手”。

很独特，但并不伟大

现在我明白了，罗伯·格里耶之所以把小说写得如此艰涩难懂，那是因为他必须面对横亘在眼前的山峦：雨果、司汤达、巴尔扎克、莫泊桑……一个人，当他面对如此众多的山峰时，那该是如何的一种绝望！高山仰止，徒叹奈何。在法国，所有从事艺术的人，都不得不面对这样的问题。罗伯·格里耶这一代人要想成名，只能走一条迥异于巴尔扎克似的道路。正是因为这样的压迫，于是有了《橡皮》，有了《嫉妒》，有了《去年在马里昂巴》，也有了后来一系列在形式上不断创新甚至"鬼画符"般的作家：杜拉斯、尤瑟拉尔以及娜塔丽·萨洛特、米歇尔·布陶、克洛德·西蒙等等。置之死地而后生，艺术创作同样也是这个道理——与其跟在巴尔扎克们后面亦步亦趋，不如索性跳出来，以一种反抗的方式引起世界的侧目。

罗伯·格里耶一直是一个聪明人，他的聪明在于他在特定的时间和地点选择了一条最适合的道路。罗伯·格里耶是这样阐述他的文学主张："我的难懂和我面对这个世界时的觉得难懂是一致的。有些作家理解了这个世界，然后以写作帮助你理解世界，巴尔扎克就是一个典型。我正好相反：我写作是因为我不了解这个世界。"这样的说法多堂而皇之啊！正因如此，格里耶成了"新小说派"的旗手。成功之后的罗伯·格里耶还不无得意地说：

"今天也许要感谢上帝,让我卖出了那么多的书。但我确实不是为了卖书而写书。"说得也对,罗伯·格里耶哪里是想写书呢?他只想玩玩跟别人不一样的滋味。

作为一个作家,格里耶显然是富有才情和创造力的,这个优雅的聪明人把他自己的才能用得其所,致力于摆脱传统的窠臼,探索新路,追求独创。同时,作为一个探索者,他又具有充沛的勇气,从不怕文学实验遭到失败,更不怕引起惊世骇俗的效果。叛逆者永远是独特的,但他们却很难称得上伟大。伟大一直必须是深厚的,也是有基础和沿脉的,更应该具有的是一种宏大的气象。尽管格里耶的作品曾经红极一时,但时间证明,当它的先锋性消失之后,更多的时候只能成为一个符号,至于作品本身,就像那些悬挂在艺术博物馆里的无数绘画一样,成为链条中的一环。格里耶至多只是成为莫奈和塞尚,他很难成为达·芬奇和罗丹。

我的一个画家朋友在巴黎待了半年,回国后赞不绝口的就是,巴黎真是一个艺术家的天堂,在那里,如果你遇到困难,你只要说你是一个艺术家就行了,人们都愿意来帮你,并且用一种尊敬的目光看着你。这样的感觉真好!也难怪巴黎成为艺术家的天堂了。当这些艺术家如乌鸦一样聚集在塞纳河两岸的时候,他们成名成家的唯一途径,就是让自己变得独特和怪异起来。

这一点,真要向罗伯·格里耶先生学习。

春天的N个瞬间

创刊不久的《体育画报》最近出了一个专辑,直接引进美国版的泳装特刊,好看。当我收到杂志撕开信封后,刚扫了一眼封面,脑子里便闪了一个念头:春天来了。是的,春天来了,活色才能生香。那些摄影师怎么能把一个人拍成一朵花呢?用很俗的比喻,就像一朵朵出水芙蓉似的。我看过一些模特其他的照片,近看,并不太妙。但她们此番组合,却是完美无比。都说漂亮的人不少,但拍起来真上相的,并不多。并不能怪那些姑娘,一个人只有一个角度是相对完美的,是那些不太聪明的摄影师,没有发现她们的最佳角度。

春天的时候有些情绪是无来由的。譬如昨天晚上淘碟,看到莫妮卡·贝鲁奇的一部新电影碟片《我与拿破仑》,心头一热,就掏钱买了,买回来立即看,才发现又是一部烂片。其实我本不该这样的,这个漂亮而性感的女人自《骇客帝国》当中露了一下脸后，近来的电影总是让人不忍卒看。这一部电影同样如此。40 岁的贝鲁奇在电影中壮实得就如同一头母牛，而且恶俗无比、喋喋不休。我最讨厌的就是电影中滔滔如江水的对白，不喜欢那些肥皂剧，不喜欢相声，甚至不喜欢现实中叽叽歪歪的人。有什么必要那样喋喋不休呢？有时候一个眼神，一个表情，就全明白了。想用言语来推动一切的人，其实都有点愚蠢。

这段时间，看碟还真有点多。自从今年春节完成《千年徽州梦》的写作后，本来想把沉重的徽州踢得老远，但盛情之下，又不得不从事另一项与徽州有关的写作。一个人很长时间陷入区域文化的磕磕绊绊是可怕的，那样的感觉如同蜘蛛，在那些千丝万缕的纠缠中无法挣脱。所以在我跌入徽文化山谷的同时，总是拱动着挣脱的欲望。这样两相矛盾的结果，常常使得我在一段思考和写作后生吞活剥色彩斑斓的电影大片，比如说《硫磺岛来信》《汉尼拔前传》《300 斯巴达》《香水》等。

还是谈谈《香水》吧——

德国小说家帕特里克·聚斯金德的《香水》是我在新世纪中看到过的一篇最好的小说，2002 年我在一个周日的下午读完这部小说之后，曾经深深地倒吸一口凉气。故事讲述一个从出生起身上就完全没有味道的男子葛奴乙。对于气味，他有着无与伦比的鉴别力，能嗅出所有味道后面的时间、地点和意义。不仅如此，葛奴乙还能制造出独一无二的香水。他的制作方法并无不同，唯一区别就是，香水的原料来源于处女的体香。只要葛奴乙挑选中女子，便不计一切代价将她杀死，然后，攫取女子的体香……小说的奇妙之处，在于一种匪夷所思的想象力，并且，这样的小说本身也有着内蕴，它让我们意识到无限的可能性，发现和指引一条路径。这样的感觉，就像在我们的面前荡漾着一线蛛丝，缥缥缈缈，看我们是否能顺着这根细腻无比的丝线，攀缘，然后深入一种无限。

电影当然是成功的。导演是曾经拍过《疾走罗拉》的汤姆·提克威。看得出来，汤姆·提克威的才气一如既往，还是想从形而下的故事中拍出形而上的云腾雾绕来。但我感觉他做得远远不及小说。与文字相比，影像所具有的穿透力显然要弱很多，影像很难凝固成坚硬的锥子，它无法锥得进去，并且扎出血来。文字一直是一种奇妙的东西，有时候，它的排列是可以铺出一条路来，它可以引领思绪一路走上去，深入一种混沌。或者，文字本身就如同蛇一样，可以倏然游走，然后努力接近。一个人要想深入一个地方，必须借助于文字，拥有一种潜走穿行的咻咻感觉。

当然，影像也是有着长处的，它的长处在于制造一种整体氛围，让你感受到一种文字无法表达的综合。相比较而言，在这样的故事中，我在文字中可以嗅到香水的味道，但在电影中，更多地，我只是感受到一个诡异的故事，以及香水的千变万化。

除了看碟，这个春天里最欣慰的事情就是在新安江两岸看到大片大片的油菜花。虽然这样的行走携带着任务，但本身，还是快乐的。阳光暖洋洋，我走在燃烧着的油菜花中，头晕目眩。我的身体浸淫一片春色，我的眼中一片金黄……这样的感觉无与伦比。在新安江畔行走的时候,我总有点魂不守舍,我想独占这样的风水宝地,而独占的方式,就是在最美丽的风景处……呵呵,这样的行为总有点情不自禁——这同样也是来自春天的诱惑。

“香水”一直有着信号的意义。在飘曳的面纱后面,究竟是些什么呢?电影中那个制作香水的老师傅说:“世界的本质就在于它有着一种味道。”的确是这样,味道是可以穿越时空的,顺着味道溯源而上,后面往往是记忆,是细若游丝的路径;至于路径的后面是什么呢?天堂?地狱?——不知道,反正,那是一种无法捉摸的无限。

春天里大片的油菜花似乎也具有同样的意义。油菜花金光四溢,一派天真无邪。这样的天真无邪同样是有蛊惑力的,因为它携有无所不在的香味。

温暖的暧昧

在我看来，索菲亚·科波拉的《迷失东京》应该算是好莱坞2004年度最好的一部电影了。它的好在于有一种恰到好处的克制，让人暖暖生香。这样的克制就同之前的《花样年华》以及后来的《卧虎藏龙》。看《迷失东京》是在2005年的一个冬夜，窗外飘着漫天大雪，我呷着茶躲在屋子里。自始至终，电影都有一根无形的红线在牵引。一直到结束，我才算松了一口气。好片的意义在于，它会在身临其境中体味到情感的温度，能在落花流水中享受着阳光明媚的精神远行。

一男一女。男的是逐渐过气的好莱坞影星哈里斯——一个有魅力的老男人。当身边的光华夕阳一样一点一点退去时，那种悲哀和无力便如墙角边的苔藓悄然爬上来。哈里斯来东京是为拍摄一则威士忌广告，因为拍摄不顺利，他不得不在东京待很长一段时间。在陌生的城市，哈里斯更切身地体味到异国他乡的孤寂，空气一样无所不在，然后，便是疲惫，便是厌倦——不仅是对生活的厌倦，也是对生命本身的厌倦。这时候，一个年轻女子出现了——她叫夏洛特，是一位年轻美丽的大学毕业生。在与一位摄影师结婚后，夏洛特陪着丈夫来到东京。因为丈夫寡趣而呆板，夏洛特同样体味到了异国他乡那种因为陌生而产生的忽略。

在这样的心境下，哈里斯与夏洛特相遇了。他们就像一汪池塘里的两片浮萍一样漂在一起。清冷的环境中，两颗郁闷的心探出指尖。他们一起泡吧，一起卡拉 OK，一起看艳舞；然后，便是端坐于咖啡馆，倾诉，并且聆听。

于是，在他们之间，有一种情感像纤细的藤蔓茸茸地探出头来。既捉摸不定，又确切存在；既柔软无比，又固执如茎。很难说清楚这个老男人与这个少妇之间的情感是友谊还是爱情，它如烟似雾，湿润，缥缈，就像流水中的光与影一样，心不在焉，闪闪烁烁。他们似乎一直在试探，也一直在排斥；一直在渴望，又一直在躲避……所有的一切都是明明灭灭，就如城市的灯光一样，在凝视中迷离，又在迷离中真切。

似乎是，什么也没发生；又似乎是，一些东西悄然而至。那样的暗妙就像是唇间的呼吸，还没有凝成水汽，就已经轻描淡写地消失在空气之中了。

我一直想，男女之间最美妙的感觉是什么呢？是身体的接触吗？不知道——应该是一种默契吧，是一种彼此眼神的明白，是一种会意。都说性是爱的高潮，但高潮往往又具有分水岭的作用，在那一刹那，性取代了爱，爱消失——性与爱，一直是晦涩而幽深的，它甚至有着更深的含意，有着暗示和启迪的性质。那种人人都懂得的情欲，不是真正的爱情。

这样的情感，就是暧昧吧。一种温暖的暧昧，如烟，如音乐，如彼此之间能看到的光晕。在东京这个陌生、冰冷甚至虚无的城市里，这样的暧昧，使得两个身处异乡的孤影，在彼此的凝视中，深情取暖。

据说，索菲亚·科波拉平日里最喜欢的，就是香港导演王家卫了；而她最爱看的，就是那部《花样年华》。这就对了。《花样年华》同样也是一种暧昧。那样的暧昧，就像电影当中的那支主题曲，低沉的大提琴音迂回婉转，久久不散。《花样年华》中的暧昧是感伤，是惆怅，是沉重；而《迷失东京》呢，那当中的暧昧，却是一种迷离，一种温暖，是那种在钢筋水泥丛林中绽放出的微弱的星光。

又据说，《迷失东京》的故事，来源于索菲亚20多岁时在东京一趟旅行的经历。那一段从不示人的经历让索菲亚明白很多。那种在陌生的环境中油然而生的无助和亲切，肯定是刻骨铭心的。陌生是身体和心灵的双重距离，而暧昧呢，残留的只是身体的距离和隔膜。在这样的情形下，暧昧就像是月光下开满鲜花的小径，中庸而理性，安全而优雅，散发着，禅意的芬芳。

德国大导演文德斯曾经在20世纪80年代拍出一部著名的电影纪录片《寻找小津》。在那部纪录片中，文德斯用镜头记录下了一个迷离而破碎的东京。在文德斯的感觉中,东京是那样虚无,它就如同噪声和杂乱的图像,几乎没有温情。那一次,文德斯还去参观了小津的墓。文德斯把小津墓碑上的“无”字翻译成“nothingness”。显然,这样的翻译过于简单武断,它只停留在文字之中,而忽略了文字背后巨大的空蒙。一直到拍摄完《寻找小津》后,文德斯才算对“无”有了新的领悟,而他东京之行的结束,就是以大大的“无”结束。

“无”是什么呢?不好说。不好说的还有“暧昧”。“暧昧”与“禅”共通的一点是,它是无法言说的,但它又是芬芳甘甜的。当一个人嘴嚼一枚青橄榄看待世界时,他会发现,其实这个世界上是没有灰色的,所有的春去秋来,都是一种美丽。

悲悯的凝视

秋天的一个晚上，我躺在沙发上看影碟。一个朋友打电话给我说：你最近怎么啦，把电影写得如此沉重？他是指我关于《沉郁的忧伤》之类的文章。我回答说没有啊，我从来不把电影当作是沉重的驳船。只不过既要学会沉重，也要学会轻松，在沉重的时候沉重，在轻松的时候轻松。轻松和沉重应该是生命的两类主题，也是人类飞翔的两扇翅膀。

仍是想谈点沉重的。关于悲悯的旅行，静下心来想一想，实际上这类题材的电影还有不少，而且还都是大师所涉及。一个烂仔般的导演是不敢涉足其间的，首先是内容不讨巧，再有一个就是如果没有相当的功力，没有悲天悯人的情怀，是表达不出真正的故乡意义的。

对于很多关于故乡之旅的电影，我更愿意将其看作是一次悲悯的人生之旅，看作是一场心灵的真正荡涤。除了我在上篇文章所涉及的电影之外,杰出的还有希腊大导演安哲罗普洛斯的《尤利西斯的凝视》。这部电影我是两年前看的,电影的基调晦暗而沉闷。给我印象至深的是电影画面始终用中长镜头来拍摄,无比宁静,也使主观与客观场景始终保持着无以解说的距离。电影的场景始终在雾中,有种宁静得几近于死寂的氛围,对话和语言变得可有可无。安哲罗普洛斯就是以这样的电影语言来述说自己心中的悲伤和怜悯。“尤利西斯”的典故来自古希腊神话,在特洛伊战争之后,尤利西斯的回家之旅异常艰难,好像是用了10年左右的时间吧。安哲罗普洛斯就是借用此名暗喻生命之旅的艰难和广阔。从剧情来说,这部电影本身并不复杂,反映的是一个希腊导演A在电影诞生100周年时深入战乱中的南斯拉夫去寻找自己国家的第一部电影,伴随的景象是爱琴海、雨、雪、孩子、老人、诗歌、远行、回归……这样的情景,就像游历在时间的河流中,无助而漫长。这种寻找实际上是一种寻根情结,在一种寻找中让自己的命运连同人类的命运不再迷失。

另一部引起我巨大感伤的归乡电影是《暴雨将至》。确切地说,我是1995年看到这部电影的,当时我决然以20元将这部电影的录像带买下,一直珍藏至今。这是马其顿导演米柯·曼彻夫斯基的第一部长片,曾获得威尼斯电影节的“金狮奖”。它由曼彻夫斯基回故乡缘起,讲述在南斯拉夫战乱与分裂中所目睹的四个故事,这四个故事循环结构,紧密相连,涉及杀戮、抉择、寻找和忏悔。曼彻夫斯基全力表现的是一种极端的忧患意识,他就像是站在苍穹之下,目睹着人类在一种冠冕堂皇的理由下互相厮杀,然后“暴雨将至”，共同走向毁灭。这样对吾土吾民的感伤是痛苦的，更是悲悯的；是一个巨大的设问，更是一声振聋发聩的钟声。

这样的电影无疑是有巨大震撼力的，它让人肃然起敬，让人沉思冥然，因为它涉及的是人类最根本的问题，就像一把刀，在人类心尖上深深地扎进去。这样的导演已不是单纯意义上的娱乐制作者，他已成为一个思想家，一个思考着人类过去、现在以及未来的哲人。当电影的意义已上升到以它相对完美的艺术形式全力表现人类生存的巨大主题时，这时候的电影让人敬畏无比。我觉得导演就像是上帝一样，他在创造着场景，创造着主角和配角，然后安排着他们的生活，平静地目睹着他们痛苦，目睹他们走向死亡和毁灭……这样的方式，我的天！

我一直在想，为什么这些导演对于吾土吾民有着这样悲悯的情怀呢？也许，是爱之越深，也就悲之越切吧。就如陈凯歌所说的：大师应该是这样的，他可能会在某种程度上代表着自己的文化，并且对自己的文化有着尖锐的批评态度与批判精神。因为他是从那种文化中来的，他受到那种文化的滋润，去肯定一种文化的长处不难，但发现这种文化的短处，就很容易受到围攻。作为一个大师，首先是要能够承载、消融，代表你自己的文化，并且对于你已习惯的文化永远有一双怀疑的眼睛。

艺术和情怀当然是相通的，我不由自主地想起鲁迅，在他的笔下，同样流淌着对于吾土吾民的悲悯，这缘于一种非常痛苦的思考，也缘于一种勇敢的反叛。

沉郁的忧伤

这几天忙里偷闲，看了侯孝贤最著名的《悲情城市》。这部电影有着一如既往缓慢的节奏，静美的长镜头，空旷的远山与海……影片讲述的是一个台湾家庭在战后沉郁的事件。但侯孝贤的拍摄手法显然不是为了专注地叙述一个家庭的变迁，他更想表达的是一个家庭以及一个地方的崩溃、信念的崩溃以及人生的崩溃。这样的电影看起来平缓如水，但在镜头之下却暗藏着沉实凝重的安静以及沉情潜藏的诗意。有一种根本的抑郁，满在落花流水中。

一直喜欢安东尼奥尼与维姆·文德斯合作的电影《云上的日子》，第一次见到它，还是1995年，我在皖南泾县出差，中午无事，收到一封读者来信，问我：你写明亮的悲伤，我懂了。还有吗？还有另外的悲伤吗？我回答说是的，悲伤也是有着种类的，除了明亮的悲伤、俗世的悲伤之外，应该还有另外一种悲伤，那是一直进入骨子里的，进入人生意义范畴的，而且会在那个底线呈现出绿苔般的腐烂色泽——这种悲伤，就算是沉郁的悲伤吧。

那段时间正是我拼命阅读各种哲学以及宗教书的时候，困惑与忧郁似乎将我压在水底。这样的电影加重了我的忧郁，也加重了我的哀伤。但我突然知道，原来世界上并不是我一个在困惑，也并不是我一个人在忧郁。我的忧郁实际上是人类共同的忧郁，我的忧伤，正是人类精神史的忧伤。《云上的日子》想表达的就是世事的无常吧，每个故事，每个人，都像只有交叉而没有重合和连接的线。阴差阳错之中，只好再睁着一双迷茫的眼在人海中游历……一个个故事就是那样无奈地在摄影机前慢慢淡化消失，而人类每天却在重复着同样的故事。

这样的电影真是让人无话可说。然后便是郁闷，便是平静。或许还会这样——当有那么一天，发现所有的途径都写着“此路不通”的时候，反而是一种真正的解脱了。

这两天我还看了维姆·文德斯在20世纪80年代所拍的纪录片《寻找小津》。按照文德斯的理解，东方电影大师小津安二郎实际上毕生是在用自己的电影记载着一种“缓慢的崩溃”，家庭的崩溃、道德的崩溃以及人性的崩溃。文德斯在电影中叙述道：“小津的电影让我们看到了父母、兄弟以及我们自己，它记载了一个个日本家庭缓慢的崩溃。”文德斯一开始怎么也理解不了为什么小津会有着如此沉郁的忧伤，而且内敛得恰到好处，绝不疯狂。但当他一踏上东京的土地，在灿烂的樱花下看到日本人的生活时，他一下明白了——“东京就像是一个梦境之地，这里所有生活的人就像梦游”。也许，正是这样吧，以梦的姿态来对待人生，必然有着一种沉郁的忧伤，也有着一种樱花般的烂漫。

这样的方式还使我想起安哲罗普洛斯，在他的代表作《雾中风景》《尤利西斯的神秘之旅》以及《永恒的一天》中，世界始终笼罩在一层淡淡的薄雾中，似乎从没有阳光，也没有通亮，所有的东西都被压抑着。安哲罗普洛斯的每一部电影都有着浓郁的故乡概念，但故乡在哪里呢？只是在雾中吧，或者在梦里，朦胧的雾与梦，才是真正意义上的故乡。

同样在电影中表现出巨大忧郁以及悲伤的，还有苏联大导演安德烈·塔可夫斯基。我看那部著名的《乡愁》是在某个下半夜，那真是一种荒凉啊！在电影中，诗人沉浸于巨大的痛苦中，寻找着生存的意义，寻找着永恒。他几近崩溃了，而我躺在床上，内心同样寸草不生。在电影的结尾，诗人屏息秉烛，火苗飘摇中一步步走过水池，燃而又灭，灭复又燃，终于最后一次，燃烧着到达水池的对岸。在那一刹那，电影中的诗人与我，就像两朵没有生命的花，一朵已经干枯，另一朵则仿佛是从未开放的塑料花。

电影《乡愁》一直用的是勃拉姆斯的音乐，沉郁，悲伤，没有闪亮的通风口。在没有任何路径的时候，是不是，灵魂会深深地叹息和战栗，然后兀自生灭？

有人曾这样评价侯孝贤：“在他谦和的画面之中，总有微风在流动。”以我的理解，这样的微风，就是沉郁的悲伤吧。很多时候，当一个人孤零零地来到世上的时候，看看星空，想想时间，然后就有着一种悲伤，天茫茫，地茫茫。没有死亡，只有对死亡的恐惧。

伸向死亡的指尖

看《深海长眠》时就明白，张艺谋的《十面埋伏》在金球奖上败给它绝不是偶然的。以《深海长眠》的内涵，只是简单华丽的《十面埋伏》哪里是它的对手呢？张艺谋的《十面埋伏》就像一个徒有其表的漂亮小姑娘，她是那样的不谙世事，那种对世界以及事物的认识和理解还停留在极浅的层次上。以这样的方式，哪里能打动那些奥斯卡评委呢？败北，是理所当然的了。

虽然从表面上看起来，《深海长眠》也是讲述一个简单故事，但由于它是直接面对死亡，所以就显得不同寻常了。

故事非常简单：30 年前的一次海边跳水不仅使雷蒙·桑佩德罗差点死亡，而且也折断了他的颈部，导致其高位截瘫。尔后雷蒙一直卧病在床，生活完全不能自理，只是依靠家人的悉心照料维持生命。高位截瘫的冰冷现状使雷蒙厌倦了生存，但无奈的是，他连自杀的能力都没有，于是只好强烈地不顾社会、家人、宗教的反对,坚决要求以安乐死的方式结束自己的生命旅程。

拗不过雷蒙执着的赴死意愿,家人只好请女律师朱丽娅帮忙,诉诸法律。但雷蒙的安乐死请求屡屡被驳回。为了进一步了解当事人,朱丽娅借住于雷蒙家,当事人尘封的往事和横溢的文采也慢慢展现在她面前。同时,在接触中,她也了解到雷蒙家人进退维谷的两难心情。最终,她决定帮雷蒙出书,将当事人挣扎而又决绝的心路历程展现在世人面前。但不久,朱丽娅旧病复发,即将成为植物人。雷蒙不断写信安慰朱丽娅。虽然二者对于死亡的态度不尽相同,但对于生命无法掌控的失落感将他们的心越拉越近……

这样的电影无疑是沉重的,但电影却在沉重中屡屡呈现出轻快的成分,甚至有着飞扬的感觉。我一直考虑的一个问题是,也许对于死亡来说,虽然它是无法想象的,也是无法逃避的,但似乎是,死亡却可以触摸得到——我们可以轻轻伸出我们的手,指尖一点点接近它——深情、缓慢、敏感、战栗……以这样的方式可以感觉到那种阴影慢慢地向你靠近,感觉到指尖微凉,而在心底,却有一种温暖慢慢地浮上来……

《深海长眠》就是以这样的方式在表达着对死亡的尊敬。在生与死的凝视中,吟唱着心灵的悲歌。

春节之前,我的一个长辈去世了。这位长辈在晚年,一直病魔缠身,每次见到他,都会听到壮志未酬的喟叹。在晚年,他很重要的一件事情就是不断地读我的文章,然后打电话跟我探讨有关感受。因为无所事事，他开始学电脑，然后零零散散地在电脑上敲击着自传和感受。我后来听说他在日记里记载了很多关于我的话题。在第一时间噩耗传来时，我正在上夜班，由于一直找不到排遣悲伤的通道，我只好呆坐着，一遍一遍地播放着莫扎特的《安魂曲》。那时正是腊月底，天气闷热难当——而第二天风云突变，阴湿的日子一下子就来了。

接着再说《深海长眠》。

《深海长眠》给我的感觉似乎是——触摸死亡的指尖并不是微凉的，它还可以说是温热的——甚至可以变成清丽疏雅、古典宁静，就像莫扎特的《安魂曲》，也像贝多芬第七交响曲，或者是电影中飞扬着的《费加罗的婚礼》。死亡就是这样的一种东西，它似乎并不狰狞可怕，可以超越一切之上，是风轻云淡的自由。

我一直觉得这部电影可以获得今年的奥斯卡奖。昨天，它果然获得了这项荣誉。虽然这部电影的导演还很年轻，但以他的思想、他对于人生以及死亡的理解，他却好像曾经活过几辈子似的。想想这部片子，先是获得了威尼斯评委大奖并击败了阿尔莫多瓦的《不良教育》获得奥斯卡提名，然后又击败张艺谋获得美国金球奖，现在，又获得了奥斯卡奖。这绝不单单是幸运，因为它点中了人类最柔软的地方，它让人类在面对人生中变得凝重起来。反观《十面埋伏》，尽管在技术上登峰造极，但没有打动人心的东西。那种心灵之间的默契的传递，那种对生死意义的关注，就不仅仅是张艺谋，也是我们文化当中缺少的东西。

想想张艺谋都五十开外的人了，而《深海长眠》的导演才33岁。年龄并不等于一切，想想这样的，就觉得心里不是个滋味。

一直想着那个躺在病榻上的主人公。那真是一个有魅力的男人！机智，幽默，宽容，超脱。我第一次觉得，一个跟死亡靠得很近的人也有着魅力呢！或许，这种魅力就是死亡本身传递给他的。死亡与诞生一样，都是由一种神秘的东西赋予的，与这种神秘力量靠得很近的人，都会变得格外智慧。

“对于我来说，尊严地活着已是不可能了，我只能尊严地死去。”躺在床上28年4个月零几天后，主人公坚定地选择了死亡。一切都不能阻止他的决心。他就这样决绝地脱尘而去，像一条鱼，扎进深海，长眠在另外一个时空里。没有人知道他从哪里来，也没有人知道他到哪里去。

我是在一个阴冷的冬日看完《深海长眠》的。这个春节，合肥一直下着雨，阴暗，冷湿，在幽暗的房间里，我迷迷离离嗅到一种奇怪的气息，既亲切而又疏离。像屋子里幽香的水仙，又像窗外明明灭灭的烟花。

其实，死亡还是简单的。当然，也可以说，死亡是复杂的。但的确，在我们这个变得越来越坚硬的时代里，唯独面对那一片深海时，才会潸然泪下。

灵魂的重量

这几年的美国电影出现了一个奇怪的走向，那就是力图用胶片来反映死亡和人性。2002 年度奥斯卡获奖电影《小说人生》（也译《时时刻刻》）就是演绎死亡故事，那个未得奖但好评如潮的《远离天堂》，也是说的面对死亡的人生故事。2004 年公演的好莱坞电影《21 克》，同样也洋溢着一种死亡的阴影。比较而言，我最喜欢的是《21 克》，喜欢它的沉郁、忧伤以及无从诠释。也许人生就是如此吧，像一个不可捉摸的片断，像一个随风飘逝的哑谜。

好莱坞也许是最不把人命当人命的地方了。每天，在轰隆隆的炮声中，在厮杀声中，在子弹的对射中，哪有闲暇去品咂死亡的下午茶呢？但现在他们这样做了，而且做得还特别好。也许，在浮躁了很多年后，在人类历史进入 21 世纪的时候，连好莱坞也意识到沉静了，它也开始思索一些关于人本身的问题了。毕竟，在厮杀与混乱中,是很难见庐山真面目的。

这部《21 克》的男主人公由肖恩·潘饰演。肖恩·潘可以说是演得天衣无缝。这个家伙阴鸷、神秘、性感而粗鲁,在他身上,似乎集中体现了死亡的一些特点,或者说,在他的身上,集中表现了死亡越来越清晰的面目。是的,也许就是这样,死亡是粗鲁的,它绝无道理可讲,突兀而善变。另外,死亡还是性感的——我一直猜测的一点是,也许死亡是与性联结得最紧密的一个东西。我们可以在性的很多表现方式上看到死亡的影子,比如高潮到来的时候,那种极端的空,似乎只有死亡,才有那样彻底的幻灭感。

据说,21 克是灵魂的重量。一个人,在咽气后,要比生前轻 21 克。灵魂出窍而去,21 克正好是灵魂的重量。人的命运就是这样与 21 克联系在一起。想想真是可叹,生命只有 21 克呀!躯体当然是有重量的,但那是皮囊,只是生命的暂栖之地。

我一直耿耿于怀的是:为什么那个教授在换了心脏之后竟然会如此痴情地爱着那个心脏主人的妻子呢?除了感恩,应该还有刻骨铭心的东西。心脏应该是保存着某种记忆的,或者说,思维存在于大脑中,爱存在于心中。相较聪慧的大脑,心才是简单的,也是本质的,爱情之类的东西,总是躲藏在最根本的地方。

这部电影的导演是墨西哥人阿加多·冈萨雷斯·伊纳里多,也即《狗脸爱情》的导演。西班牙语系的墨西哥人永远有着匪夷所思的想象力,他们似乎是天生的小说家,不像中国人,作得最好的就是散文和格律诗。这是思维习惯决定的。或者像德国人的理性以及古希腊的哲学，当然，还有法国人的生活态度、美国的工业文化，以及日本隽永的禅意。

关于死亡，每个人似乎都有无数的话要说，但又无从说起。对于彼岸又如何能指指点点呢？也许，还不如沉默。一沉默，忧愁便如夜晚的暮色一样漫上来，淹没你，吞噬你。你别无选择，你会真正地感到，人生就是苍凉无比，甚至连表达也那么无助、那么苍凉。

“耶稣不是来解决我们的痛苦，他是在给予我们消受痛苦的力量。”这是《21 克》想要告诉我们的，它还想告诉我们的是：“21 克是一枚硬币的重量，是一只蜂鸟的重量……”人的本质，就是这样的轻若鸿毛？

整部片子是那样的沉郁。那种结构、片段、断章，就像是一块本来完整的彩色玻璃，把它扔在天空，落在地上，它的碎片反射在阳光之下，五彩斑斓。不要问这些碎片从哪里来，但只要能够看到它的波光潋滟，就已经足够了。

脏水，及卑微的人

有很多感觉是诡异而奇妙的。比如说，你抱着一只猫，一起在冰凉的夜里看蔡明亮的电影。那猫可能是黑颜色的，周身漆黑如墨。你一会儿把猫放在腿上，一会儿把猫抱在胸前，一会儿让猫侧卧在沙发上。所有一切都是黑色，包括你的内心状态。你会感受到一种神秘的不确定性，幽灵般站立在你身边。这时候你便与蔡明亮一起来到台北，在川流的人群中，在地铁中，在咖啡馆里……你在城市里如行尸走肉。然后便有一种彻骨的寒冷淹没你。你的泪水慢慢流出，从空空的眼眶中流出。你的猫注视着你，你也注视着它。你们的目光都有一种彻底的空。你一下子恍然大悟，其实，真相是，谁都是孤单和无助的，就如同你和那只猫的关系——那种陌生源于，时间与空间是那样的不搭界，虽然看起来你们处于同一个世界，但实际上根本就不是一个时空概念中的两个。

这样的感觉，就是《天边一朵云》，就是《青少年哪吒》，就是《河流》，就是《洞》，以及《爱情万岁》。

《天边一朵云》一如既往地延续了蔡明亮的风格：缺水的台湾，政府在电视上鼓励大家多喝西瓜汁，但人们仍旧离不开水——陈湘琪饰演的女子到公厕偷水，碰见了已不卖手表的李康生，这时候的李康生当上了成人电影的男主角，他恰巧也在半夜爬上大厦阳台找水。两朵独自飘零的云碰上了。她记得他曾卖过一只手表给她（蔡明亮 2001 年电影《你那边几点》的剧情），但此时的李康生对于爱早已没感觉了。她爱上他，他对她也有好感，但爱是与性相连的，李康生在生理上，已没有反应了，没有性能力的人，是不是就没有爱呢？为了爱，陈湘琪不断地色诱李康生，而李康生无动于衷。其实李康生也是喜欢陈湘琪的，在身体已失去本能的情况下，情感也变得迟缓，爱自然变得奢侈了。

电影就在这样麻木的节奏中向前踱步。只是最后一幕戏一下子变得突兀：小康在与 A 片女郎因拍片正如火如荼时，看到在窗外偷窥的陈湘琪，高潮即将来临之时，他突然跑到陈湘琪所站立的窗口处。灵与肉，在此时，才算是得到了统一，两人泣不成声——这样的镜头，既惊心动魄，又让人潸然泪下。

性无能即是爱无能；同样，是不是可以说，爱无能，就是生存于这个世界上的无能呢？

私下里，一直很怕面对蔡明亮的电影。不是因为冗长，而是因为卑微。在蔡明亮的电影中，始终散发着一种卑微，就像夜晚从街头的垃圾箱边走过，嗅到的那种不明不白的气味。他电影里的人物，就像都市黄昏街角边悄然滑过的流浪狗与流浪猫。流浪的意义不仅仅是指身体，也是灵魂。当李康生心若死灰地对待爱和性时，这样的存在肯定已经是一种行尸走肉了。这一群流浪着的都市人啊，永远游走在屋檐的阴影下——饱，就一次撑得死；饿，就饿得满地爬。

记得好几年前看墨西哥导演阿加多·冈萨雷斯·伊纳里多的一部电影——《爱情是狗娘》(又翻译成《狗脸爱情》)。伊纳里多真是才气逼人啊——整部电影都贯串一个主题——爱情无法把握，永远疏离，永远“狗脸善变”。伊纳里多是要表现爱情的无法把握，而蔡明亮呢，在他的镜头中，不仅仅是爱情，而是一切，包括身体，最本能的欲望，都无法把握。甚至耻辱和羞愧，在钢筋水泥的都市面前，都如尘埃一样到处飞扬。蔡明亮的电影，总有一个固定的意象，那就是水，并且，从没有什么水是干净的——《青少年哪吒》里是阴雨，是阴沟里的污水；《爱情万岁》是浴缸里的水，是洗涤厕所的水；《河流》是死腐的河水，漂浮着死鱼烂虾的水。现实在蔡明亮的镜头下，就是一条污浊的河流，城市里那些活着的人，全是这条河流中臭烘烘的垃圾。

一个人，怎么会有着这样阴郁的感觉，又为什么会有着如此的绝望和疏离呢？这样的初衷，是来自卑微和猥琐吧。最卑微来自最阴暗，最变态来自最压抑，最丑陋来自最猥琐。一切都是生存，都是存在。这样最彻底地活着是最不需要理由的。给一片天空就灿烂，给一丝气息，也会生出绿油油的青苔与霉点。

很多年前，有一个前卫而带有痞气的小说家马建曾经写过一篇著名的小说《亮出你的舌苔或空空荡荡》。这部小说一直有着那种丝丝入扣的诡异。诡异是随处可见的，只要你有一双诡异的眼睛。在蔡明亮的眼中，城市就是诡异的，它就是流过的脏水，或者空空荡荡。

记忆与忘却

由阿伦·雷乃导演、杜拉斯编剧的《广岛之恋》算是一部电影史上的经典了。这部法国“新浪潮”电影明显带有雷乃以及杜拉斯的风格，按照我的理解，那就是电影在意义上有着双重通风口：一个巨大无比，联结着世界的灾难和困惑；另一个则幽微入细，朝向人类心灵晦暝处的暗影。

影片在情节上讲的是战争阴影下的爱情故事：一个法国女子在日本广岛拍摄有关战争与原子弹残酷后果的电影时，遇上了一个日本男子，他们相爱了。这个法国女子有着很沉郁的过去，二战时期她曾在一个叫作艾曼纽的小镇上与一个德国士兵开始了自己的初恋，后来，那个德国士兵死于战争，但法国女子却怎么也不能忘怀……影片的情节明显地带有杜拉斯的风格，沉郁而散乱，迷茫而清晰。跟杜拉斯后来的小说《情人》以及更后一点的《北方的中国情人》相比，能看出脉理上的一致。可以推测的是，那时候的杜拉斯就对自己的记忆产生一种本质上的困惑了，她困惑于自己的记忆，也困惑于自己的遗忘。在杜拉斯的眼中，个人的时光以及世界的历史，如潋滟波光一样无法捕捉。

这样的电影必然是有关记忆与忘却的缠绵，也是记忆与忘却的争斗。电影中凌乱的剪辑逻辑，带有压迫感和逃避心理的一系列特写，画外缠绕的内心独白，过去、现在和梦境的交错更迭等，很明显的就是记忆与忘却的转换。当然，最具有代表性的还不仅仅是《广岛之恋》，另一部由阿伦·雷乃导演、罗伯·格里耶编剧的《去年在马里昂巴》则更是对记忆与遗忘的本质困惑。

我一直对于这样的电影有着既近又疏的感觉。近，是因为我对于这当中的很多特质在心理上持有一种亲切；疏，是因为这种直视记忆的方式会让人眩晕。前几天看电影《追忆逝水年华》，也是看得眩晕无比。对这部文学史上的巨著，我知之甚多，却从没有完整地读过，在更多的时候，我总是在这本书的文字里寻找着一种感觉，而对于总体情节却无法把握。也许对于一直在病中的普鲁斯特来说，他想表达的，或者他已经表达的，同样也是一个巨大的、关于记忆和忘却的故事吧。他给予的，都是对于逝水年华的追忆，但真正的逝水年华是不可能追忆的，它逝去了，就永不回头了。回忆与忘却，或者回忆与杜撰，总是紧密相连的，就如同一张纸的两面。

我有时想，人们对于记忆最好的态度应该是疏离以及冷静了，以一种超脱而亲近的心态对待曾经。在人的大脑里，真应该像家具一样打放着很多抽屉和格子,有序地存放着自己的记忆。比如这个格子来存放情感,那个格子来存放初恋;这个格子来存放悲苦,那个格子来存放喜悦……然后,在空闲的时候翻动一下,独自品玩;或者在晒霉的时候将它们曝于七月的阳光下……每个人的行动都是被自己的记忆左右着,身后的脚印决定自己的路向何方。如果一个人能够对自己的记忆保持着清晰和冷静,做到井井有条,他就会放下很多东西,就能保持一种疏离,就会有着一种淡泊和宁静,并且快意地存活着。

有人说杜拉斯实际上有着一种无理性后面的理性,大概指的就是如此吧。在更多的时候人们总是以为杜拉斯会坠入她的记忆无可救药,但我的看法不是这样,杜拉斯只是如一头老牛一样将记忆和忘却不断地拿出来反刍,或者把它们当作是封存在地窖里的葡萄酒,想起来的时候,就拿出来,喝上两杯。酒的味道总是很好的,因为它经过岁月的发酵,有着属于时间的甘醇。

这两天还看了一部描写美国作家亨利·米勒的电影《亨利和琼》(又译成《情迷六月花》),写的是亨利·米勒与妻子琼在巴黎生活时遇见了另外一个女作家安妮的事情。这部电影取材于安妮的日记。在日记中,安妮详细地记载了自己与亨利·米勒以及琼之间复杂的情感,以及暧昧。这样的日记就是记忆吧,也是忘却。安妮一直保存着它,直到自己丈夫去世之后才公开。安妮的优雅与亨利的粗俗在暗中是彼此支撑的,也是天才与情欲的支撑。影片最后,安妮离开了亨利,她坐在汽车上,泪流满面。她后来写道:“我哭是因为我爱这条离开亨利的街道,有一天它会让我回到他身边。我明白自己现在的哭是为了从此我的哭泣会减少,我哭是因为我的痛苦消失了,而痛苦消失了我会如此地不适应。”

这样的语句怪异而沉醉,它表达出的体验就是记忆与忘却吧。人总是这样,习惯在自己曾经的时光里晕头转向,在记忆与忘却中,欲罢不能,自设迷宫。

记忆与爱情

一切都是从记忆开始发生的,阳光下的沙滩,踩在细沙上的赤脚,碎花的小短裤……一个叫作安东尼奥的少年,12 岁时,情窦初开爱上一个漂亮的女理发师。一进入理发店,他就拼命地吮嗅着店里的味道,想从当中分辨出女理发师身上的香水味。这味道使小男孩迷恋不已,无法自拔。

某一天,女理发师突然原因不明自杀而亡。少年悲恸欲绝,同时埋下了永远的情结。日子一天天地过去,安东尼奥慢慢步入中年,他开始发福、谢顶,但内心中,那个心结却越收越紧,像浸过水的棉线一般。有一天,安东尼奥住地附近新开了一家理发店,主人是一个漂亮的女理发师。安东尼奥情不自禁想接近她,然后,他就坠入了情网。第二次进店,安东尼奥努力掩饰自己的窘态,鼓起勇气问她:你愿意嫁给我吗? 女理发师没有表示。安东尼奥讪讪地离开了。第三次进店,她装着不认识他,在他要离开时,她说:那天你怎么了?若你是真的,那么,是的,我会嫁给你。那一刹那,中年男人变成了小男孩,他抬头看着她,心花怒放。梦想成为现实,他终于拥有了理发师新娘。

自此之后的很长一段时间,激情如火一样燃烧在理发店中。甚至,他们会早早地关闭店门,享受爱的沐浴。在她为顾客理发时,他也会在一旁深情注视,有时候竟然忍不住起身舞蹈……终于有一天,女理发师悲哀地注视着橱窗外,喃喃自语:暴风雨就要来了。然后,她离开理发店,来到海边,纵身跳入波涛汹涌的大海……

这部《理发师的情人》是一部典型的法国电影,导演是帕特里斯·勒孔特。法国电影就是这样,感性、癫狂、迷离,略带神经质,情节上有一种恰到好处的晦涩……电影很像是地窖里刚刚启封的红葡萄酒,既冰冷又热烈,散发着凛冽的异香。

故事应该有着帕特里斯·勒孔特少年时的真实感受吧?没有类似的童年经验,是很难把握这样细腻的情感的。电影始终弥漫的,是一种柔和的光感,像梦想,又像女性的体味;还有音乐,当电影中小提琴舒缓缠绕的时候,有一种忧伤,如水中的光影一样斑斓闪烁。

那个女理发师为什么要自杀呢?是因为一种恐慌吗?人不可能永远生活在幸福之中,当爱情变得过于炽热时,与其让它慢慢冷却,还不如携带着爱情的体温倏然消失。对于爱情,女人一直既爱又怕,得到爱情之日,就是爱情死亡之时。

让我感兴趣的是电影对理发师的描写。勒孔特为什么如此钟情理发师呢？或许，理发师本身就是一个意象吧。有很多感觉，是人类共通的，是那种游走在情欲边缘的感觉。那种不确定的情感和欲望，有时抑制不住地就从那种细微的接触中表露出来，于是，整个过程就变得暧昧；然后，就是渗入身体，就是克制，就是想入非非。这种感觉如此纤细，又如此强烈——犹如萌芽涌动——也难怪让人刻骨铭心了。

理发师就这样成为一个情结。也可能正因如此吧，它成为电影永远的题材，有那么多的人热衷去拍理发师——先说国内的，1962 年，上海天马公司曾拍过一部《女理发师》，主演是漂亮活泼的王丹凤，当然，这部电影不是表现情欲，而是歌颂劳动。2000 年以后，国内拍了两部有关理发师的，一部是画家陈逸飞投资拍摄的电影，片名就叫《理发师》；另一部，则是关之琳主演的《做头》。这两部电影都与情欲有关。

俄罗斯的《西伯利亚的理发师》算是一部不朽的经典了。在观看这部片子的过程中，我不断嗅到了阳光、雪原、白桦林的气息，品尝到人生的辛酸与苦涩，甚至看到了爱情和人性在绝望时升腾起的淡黄色的尘烟——1885 年，俄罗斯的冬天，在通往莫斯科的列车上，一个军校学生被恶作剧地留在了一个包厢里，邂逅了一位身份特殊的美国女子——简，他们一见钟情并且发生了一夜情。很快，这段如胶似漆的爱情戛然而止。琴声如诉中，年轻的士官生卷入时代的旋涡，一切都身不由己——帝国的天翻地覆毁灭了他的理想和生活，士官生被发配到西伯利亚，跟一个当地的女子结了婚——那段美好的爱情像另外一个世界的招幡，残留在他的记忆深处。同样，在大洋彼岸，那个女子一直沉耽于爱情之中。一直到10年后，女子带着她与士官生的孩子去了西伯利亚。在极地之侧，因为他们的团圆，有了一线生机和温暖。

第一次看这部电影时，怎么也不明白为什么这部电影叫《西伯利亚的理发师》。在电影中，我似乎找不到与理发师有关的东西。后来，我又看了第二遍，这一次我找到了许多跟理发师有关的元素：当初士官学校在排练莫扎特歌剧《费加罗的婚礼》时，那个士官生演的角色，就是理发师；在西伯利亚，有一台砍树的机器叫“理发师”；当然，最重要的是，男主演被贬西伯利亚时，小木屋里放着推子和剪子，可以看出，在当地劳动改造时，他从事的工作，就是理发师……理发师像一个圈，套住了主角的人生，他逃不脱命运的安排。电影仍旧有着宿命的诠释：男人活在记忆里，女人活在爱情里。

和服包裹的女人

这一段时间看碟挺奇怪的，先是把买了很久却没有看的《艺伎回忆录》翻出来，细细地看了；然后，又看了日本那部很有名的《大奥》。逛碟片店，看到了那部《花魁》，放在一大堆碟片中很醒目，便也买回看了——这几天仿佛一直置身日本的江户时代，满眼都是樱花灿烂，满眼都是色彩斑斓。

先说《大奥》。《大奥》的情节倒是一般：江户时代日本德川幕府某一个武士家中，上一代将军去世之后，一大群女人辅佐幼小的将军。于是，大戏开场，女人与女人之间，争斗和诋毁达到了白热化。月光院年轻貌美的绘岛成了众矢之的，针对她，敌对的天英院设下了一系列的陷阱和阴谋，绘岛本身，也在情与欲、权与利当中苦苦挣扎……

这一类宫廷夺斗故事，对于我们来说并不陌生。

与《大奥》相比，《花魁》则好看得多。到底是底层生活，相对生动活泼，最起码，有着令人放松的粗鲁和情趣；不像宫廷生活，随处都是阴谋和陷阱，在紧张和提防之中，压抑生命和欲望。《花魁》的故事发生在江户时代一所著名妓院中：从小卖身的乡村少女清叶，长大之后，凭着自己的姿色和不懈努力，一跃成为妓院的花魁……值得一提的是影片的女主角土屋安娜，长得有点像赵薇，大大的眼睛，高高的鼻子，据说是美日混血儿，漂亮得令人惊艳。清叶不仅仅有温柔魅人的一面，同时，也绝不是一个省油的灯——能当上花魁的，才不是凡角呢。清叶就像扑克牌中的女王，正面光彩夺目，温柔可人；反面则犯傻耍浑，眼露四白。花魁总是有双重功夫的——多情与缠绵，是对付男人的"一招鲜"；而对付同类女人，凶悍与犯浑，则是最好的核武器。

这两部电影令人称奇的是画面。实际上不止这两部电影，包括《艺伎回忆录》在内，电影的画面都令人叹为观止。其中，画面最绚烂的，无疑是《花魁》了。前几年我曾看过日本电影《源氏物语》，绝美画面让我心悸。但《花魁》画面的浓烈与缤纷，要远远超过《源氏物语》。那是怎样的一种画面啊，看看电影中经常出现的意象就知道了：斑斓的金鱼、如雪的樱花、猩红的棉被、金簪子、银穗子、红璎珞、殷红的樱桃小嘴、镶嵌着玛瑙的烟杆……半开半合的点绛唇中，徐徐吐出一团白雾……这些都可以说是色彩的迷宫，或者是，视觉的盛宴。

喜欢看这三部片子，还有一点，是喜欢看日本女子穿和服，喜欢看那些绝色女子把自己包裹在艳丽如花的和服中，踏着木屐，露出雪白的颈项，温温顺顺地走来走去。据说，和服源自中国的唐装，它们同样有着高腰、长裙、斜襟、宽袖等特色，只不过和服更有亵衣，也就是内衣的妩媚；和服柔软、大开领，无论是留袖、振袖、小纹，甚至是豪华的十二单衣，乃至洁白的结婚装，都有着端庄之下的放任，那是典型的日本文化。在《花魁》和《大奥》中，那些漂亮的女子穿上和服，真叫"惊艳"。她们一袭和服，随意而凌乱，像暧昧的被窝，性感得让人忍不住想撕扯蹂躏。

曾有人说日本的服装是"包袱皮文化"，不像西方，是"皮箱文化"。"包袱皮"是软的，是随形而变的，不像西装等"皮箱"，硬硬的，能把人装起来。和服的妙处在于"露"与"藏"，在于半开半合之间——露，是为了藏；藏，也是为了露。在这样的藏与露之中，暗得三昧。日本文化中永远有一种浓重的暧昧成分，端庄是表，风骚是里。用粗俗的话说，和服就是一种"藏八露二"的"闷骚"。

比较而言，《艺伎回忆录》中巩俐、章子怡和杨紫琼三女子穿和服的感觉要差多了。毕竟，她们不是日本女子。单凭章子怡的杏眼圆睁，就可断定这小姑奶奶是侠女出身。至于巩俐，在剧中，十足一个中国式的怨妇；日本的女优，哪敢有如此明目张胆的怨气呢？至于杨紫琼，一身的豪迈气，活脱脱一个中国风味的杨门女将。气是要"养"的，不是学的。想想那些古代日本女子，站、卧、坐、行都有严格规矩：走路不能左右摇晃肩膀和腰肢；站立必须五指并拢，脚丫的开角应是60度；坐时要两膝并拢，不能分开，手要自然放在大腿上，臀部适当往座位深处坐，腰部虚倚椅背……这种骨子里的妩媚和收敛,哪里是章子怡们所具备的呢?

也难怪人们对《艺伎回忆录》恶评如潮了。这三个中国女子,即使穿上和服,也是“妇女能顶半边天”。真亏得美国大导演罗伯特·马歇尔“慧眼识珠”,这个家伙,似乎一直没真正搞清楚中国文化与日本文化的区别。毕竟,西方人看东亚人,个个都是小个子单眼皮。

文化是性格的胎盘。在日本,女人一直是被当作小孩来养的,她们接受着男人的宠爱和呵护,也接受着男人的训斥,而女人也乐于扮天真——而在中国呢,似乎男人才是孩子,女人则是母亲,或者是老虎……呵,我不想说得太多,免得有人不高兴了,打住打住。

幻变中的隐秘

前几天跟一帮朋友闲聊,他们问我:你认为国内现在最好的女演员是谁?我想了想,说:是周迅。周迅是典型的东方美女,在银幕上是既像男孩子又很女人的那种,而且带有一点巫气,气质比较复杂,比较多样化。演戏也很用心,会用心。而且周迅也有一些拿得出手的电影,比如说《苏州河》《香港有个好莱坞》《巴尔扎克小裁缝》等。这些电影,都是可以站立很长时间的,这也决定了周迅的价值会越来越大。

那天看中央电视台的《艺术人生》,恰好是主持人朱军采访周迅。这一期的节目做得相当好,有点出乎我意料的是,小小年纪的周迅对于人生和艺术有着相当透彻的感悟,在整个采访过程中,她表现得真实、自然而坦诚,这也是一个人成大器的基本条件。而且从采访中可以看出,现在的周迅在内心深处有相当大的变化,安静的目光中,一种智慧范畴的东西在生长,天才的力量正变得茁壮。

一个好演员一定是相当聪明的，因为他必须有相当好的感受力和领悟力，而且对待事物敏感、细致入微，内心的空间也很广大。这样的潜质对于演员来说非常重要，甚至比训练本身更为重要。我想说的是，我们的很多表演专业从来就没有出过什么好演员，那种过时的表演体系在更大程度上反而是一种毁灭，使他们变得矫揉造作，装腔作势。我甚至觉得一些非职业演员的表演要比所谓的职业演员精彩得多，因为他们更接近真实的生活，他们从不夸张，从不装腔作势。而一些国内专业演员呢，从他们身上所看到的，除了虚假，还是虚假。

我一直认为，角色不是演的，而是摇身变出来的，这当中的前提是先改变自己的内心。内心改变了，外在的情感和姿势才会变。一个好的演员只能是从内心当中生长出来的，演出本身，实际上就是一种幻变的过程，由一个人彻底地变成另外一个人。这种变来变去的过程，就像是把一块铁烧得炽热，然后又浇冷，然后又烧得炽热，又浇冷。一些人会在这种幻变中迷乱，而另一些人，则在幻变中昂扬上升。

想一想，那些优秀的演员都是有着神通的。比如说朱丽叶·比诺什，在不相同的电影中，不仅仅角色变了，更重要的是连心灵都变了。每次我看她的电影，总是莫名地担心她在电影结束后是否能重归自己的身躯。这种担心真是有根据的，像英格丽·褒曼，还有费雯丽，曾经就在很长时间里沉没于她的角色之中，差点不能自拔。这是一种极致的幻变,最好的演员,就是在这种魔幻力量中,完成自己的三十六变,或者七十二变。这样的说法还不确切,更确切的是,在自己短暂的一生中,反复地轮回,就像蝴蝶化蛹,蛹化蝴蝶。

我的一个朋友在得知我狂热地喜爱电影后对我说:这样你的人生是丰富多彩的,是互相交叉的,是忽隐忽现的,是盘根错节的。我觉得这样的比喻用来形容影星更为确切。只不过因为有着距离,影迷是快乐的;而演员本身,极致的幻变却是折磨,是痛苦,也是狂喜。而且这种幻变还携有巨大的忧伤和隐秘,不知不觉影响自己的心灵,甚至连容貌都在不知不觉地改变。比如说马龙·白兰度,年轻时那么冷酷英俊,一个标准的白马王子,由于多重角度的转换,心灵的跨度太大,到了晚年,变得阴鸷而颓唐,散发着一种浓郁的哀伤和死亡气质,就像是一头病着的狮子王。在演《巴黎的最后探戈》中,马龙·白兰度甚至因为过度地坠入角色而迷失了自己,进入了内心中巨大的黑暗。后来,晚年的白兰度再也不敢演了,他只是隐居在家,通过电子邮件与外界联络,或者在网上以匿名身份与他人沟通,偶尔上上自己的网站,帮助改正一些错别字,有时候甚至在自己的私人广播频段上用假嗓子播音。我想,马龙·白兰度是在电影中耗尽了生命的元神,他再也没有力量回归本来了,成为毁于电影的行尸走肉。

我所喜欢的另一个演员罗伯特·德尼罗也是在幻变中表现出巨大的变化。看看《出租汽车司机》以及《猎鹿人》中年轻的德尼罗,英俊华美,玉树临风,而后来的德尼罗,相貌却明显地呈现出古拙与凶狠,身材也变得“熊”起来,像一个凶狠的智者,一点也看不出当年的影子。还有肖恩·康纳利,以及热拉尔·德帕迪约,年轻与年老,完全是两个人。思想是可以改变一个人的相貌的,幻变也是,也许正是在这种变来变去的过程中,心灵总免不了遗留残渣,就如同喝过咖啡的杯子。日久堆积,就成了现在的模样。这些——都是一种极致幻变中的隐私。

还有一种奇异现象更让人无法解惑,比如说英格丽·褒曼,她的出生和去世都是在同一天,都是 8 月 29 日,这是一种巧合吗？我更愿将其看作是一种极致的隐秘。

演员不要脸

马斯楚安尼算是费里尼的御用演员了。他们的第一次合作是一个偶然,费里尼在其他电影中看到了马斯楚安尼,便给他打了一个电话,相约见一个面。当时,费里尼已经是一名非常有才气的电影导演了。他们见了面,费里尼说想请马斯楚安尼拍戏,马斯楚安尼问为什么,费里尼说:“我看中你,是因为你长着一张没有特色的脸。而我,需要这样的脸。”

费里尼并不是为了打击马斯楚安尼,他说的是实话,也是为了阐明自己的艺术主张。那就是,摒弃人物本身,让电影阐述本身的意义。马斯楚安尼很快明白了。于是他就这样与费里尼捆绑在一起,共同创造了《八部半》《甜蜜的生活》《罗马风情画》等一批杰作,在电影中,马斯楚安尼就像一个导游一样,从不喧宾夺主,他引导着人们将注意力转移到导演想要表现的东西上面,而他,甘当一个活生生的道具。

如出一辙的是李康生。这个阴郁的家伙与台湾导演蔡明亮的关系同样如此。我看过很多蔡明亮的电影,但对于李康生,我甚至都没有看清楚他到底长的什么样。这真是怪事。也可能不是没有看清楚,而是没能记住。李康生就是那种看一百遍也记不住模样的家伙。对于李康生,蔡明亮这样评价:“康生的脸就是我电影的特质,我的电影可以没有对话、没有音乐、没有太强烈的戏剧动作甚至没有清楚的故事,我一直维持在这个状态里面,正是这种状态的维持可以让大家看到每次细微的表现,但每次我都朝深处走。”对于蔡明亮来说,他要的就是李康生那张芸芸众生的脸,这样的脸是没有特质的,不容易让人记住,不容易引起人们的注意,更不会因为演员本身而忽略电影。蔡明亮对于自己电影的看法是,人物是不重要的,情节也是不重要的,重要的,是那种人与人之间的疏离,还有那种迷茫的状态。

对于贾樟柯来说,王宏伟也是如此。贾樟柯的电影中,几乎每一部都有着那个长相平凡得不能再平凡的戴黑框眼镜的小人物。他叫王宏伟,一个长得普通得不能再普通的电影演员。他与其说是电影中的人物,还不如说是电影中的符号。一个带有贾樟柯电影强烈意义的符号。20 年前,我们经常在县城或者乡镇看到这样的人物,他们晃晃悠悠,无所事事。他们的名字可能叫小武,也可能叫小明,或者大号叫张建国什么的;他们会扯着嗓子唱卡拉 OK,时常在路边的桌子上打台球,会玩自行车;喝劣质烧酒,抽劣质香烟,重义气,守诺言;打架特别不要命,有时候闷头闷脑地就拾起一块砖头砸在别人脑门上；他们不太会追女人，只会流里流气地骑着自行车跟在后面吹着口哨，或者偷偷把电影票塞进人家兜里……这样的人物，那非得由王宏伟才能演好。这样的面孔，就是一个时代的面孔。

面孔往往是携有某种集中性的。梁朝伟的脸也是这样。虽然梁朝伟演过太多的香港烂片，但又有谁能比他更像20世纪三四十年代的知识分子呢？前一段时间李安的《色·戒》获得威尼斯电影奖，无疑，梁朝伟是居功至伟的。梁朝伟一出现，电影仿佛就回到半个多世纪以前。有一天跟朋友们谈起梁朝伟，谈起他的面孔和气质。我说，你见到过梁朝伟发怒或者个性鲜明的时候吗？朋友们想了想，一个个摇摇头。实际上梁朝伟和那个时代的知识分子一样，就那样如温暾水一般，忧郁着、暧昧着也沉沦着。他的个性一点也不鲜明，看起来不仅仅是人生没有方向，连整个生活也无所适从似的。但就是这种不咸不淡也不酸的角色，在诠释王家卫李安们要求的同时，还着实迷住了很多人。也许是因为这个时代的知识分子太功利、太明白也太逼人了吧，人们反而会喜欢那些不咸不淡不酸不醋的人。怪事！

前一段时间，在闲谈时，曾有人跟我谈起姜文。说姜文哪是在演电影啊，都是在自我表现，在那部《太阳照常升起》中，他演的老师，哪里像旧知识分子呢？分明是他自己——一个生长在“文革”时期的泼皮知识青年，身上带有很重的草根气质。我同意他的观点。姜文最大的问题在于过于自信、霸气十足，长相也过于有特质，这样的脸谱对于电影是有伤害的。同样的情况还适用于赵本山、宋丹丹、潘长江等，他们只要一出场，电影就成了加长的小品。当个性成为一种模式时，情节和风格就会变得单一了；当脸成为一种标志时，意义就会死亡。人们更喜欢的是一种涵盖很多内容的脸，既可以乌云蔽日，又可以云开日出，比如巩俐，比如章子怡，比如梁朝伟，比如汤姆·汉克斯等。一个没有形成模式的面孔，才具有千变万化的爆发力。

还是费里尼、贾樟柯、李安他们聪明啊！对于那种飘忽不定的艺术电影来说，最好的演员，就是那种既有面孔，又没有脸的人。

时代的经典

苏联大导演安德烈·塔可夫斯基的《伊万的童年》拍摄于1962年,当年即获得威尼斯电影节的金狮奖。这部电影可以说是电影史上的一部经典作品。专家们曾评论说,这部作品通过梦幻与现实相连的崭新电影语言,讲述了一个少年在战争中的遭遇,通过少年伊万的童年和战争严酷场景的对比,显出个人与历史之间的深刻、内在而又荒诞的关系。苏联影评家卓尔卡雅曾经评价说:这部电影的作用,就像一块劈柴投进燃烧的炉膛……

我是近日才看到这部期待已久的电影的。但在整个观赏过程中,并没有特别值得我兴奋的画面和情节,直到电影结束,我都显得很平静,甚至稍稍地有点失望。这部老电影在现在的我看来,只是一些画面的拍摄有些精致,至于其他的,并不显得新鲜和独特,甚至稀松寻常。这种状态就如同我现在重读20世纪80年代曾轰动一时的小说,在现在的我看来,那些小说只是一些蹩脚笨拙的故事，加上故作姿态的手法，矫情而幼稚。

实际上这种想法我已有着很长时间了。出于对经典的尊重，出于对自己的怀疑，我只是不敢轻易下结论。我看过世界电影史上很多大师的作品，尽管我对他们顶礼膜拜，但观看这些老电影，我仍然会觉得平淡甚至乏味。比如伯格曼的《野草莓》，这部电影中有大量的意识流以及蒙太奇闪回的手法，游离时空，打破界面，这在当时具有相当的新鲜感和创新意识，但现在看来，自然是很一般。即使是电影中贯穿始终的哲学意义，在我看来，因为没有剧情的衬托，只是单纯的设问，也显得沉闷而乏味。

我自以为是一个很能看闷片的人，在很长时间里，我一直有意识地“锻炼”自己的“闷读”或者“闷看”能力。我曾经艰难地读完过乔伊斯的《尤利西斯》上半部；至于看电影，我有一个跟自己过不去的要求就是，只要选择一部电影，即使再乏味，也要硬着头皮看完，不能半途而废。这样的习惯我一直坚持着，但很多老片“阻击”了我，让我在它们面前败下阵来。我的橱子里塞满了近百部尚没有看的老“闷片”。当然，对于一个影迷来说，这样的情形并不鲜见。我的一个朋友，在他所采购的数千部电影中，他更是只看了几十部，其他的，都厚厚地堆积在一起。他只是在起一个收藏家的作用。

我不得不面对一个事实，那就是经典的时代性。我看过意大利导演费里尼的很多片子，也看过电影大师伯格曼与安东尼奥尼早期的一些电影，包括法国“新浪潮”什么的，这些都是电影史上的经典。但从整体上说，它已经不可能给我强烈震撼了，时代变了，人心也变了，想共鸣，也没有相同的频率了。这不是否定过去，也不是意味现代人比过去的人更聪明，而是我们一直在继承，在踩着前人的肩膀。当然，对于更大程度上依托科技手段和经济支撑的电影来说，想成为常青树般的经典，那就更加艰难了。

比较而言，一直以单薄的文字作为表达形式的文学相对则更为坚挺，虽然时代变了，但人心没变，有些作品所达到的高度，仍是前无古人，后无来者。比如说《源氏物语》《红楼梦》《悲惨的世界》《战争与和平》等，到现在为止，还是人类艺术史上不可逾越的高峰。因为它浓缩了永恒的人心。

我还有一个很奇怪的发现，一个人如果能够完全地体现时代的精神，那么他便不可逾越。比如说奥黛丽·赫本，就纯情女子来说，谁能超得过赫本呢？毕竟，现代社会纯情已是稀有。而扮演大盗，20 世纪 60 年代那部经典的《邦尼和克莱德》现在看起来也是稀松平常，扮演克莱德的男主角沃伦·比利当年曾在好莱坞红遍半边天，但他哪如约翰·屈沃塔颓废呢？身上一点邪气都没有，就像一个绅士。毕竟那个时代的人是单纯的，是简单的，连强盗也是，眼神不复杂，神情缺乏厌世感。现在从大街上随便找一个人，也比沃伦·比利更像一个浑蛋。

无话可说的爱情

我一直对历史上名人惊世骇俗的爱情颇感兴趣。比如罗丹与卡米尔，比如亨利·米勒与琼，比如柴可夫斯基与梅克夫人、勃拉姆斯与舒曼·克拉拉夫人……还有，就是我昨天所看的玛格丽特·杜拉斯与扬，一个小她近30岁男人之间的恋情。

这部名叫《爱人》的法国电影拍得并不算太好，但由于描述的是杜拉斯，所以我还是饶有兴趣地看完了它。对杜拉斯，我们这一代喜爱文字的人一直有着浓烈的情结。就像现在新新人类对于村上春树的感觉一样。还是在20世纪的80年代末，我就接触了她那不朽的充满魔力的小说《情人》。那部小说，曾被一代文学青年奉为圭臬。据说原先的作家、现在的大款王刚曾经能将《情人》逐字逐句地背下来。杜拉斯文字中自由、自恋的态度，以及对于曾经的岁月和情感的迷幻，那种顾影自怜、如呓语一样断断续续支离破碎的叙述方式，曾经给了我们强烈的新鲜感。而在此之前，我们的感觉就是，文字就如同砖与石头，是砌墙的材料，或者干脆就是枷锁。而杜拉斯的文字里是游走着生命的，一朵自由之花正开得妖娆恣意。

后来，就喜欢上了杜拉斯，也喜欢另一个玛格丽特——玛格丽特·尤琴纳尔。看有关杜拉斯的文章，也知道了她的一些私生活，知道她写的《情人》的确有着自己的影子。那是记载她与一个中国北方男人之间的萍水相逢，那样的邂逅并不能确定为爱情，却被杜拉斯当作恋情来进行叙述。错觉有时候也是美丽的，而且比真实更为美丽。杜拉斯正是成功地运用了错觉，在那个平常的邂逅中，加入了美丽的幻想，因此便呈现出波光潋滟来。

杜拉斯一直因这点而幸福着，她的生活已没有完全的真实与幻想的区分，她活在自己的真实里，也活在自己的幻想里，有时候连她自己也分不清什么是真实，什么是幻想。这样的生活就如同光谱，色彩斑斓，别致诗意。杜拉斯一生曾经结过几次婚，但只有她的内心才是她真正的家园。曾有人问我，杜拉斯与张爱玲都可以算是天才了，在她们之间，有什么区别吗？我沉吟了很长时间，然后试着分辩说：可以说，杜拉斯是纯粹感性地生活着吧，就像一只没有线的风筝，随心所欲地飘，在天空之上做着永恒的梦；不像张爱玲，貌似感性的背后是坚强的理智和精于世故，这个风筝的后面有着潜在的、坚韧无比的细铁丝。张爱玲毕竟是中国人，她哪里有杜拉斯那样的嚣张和恣意呢？表面上是感性的、是华丽的，实际上却是内敛着、压抑着，如深宅大院里夜晚幽怨的蝉声。

杜拉斯,年轻的时候是个小魔女,老了就成了个老巫婆。于是杜拉斯与扬的爱情故事就如同我们看到的那样简单、直观、莫名其妙。那个男孩在电影中表现得是那样的清秀、忧郁,无所适从。他爱她是因为什么呢?只是因为灵魂吧,一个60多岁的老太太终归是不漂亮的、不性感、没有生趣的,却有着智慧,懂得游刃情感与生活,并且有着忽隐忽现的灵魂。他爱她,只是通过她的肉体,触摸她的灵魂。而她呢,当然是爱着他的青春,爱着自己曾经的岁月,爱着青枝绿叶的生命。这样的爱一开始就是不等式,一个人大于另外一个人,一种情感大于另外一种情感。就人与人之间的诡计与自利而言,那个年轻的扬哪里敌得过那个老巫婆呢?那个精灵似的老巫婆就像一个浓缩了的世界,压在天平上是可以掀翻所有的道德和准则的。

于是我们就可以看到这样的场面,他们不断地争吵,然后又和解;不断地误解,然后又理解。情与爱,只是一种过程吧,缥缈、激烈、跌宕,看不到、抓不着,穿行于两人之间;至于结果呢,那就更为缥缈了,从那样的过程中走出来,每个人看看自己的手,都是什么也没有,空空如也。

有些东西,真是不太好说的。贴着地面吧,是自己俗了;飞翔着吧,又似乎觉得自己迂腐。并且,别人之间的两人情境,那种情境之间的光与影,那种彼此之间的呓语或歌唱,又岂是外界所能感受到的呢?就如同在戏中,身居其中的演员,与台下的观众,永远有着天壤的距离。戏中人,总有着独特的暗妙。

我承认，当我们以文字或者语言的方式讨论爱情时，实际上爱情已经与我们擦肩而过了。有一种东西就像柔滑无比的丝绸，当你试图伸出手去捉住它时，它却轻巧如鳝鱼，灵活地从你的手指间滑过。爱情是不需要理由的，对于杜拉斯和扬，就更不需要理由了，也许他俩就像宇宙中无数的纤尘中的两粒，撞上了，就有了故事。这就是缘。

我想说的一句不相干的话就是，杜拉斯真是一个为语言而诞生的精灵。除了身体，她的全部都活在语言中，她的文字给我们留下的感觉，就像是一个灵魂，游走着，在寻找着另外一个灵魂。

爱情如偈

那还是春天里的事了，万物复苏，百花开放。照例，在这样的季节里，人们都得心浮意乱。看那种轻喜剧的爱情片，无疑是这个季节最好的选择。

就看了这部《真爱无价》（又译《巴黎拜金女》）——一个带点“天方夜谭”的故事。故事的情节的确轻松——一个专傍大款的漂亮女子，陪伴一个老富翁来海边度假。一天晚上，老富翁喝醉睡着了，漂亮女子在夜深人静时来到饭店的咖啡厅。恰巧，在咖啡厅里，一个年轻男子伏在柜台上。女子无事可做，便叫醒了他，两人在酒柜前喝个烂醉。接着，一夜情不可避免地发生了。醒来之后，女子发现那个男子竟是一个服务生，十足一个一贫如洗的穷光蛋，于是大呼吃亏上当。服务生的行为也被饭店发现了，立马让他走人。于是，在这样的情形下，女的只好到处傍大款，而男的只好靠服侍女富婆“吃软饭”……最后，这一对青年男女终于意识到他们之间的真爱，于是商议着一起私奔，尽管他们身上只有一块钱，但他们幸福地逃脱了……

故事看起来并不是太新鲜。但因为《真爱无价》的女主角是奥黛丽·塔图，所以我特地买来看了一遍。没想到，一个浅薄的故事倒让我看得津津有味。塔图是我一直喜欢的一个演员，单纯、诡异，像一头躲在灌木丛中的小兽。我一直喜欢她在《天使爱美丽》中的表演，在那部非常有意思的电影中，塔图转动着大眼睛，把世界变成哈里·波特的魔法学校，灵异多变，充满神奇。漂亮的女子一直很多，但漂亮且有浅浅幽默感的女演员，倒是屈指可数。幽默是一种灵性，它似乎一直呈阳性特质，宽广而包容，松弛而润滑。一个美貌的女子，如果又有一点稍稍的幽默感，便像含羞草一样散发着灵性。

老外们大约一直喜欢这样的轻喜剧吧，浅显平白，幽默轻松，可以不动脑筋敞怀大笑；而且，还可以拉近那些巨星与观众的距离。比如说西班牙美女佩内洛普·克鲁兹就曾演过一部轻喜剧《女人在上面》（*Women on the Top*），一听名字，就让人想入非非了；美男裘·德洛也曾演过一个电影，名字我已想不起来了，也是轻松幽默；至于其他的大牌，似乎都演过那种轻松的喜剧：朱莉娅·罗伯茨演了《漂亮女人》，汤姆·汉克斯与梅格·瑞恩联袂主演《西雅图不眠夜》和《电子情书》……连那个好莱坞硬汉卢塞尔·克劳都曾演过喜剧，在那部《快乐的日子》中，卢塞尔·克劳一改《角斗士》等电影中的“高大全”形象，变得亲近而可爱，像一个粗粗的笨熊一样。男人一变成笨熊,便能引起一片爱心——如同女人对待宠物的爱心。

好莱坞一直有一个不成文的惯例,只要哪个演员出名了,也颇受影迷的欢迎,必定会让他(她)去拍一部爱情轻喜剧。这样的方式就像把那些山珍海味做成一回家常菜,让老百姓也尝一回新鲜。虽然轻喜剧的情节总是那样雷同:女的大大咧咧、没心没肺,爱虚荣;而男的则表面憨厚老实,其实一肚子闷骚。然后,双方就有一系列轻喜剧的碰撞,最后终成眷属。这样的电影一直长盛不衰。电影与文学一样,它一直是人类的集体春梦。戏剧圆过,小说圆过,现在轮到电影了。看电影的过程,就是美梦燃成烟花的过程。

这样的电影不仅秀色可餐,并且还能让人大快朵颐地看到金钱在爱情面前的溃败。前几年,朱莉娅·罗伯茨与休·格兰特主演的那部《诺丁山》,光看剧情,就让男人们趋之若鹜——一个好莱坞漂亮无比的女巨星爱上了一个街头开小书店的普通男子,并且百折不挠地要嫁给他。故事如此传奇,就像天上掉馅饼。20世纪90年代中期好莱坞还有一部片子——《不道德的交易》,黛米·摩尔主演,这个故事更有意思——一对年轻的夫妇去参加一个晚宴,妻子非常漂亮迷人。在晚宴上,一个亿万富翁看上了她。他跟他们提出要求,出价100万,让年轻的妻子陪他过一夜。100万,而且还是美元,一个天文数字!这样的数字让他们动心。于是,这对恩爱的小夫妻便在一起商量,决定牺牲妻子的一夜,以求得两人一生的幸福。妻子牺牲了,年轻的丈夫却感到别扭。后来,后来……大约是又和好了吧,记不清了,反正,好莱坞还是赞颂了主旋律——金钱最终败在了坚贞的爱情之下。

金钱就这样与爱情纠缠在一起。对于东方人来说,这样的电影还稍稍地有点无耻,那是有悖东方贞洁观念的无耻。在很多时候,爱情总是像一个三陪女郎一样,毫无身价,花言巧语——金钱与爱情,就像一对孪生姐妹,互不相让,她们疏离、紧密、对抗、背叛、放弃,有时候也戏谑地开着玩笑……这一对姐妹都有国色天香的姿容,她们都能让人类神魂颠倒,欲罢不能。她们是推动历史向前发展的动力。

在这个世界,最酸辣的一个问题就是:你相信爱情吗?这样的问题,很容易让人喃喃无言,甚至浑身鸡皮。爱情廉价地装饰报刊书籍的表皮,流动于电影电视的波光潋滟,像花团锦簇的外衣,也如孔雀在春天里的开屏。这些都无可厚非,而当它真成为问题时,却是真正的鸿蒙难解。这样的疑问就如同世界的本质一样,不是问题是否有答案,而是问题本身就是问题。很多问题,看起来天真单纯,却深邃似海,譬如关于爱情;譬如人从哪里来,又往哪里去?

最智慧的方式就是——爱情如偈:你相信它,它就存在;你不相信它,它就子虚乌有。

禅纷似花，人淡如菊

夜深了，睡不着。忍不住，还是把那张《千年之恋·源氏物语》拿出来看。

记不清这张碟已看过多少次了，但每次看，似乎都有着新的感受。画面美丽至极，影片的开头就令人触目惊心：冬夜，白雪皑皑，一朵红梅悄然落下。这样的美是景，是情，更是禅。因美而生怜惜的，是川端康成的《伊豆的舞女》；因美而生毁灭的，是三岛由纪夫的《金阁寺》；而因美生悲悯的，则是《源氏物语》一脉下来的。那是一种由美而悟出的人生真谛。

这样的电影本身就堪称完美。在《千年之恋·源氏物语》中，一千年前的日本平安王朝就像是唯美的盛宴，在无数帷幔、屏风、格窗、檐廊之中，兜兜转转出一袭袭艳丽无双、曳地而行的衣裙，乌黑齐腰的长发，俊美白皙的面孔，鲜红的嘴唇，然后便是哀怨、忧伤、无助、欢喜……艳极了，便是寂了，便是落花流水……悲悯和禅意，便哀哀地，如空气里的蜡梅香一样弥漫开来。

喜欢《源氏物语》已有很多年了，那时还没有电影，只是书，是丰子恺翻译的那本书。有很长一段时间，这本书一直是我的枕边书。每当我彻头彻尾地陷入忙乱的工作，将要被那云腾雾绕般的焦躁淹没时，我就会情不自禁地打开它。而每一次打开，就像打开一个月光宝盒，灵性的世界便展现在我的眼前——风来竹面，满地明净，尽是春江花月夜。这本书的每一行文字，都游走林间风、幽梦影；如月下的芭蕉；如雨雪霏霏中的暖炉茶香。文字真是有神性的，《源氏物语》让我知道了这种如影随形的神性。

清淡，典雅，携雨带雾，提红拎绿，似乎就是这本书的风格。一直以来，我就喜欢这样的暗藏，喜欢文字中有一种灵性的轻盈在游走。我从不掩饰我的偏爱，我甚至觉得《源氏物语》要比《红楼梦》更好。这样的说法似乎有点大逆不道，“红迷”们要骂死我了。但我个人的偏好的确是这样。《红楼梦》是典型的小说文本，它结构精巧，起承转合都蕴含着人生的大智慧。但《源氏物语》具有的那种澄明，那种深得天地人生况味的忧伤，那种自然而率性的语言方式，那种干净得几近透明的氛围，还有那种众生平等的禅意——读《源氏物语》，仿佛可除去人生的烟火气，能让心灵松软下来，然后融融地化去，又岂是《红楼梦》暗藏的偈义所能比拟的？最起码，它们之间是各有所长，难分伯仲的。

正因为对于书的熟悉，所以对于电影，自然就有几分苛刻的要求。这样的电影是很难拍的，那种文字之中的意蕴岂是能用画面表现的？但于这部《千年之恋·源氏物语》，我是挑剔不出太大的毛病的。电影与书的风格基本是统一的，都浸淫人类的幻灭、梦想、忧愁、美与绝望。这样的感觉不是矫情，它源自心，来自对世界和时间无常的敏感力。在那种美丽无比的镜头中，人生的真谛被放大了，也被瞄准了，然后，它就如被子弹击中一样，忧伤、凄美呼啸着破空而出，然后花瓣如雨。《金刚经》云：一切有为法，如梦幻泡影，如露又如电，应作如是观。的确是这样，《源氏物语》就是如露又如电，如梦幻泡影。

奥修说，佛教在印度是种子，在中国是大树，而在日本，则如花一样开放。这样的说法真好。在我看来，无论小说也好，电影也好，《源氏物语》就是一株树，上面挂满凄美的樱花，所有的艳与寂都在美丽与绝望中开放。寂，是至极的；艳，也是至极的，在灯笼般点着的寂与艳之中，那种浮游的人生之美淋漓尽致地显露——而原先，它们一直是躲在一个厚厚的帷幕后面，捉摸不定，像一头娇憨的小兽。而现在，它们变得无所不在，像夜晚的星辰一样闪闪烁烁。

这样的幻灭思想当然出自人类思想本身。只不过佛学更暗合日本民族的习性，也开启了一个民族的心智水平。好就好在，日本民族将这样的神性日常化了，不像我们，是那种高高在上的庙堂化，或者是宗教精神的木偶化。或许是因为樱花的缘故吧，每年樱花的花开花落，会点化多少芸芸众生呢？身在孤岛，面对海洋的烟波浩渺，在落英缤纷中，更可能切身地感受到“空”之惑吧，因而更能感受到人生的无常。这样的普度，使得整个日本文化有着一种非常优雅的韵味，在颓废的土堆上往往也能长出一朵艳丽无比的花来，这样的美即东山魁夷所说的“临终之眼”。以“临终之眼”看世界，世界，当是别有一番禅意在心头！

《千年之恋·源氏物语》就是这样的“临终之眼”。这是人生的大美，也是樱花飘呀飘、飘呀飘的真谛。

还是忍不住想多谈一点题外话——在所有《源氏物语》的版本中，丰子恺的翻译是最好的。似乎只有丰子恺，方能将语言之中的禅意表达出来。我甚至觉得丰子恺在某种程度上提升了《源氏物语》的况味。由丰子恺来做这样的事，算得上是天造地设。上苍慧眼识珠，只有丰子恺，方能与千年之前的紫式部品茗对谈。

写《源氏物语》的人，译《源氏物语》的人，拍《源氏物语》的人，甚至读《源氏物语》、看《源氏物语》的人，都是那种虚心的人，是那种在万物枯黄的秋季，独自品赏一株菊花绽放的虚心。

小妖精和小仙女

看电影,喜欢电影里有诗意的旁白。那样会觉得电影有根,有一个通道,仿佛顺着通道前行,就能看到风轻云淡、风和日丽。这样的感觉还如同聆听智者的声音,回望过去,觉悟之后必定是慧语不断。在时间的远处,花开花落,摇曳着隽永绵长的神秘。

俄罗斯电影《遗失的 27 个吻》就是在一种淡雅的旁白中开始的:那年夏天,既有日蚀,也有月蚀。那年西贝拉 14 岁,亚历山大 41 岁。我和西贝拉一样,是 14 岁。那年夏天我吻了西贝拉 73 次,她答应准我吻她 100 次。可惜此梦难圆,它给一声猎枪击破了……聆听这样的旁白,仿佛划行在一条窄窄的河流上,然后,船行进着,两岸的森林幽秘,树影幢幢,草地上点缀着野草莓以及不知名的小花,还会有三两个古怪活泼的精灵或隐或现……

这是一则关于小妖精的故事。有一种女孩,天生地就是小妖精,是天真的单纯,也是透明的淫荡。透明,是指那源头的清澈,干干净净，像是天宇上落下来的雨水。因为无辜和单纯，也就为这个世俗的世界所不容。而它往往又是脆弱的，脆弱得如单薄的花茎，是极容易迎风折断的。这部尤其生动的电影，为我们创造了那样的一个小妖精，她妖娆、干净、透明、青春，情欲旺盛、毫无禁忌、正邪交杂，带有旺盛的危险性和蛊惑力。这样的小妖精是很容易搞乱她身边的一切的，甚至可以将自己的生活也弄得乱七八糟。在这样的乱七八糟的生活中，她就如昙花一现，极妖娆，也极危险，然后，瞬息之间，立马烟消云散。

有时候美丽和淫荡是没有界限的，也不分彼此。它们就如最初的雨水，都是从天上来的，只不过，落地之后，在泥土之中的成为沼泽，而离自然近的，则成为清澈无比的水。

这样的尤物在小说和电影中还有一些。比如另一部电影，根据纳博科夫小说改编的《洛丽塔》。那个洛丽塔，自然也是一个情欲的尤物，单纯、透明、乖戾，甚至有点邪恶。但电影《洛丽塔》与《遗失的27个吻》最大的区别在于：对于《洛丽塔》来说，无论电影也好，小说也好，更多的是暗藏着对于人性的疑问，因而有点沉郁，缺乏轻松和幽默。而对于《遗失的27个吻》来说，视角似乎是甚嚣尘上的，疑问没有了，沉重没有了，只有认命以及透彻后的轻松，于是索性就轻松一把，幽默一把，惹得风和日丽，变得阳光灿烂。

——不是谁都能幽默得起来，也不是谁都能轻松起来的。后人就是这样，踩在前人的肩上，站得更高，看得也更远，面对世界万物，一宽容，就云淡风轻了。

这部电影还使我想起了另外一部法国电影，那就是《天使爱美丽》。《天使爱美丽》开篇的旁白也好：1973 年 9 月 3 日 28 分 32 秒，一只每分钟能振翅 14670 次的加里佛德丽蝇停留在蒙马特的圣凡赛街，在这时，一家餐馆的平台上，风猛烈地吹起了餐布，玻璃杯像在跳舞，但没人能感觉到；在相同的时间，第九区土丹街 28 号的 5 楼，俄让郭留在参加他的朋友马吉诺的葬礼后，在通讯本上删去了她的名字；还是在同样的时间，一只精虫，有艾法林·布林先生的染色体，遇上了布林太太的卵子，阿芒丁·弗雷在怀孕了 9 个月后，生下了爱美丽·布林……这样的感觉就如童话，古怪而可爱。以这样的旁白作前奏，紧接着，就有很多奇思妙想了。

但爱美丽与西贝拉以及洛丽塔还是不同的。爱美丽是天使，西贝拉、洛丽塔是妖女。爱美丽的身上有一种至高的善，不带有情欲，交杂着一种天使般的透明，它无是，也无非，只有至情至性，浑然天成。

《遗失的 27 个吻》反映的是内陆生活，但奇怪的是在电影中却有海的意象。没有海，却有个老海员，一直在僻远的空地上守候一条孤零零的船。他说："先前是有海的，但后来，海离开了这里。离开我们的不单单是人，海也会离开我们，它是活生生的，它走了。"而在影片的结尾，小妖女跳进了海里。这部电影是要告诉我们西贝拉是从海里来的吗？从海洋里来的人，性格和习性当然与我们不一样，也许这个小妖精是不属于陆地的，她属于海，属于海的嚣张和任性。海的世界要比陆地上自由得多，那里，才是她的归宿。

在这样的小妖精眼中，什么是爱情呢？“有时候我真想杀死你，其他时候却都想着爱的。”这样的话语无比真实，什么是爱情？那种咬牙切齿爱恨交加的感觉，就是爱情。

我喜欢这样的感觉，淫荡和纯真不分，智慧和愚昧不分，美丽和污秽不分，忧伤和乐观不分……没有泾渭分明的界限，没有分别，一切混沌。

那些独特的女人

有很多东西，在冥冥中，总是不可避免要相遇的。我指的不是人，也不是事，而是一种启迪和暗示。比如，这个炎热难当的夏天，在不长的时间里，我竟两次被病毒性感冒击中。生病的时候是很难写作的，也很难进行深入思考，我只有看书，或看碟。那段时间，在看电影《皮囊》的同时，我手边正在读的一本书就是——美国作家海登·赫雷拉的传记《弗里达》。两个奇特的女子同时在我的病中出现，算不算一种别有用心的巧合？

先说《皮囊》吧。电影《皮囊》说的是20世纪五六十年代名噪一时的美国女摄影家黛安·阿巴斯，这是世界摄影史上一个奇特的女子。黛安的父母是皮草商，自小，黛安的家庭条件就十分优越。18岁那一年，黛安嫁给了父母的朋友、服装摄影师亚伦·阿巴斯。很快，他们育有两个漂亮可爱的女儿。在别人眼中，这是很令人羡慕的一对：男才女貌，夫唱妇随；更重要的是，身为服装摄影师的丈夫十分有品位，而且，很爱他漂亮的妻子。一段时间之后，黛安感到不满足，那种单调的幸福让她厌倦了，有一种欲望在她体内拱动，她自己也不明白欲望来自哪里，欲望究竟是什么。不久，黛安家楼上搬来一个奇怪的新邻居，这个邻居只要出现在公开场合，就会戴着严严实实的头套……黛安陷入了深深的好奇之中，很快，她发现，在单调的幸福生活之外，还有着光怪陆离的另一个世界……

一切缘起看起来都是某种巧合，但这样的巧合，其实带有宿命的意味。黛安·阿巴斯的人生道路也是如此，看似偶然，其实却带有某种不可抗拒的必然性。

于是，年轻漂亮的黛安用一台借来的潘泰克斯相机，第一次去了新泽西州的一家智障收容所。在那里，她举起了她的照相机，拍摄了这群鲜少露面的人。电影所表达的，只是黛安在拍摄之前的生活，电影中并没有黛安的作品。我在网上搜，搜到一些，黛安·阿巴斯的摄影作品让我感到震惊，那是怎样的一种人群啊！她所拍摄的，都是些侏儒、智障者、同性恋者、流浪汉、连体者……那些，都可以说是行走在世界边缘的人……黛安拍摄的方式简单而直接，那些人物，全都是些正面像，面部漠然而悲凉，但只要细细地看，会发现整个画面存有优美的诗意。黛安是单纯的，她的动机同样也很单纯，那就是众生平等。在黛安看来，人的身躯其实都是皮囊，是灵魂的暂栖之地——既然都是皮囊，又有什么美丑、尊卑的区别呢？

黛安·阿巴斯是在用自己的相机记录着皮囊;而弗里达呢,则是用自己的画笔,捕捉着灵魂的影子。

《弗里达》记述的是墨西哥女画家弗里达的一生。这部电影,很多年前我就看过了,当时,就觉得非常好。好莱坞美女莎玛·海耶克扮演的弗里达也很到位,只不过太漂亮了一些,弗里达身上那种粗鲁和诡异表现得还不够。现在,读海登·赫雷拉撰写的传记《弗里达》,又有一种亲近的感觉。

弗里达同样是一个天才。18 岁以前,弗里达与世界上其他美丽少女一样,有着同样的人生。18 岁那一年,弗里达在放学回家的路上出了车祸,一根金属棒刺穿了弗里达的身体,她的脊梁折断,骨盆破裂,还有一只脚骨折。

从18 岁出车祸,一直到她46 岁时生命逝去,弗里达所做的只有一件事,那就是,用自己的画笔跟死神和病痛纠缠在一起。这位慢慢变得大彻大悟的奇特女子,一开始,是用颜色来反映疼痛;到了后来,她试图用画笔跟死神开各种各样的玩笑——她感受痛苦,品咂痛苦,直至玩弄痛苦——这时候,她的画已非自我怜悯,也没有半点感情脆弱,她以她的高贵和“忍受一切”的决心,直率、机智并且幽默地对待所有的灾难。在她的自画像中,有一幅也许是最心痛的:弗里达在昏暗的月光下哭泣,她躺着的身体正在融化于大地,变成一张树根网络。上方写着“毒药的色彩”,这也许是指她正在患的坏疽。太阳在地表下面,天空中一只脱离身体的小脚边上写了这样的话:“一切向后转,太阳和月亮,脚和弗里达。”还有一幅，画了一棵光秃秃的被风暴劫掠过的树。大风吹落了树叶。树被撕裂了，被折断了，它的根却深入大地。这些，都是弗里达病痛的感受吗？

人，往往就是在这样的磨难中，达到一种绝无仅有的高贵吧？

我一直想，一个人，到了如此境地，真算是机缘巧合了。这时候，弗里达甚至成为人类中的“另类”了。一个拒绝哭泣的人本来就是稀有的，更何况，竟以如此的方式跟死神开着玩笑，并且宛如亲人。在后来的弗里达看来，死神是她一个形影不离的伙伴，是她一生的伴侣。即使是在身体最疼痛之时，弗里达仍卖弄风情地说：“我逗弄并嘲笑死亡”，她喜欢这样说，“所以它不让我好起来”。

或许，在弗里达眼中，身体也只是一个“臭皮囊”？对于死神来说，它只会依托“臭皮囊”作威作福；而对于灵魂呢，它只会仰起头来，看它们高高地飞翔。

1954 年 7 月 13 日，弗里达终于挣脱了死神的青睐，她再也不需要跟这个无聊的家伙开玩笑了。去世之前，弗里达要求将自己的床放在过道上，想多看一看花草树木。当夏雨骤降，她就长时间地观赏树叶跳动的光影，风中摇晃的枝条，雨珠敲打屋顶，顺檐而下。时间到了 1971 年 7 月 26 日，在美国，黛安·阿巴斯服用了大量镇静剂后，在家中的浴室里割腕自杀，她的血，染红了整个浴缸。

——这些奇特的女子啊，她们的生命，都有一个华彩缤纷的开头，也有一个令人黯然神伤的结尾……这就是诗，就是绝美的静物……内心之中，每个人都会有一种幻灭感吧？也许，作为那些奇特的女子，更能真切地感受到一种无时不在的虚幻和破灭；还有，就是对于身体皮囊属性的直觉醒悟。

有消息说，这个夏秋之际流行的感冒是一种中年性病毒。这样的说法很有意思。病毒，也有目标人群吗？但中年，的确是要生生病的。生病是一种提醒。在病中，会让人醒悟到酸甜苦辣麻的五味芬芳。都说最好的艺术作品须有“中年情结”，的确如此。中年是一种况味，站在半山腰，于山顶、山下、谷底，都已心知肚明，哪怕说出来只是“天凉好个秋”。这个炎热的夏天，当我病后初愈散步在环城公园的小径之中，我感到草丛中昆虫的啼鸣是那样清澈，那就是不朽的天籁。

暴力和情色的禅

前几年，看韩国天才导演金基德的电影《漂流欲室》，几乎是吓了一大跳。那样对待人生、对待肉体、对待爱情、对待仇恨的方式，可以说是到达极致了。在那部电影里，一个杀死不忠妻子而逃逸的警察爱上了一个冷淡不语的女鱼塘主人，在这个过程当中，他们相互折磨，相互虐待，伴随着大量血腥残暴的镜头。整部电影给人的感觉就是，剧情在氤氲的湖面上无声地漂来荡去，如一片爱恨模糊的雾。

从《漂流欲室》很明显可以看出的是，那时候的金基德还是乖戾的，是血腥的。他同期的影片似乎都是与畸恋、仇杀、孤独、绝望有关，卑微而乖戾。但这样的乖戾不是废铜烂铁，而是一把锋利的匕首，它积聚力量刺向人性最为脆弱的地方。金基德的电影看似清淡寡言，却拥有一种硫酸般的浓度，然后泼出来，无情地腐蚀和燃烧。

当时我就觉得，金基德真是一个不平凡的家伙。不平凡的含义在于，他总与这个世界的绝大多数人不同，一个人即使表面上再同俗合流，但还是有一些不同凡响，像气味一样情不自禁地散出来。

后来又看到《春夏秋冬》，那真是好啊！我没有想到这个看起来几乎是热衷暴力的家伙竟然能把电影拍得那样宁静隽永。那几乎是一个宿命的故事，春天是少年，夏天是青年，秋天是中年，冬天则是晚年。人生就是那样无可奈何地对应着七情六欲的迷罪预言，最终完成一个宿命的平淡故事。这部电影当中，没有暴力，也没有乖戾，有的是情欲，是生命，是感悟以及无法抗拒的宿命本源。

我一直觉得，一个开始相信宿命的人，在某种程度上，是触及到人类本质了。人生，就是一杯宿命的酒，每一个来到世上的人都要品尝；也是一圈宿命的圆，从终点不知不觉地回到起点。没有谁能够真正地绝尘而去，人生在绝对意义上都是大同小异的，该怎样，就会怎样；不该怎样，就不会怎样。

去年夏天，我又看了金基德的另外一部新片——《撒玛利亚女孩》，这部片子曾获得了柏林电影的银熊奖。电影同样有着杀戮和情色，同样也是暴力畸恋，但可以看出的是，金基德对于人性和人生又有了新的思考，并且开始沉静和皈依了。皈依也是一件无可奈何的事情，在经历了太多的困惑之后，即使是明白，也显得那样无助。于是就选择放弃思想，而放弃带来的结果却是巨大的力量,那是连接有限与无限之间的唯一桥梁。

影片像一幅洇开的水墨画,第一滴墨是柔情,第二滴墨是鲜血,第三滴则是烈酒。电影中的那种凶狠、那种爱以及对于自己和别人的摧残和救赎,都可以说是一种极致。一个东西到了极致,便无法进行下去了,便要转化了,不转化,就是死路一条;而一转化,就极可能在山尖之上飞翔起来,从而一览众山小,风轻云淡了。

我明白了,在这个时候,暴力和情色只是金基德电影表现的一种形式罢了,就像表面盛开着的一些东西,就像再平常不过的花。在这时候的金基德眼中,暴力和情色就如同地表上的花与植物一样,它们之间是没有区别的。它们的区别,只是人类自以为是的意义强加。

值得一提的是金基德最新电影《空房间》。我在这里先叙述一下情节吧:男主人公是一个骑着摩托车挨家挨户往锁洞里塞传单的男人,他每天都会选择悄悄地启开一户人家的锁然后住在空房子里。有一天,在一个偶然打开的房间里他见到了一个全身瘀青的女人。这个女人长期被丈夫虐待,过着幽灵一样的生活。他们彼此打动了。一次,目睹女主人公被丈夫虐待,男人忍无可忍,挥动着高尔夫球杆把她的丈夫打倒,带走了女人。从此,两个人在不同的空房间里辗转度日。女人对每个空房间都像对自己的家一样打扫、布置,让男人感到温暖,两人也渐渐相爱。但是一天,在一个空房间里,他们发现了一具老人的尸体……故事进行到这里，往往很容易坠入故事的俗套，但金基德显然不想说一个简单的暴力故事。影片猝不及防地开始进入一种非常迷幻的情节，狱中的泰石以一种如梦如幻的方式——突兀、感性、疏离、虚幻——维系了与善华的爱情。一个神秘的故事没有向暴力和血腥的方向发展，它飘飘忽忽地进入了一种禅境，那种平静、圆融、幽默和轻松的禅境。那种感觉，仿佛一切都是风轻云淡，都是乐观的写意，任何矛盾、凶险都可以化去，没有原则，只有那种超出一切之上的快乐和轻松本身，像地面上的风一样，轻轻地吹过来。

这样的感觉让人拍案叫绝。我觉得似乎金基德已经进入一种化境了。金基德是真正懂得禅的。在这一点上，他似乎与日本的今村昌平以及北野武一样。今村昌平是在情色中意会到禅；而北野武则是在暴力中领略到禅。至于金基德呢，禅不仅仅是静止的、淡定的，它还可以是神秘的，是湿润的，是暖烘烘的，甚至可以是凶险的，游离在暴力的边缘；它存在于一切事物当中，如鱼游于水，如鸟在枝头，如匕首发出的寒光。凡是能将事物引领到一种化境的人，身上似乎都有着一种悠悠的禅意。

金基德显然是一个知道人生谜底的人，知道谜底之后又能怎样呢？同样也是走不出人生之圈。但金基德就在这样的觉悟中，深深领略到一种残酷，也迷恋这种残酷，迷恋在残酷中盛开的花朵。

风中的虫鸣

天气凉快的时候，去天堂寨开了一个会。说是开会，其实只是想找一个时间待一下，也调整一下。天堂寨的景色一般，但植物茂密，的确是个天然大氧吧。身处此地，是什么都不需要干的，甚至连爬山都不需要，只需放松，发呆，读一点轻松愉快的书。我的手边总是离不开书的，前几日刚买了一本伊朗电影导演阿巴斯·基阿鲁斯达米的诗集《随风而行》，便随手带到了天堂寨。

对于阿巴斯·基阿鲁斯达米，我并不陌生，我看过他很多电影。最初看的，是那部《穿越橄榄树林》（也译《橄榄树下的情人》）。看这部片子时，还是20世纪90年代初。那时我对阿巴斯·基阿鲁斯达米一无所知。当我看着电影中的男演员一遍又一遍地向那个女孩表达爱情时，我就在想，这是怎样的一部电影呢？节奏如此缓慢，缓慢得让人都感到心慌意乱了。终于到了片尾，女子默认了男子的求婚，男子高兴地撒开腿，在橄榄树林里欢快地奔跑。然后,影片结束了。这样的叙述让我目瞪口呆,我是第一次接触到这样的方式。后来,我又看了《樱桃的滋味》以及《小鞋子》,算是理解阿巴斯·基阿鲁斯达米了,他就是要在“慢”中,去求得一股真味。在这个变得越来越快的世界里,有很多本质的东西被遮掩住了,阿巴斯就是要以一种逆水行舟的方式,发现细若游丝的涟漪。

尽管如此,对于阿巴斯·基阿鲁斯达米,我一直怀有一种敬而远之的态度。也许身处这个世界,天天匆匆忙忙地赶路,那种迟钝和缓慢,反而让我不踏实了。在看过阿巴斯的几部电影之后,每当我瞅到阿巴斯的电影,我的心头便变得一紧——我竟有点莫名地畏惧这个人了!畏惧这样的缓慢,也畏惧这样的弦外之音。他的电影,真是要用8倍的快键才可以观看的。我们回不到从前了!在很多时候,是我们自己,不愿意回归心安理得的寻常。

《五》是我近年来看的阿巴斯的最后一部电影。这是2004年阿巴斯所拍的一部DV,这部DV要比阿巴斯的故事片更加独特,也更加极端。影片共有五个长镜头,地点是在海边。影片开始,一排排海浪砸在礁石上,银幕推出几个字:“五个长镜头:献给小津安二郎。”这部电影,是一个大师向另一个大师的无声致敬。

第一个镜头对准的是海水中的枯木。海水反复冲刷枯木,枯木在海水的冲刷中上下翻滚。十几分钟过去了,镜头仍安静地注视着这一切,就如死去一样。终于,有了点变化,那截稍长的枯木被卷入大海,短的那截被冲到海滩上。镜头仍停滞,恍惚中,似乎万物显灵，所有的一切都富有生命。然后，音乐响起，第一个长镜头结束。

第二个镜头仍是凝视。那是海边的小道，远处是汹涌澎湃的海浪，惊涛拍岸，不时有人从海边小道上走过：撑着雨伞的人，跑步的人，鸽子悠闲地晃来晃去，遛狗的人，提着冲浪板的人，推着婴儿车的女子，几个老人交谈着，又有人牵着狗走过……然后，这条路变得冷冷清清。空镜头。很长时间里，只有海浪声和那雪白的栏杆……

镜头三：几只小狗静卧在沙滩上看海。镜头持续十几分钟。

镜头四：一只又一只鸭子摇摇摆摆地从镜头前穿过。

镜头五：池塘，蛙鸣，雷雨，然后一切平静。

阿巴斯·基阿鲁斯达米的《五》几乎让人发疯——五段场景，没有故事，没有台词，没有演员，然而阿巴斯却坚持用镜头写他的诗！据说阿巴斯拍这部电影曾耗时两年。在解释这部电影时，阿巴斯说，《五》是他拍摄的所有影片中最艰难的一部，同时又是最随性的一部，因为一切章节、一切创意都自然而然产生于脑中，没有剧本，没有制片，没有剧组。这样的电影，本身就是疑问；或者，只是观察——以观察来导出忧伤，毕竟，人在自然面前是渺小的，我们面对的，是一个远远大于我们的世界。

在天堂寨的那几天，闲暇的时间里，我一直在读阿巴斯的诗。在这个地方，是很适合读阿巴斯·基阿鲁斯达米的。这本《随风而行》很独特：装帧淡雅而隽永，前后扉页上都是黑白的风景照片，每一首诗只有十来个字左右，占据一页；这使得这本书更像是空白的笔记本。也许，这本诗集就是想留下诸多的空白吧，一如他的电影。阿巴斯的诗，比中国古代的五言绝句、七言绝句更短，短得像日本俳句，又不似日本俳句。这是他想更单纯地表达吧，也想反诗意。他的诗，与他的电影一样，透露着一股自然的“真味”。

秋日午后
无花果树叶
轻轻落下
停在
自己的影子上

这样的诗，就像早晨天堂寨的山岚，清烟一样，从山涧里掠过。每到夜晚，天堂寨万籁俱寂，除了溪水声潺潺，最大的声音，就是虫鸣了。虫鸣于草根树枝，鸣于石罅土缝，鸣于无处不在。阿巴斯的电影和诗，就如天堂寨的虫鸣。在天堂寨，我的尘埃轻轻落下，仿佛风轻云淡；时光，随风荏苒，落在我的影子上。

深褐色的爱情

法国新浪潮大导演特吕弗开拍《阿黛尔·雨果的故事》时，很快就爱上了时年仅 19 岁的主角阿佳妮。当然，这样的爱情并不是现时流行的娱乐圈潜规则，而是一种油然于心的情欲。特吕弗给阿佳妮写信，说："你是一个令人目驰心迷的演员，我从来没有这么强烈地希望用胶片来记录你的脸，除了让娜·莫罗。"

特吕弗说的是真话，而且还是老实话，在爱上阿佳妮的同时，他还没有忘记自己的老情人让娜·莫罗。让娜·莫罗同样曾是特吕弗电影的女主角。特吕弗就像狗熊掰玉米一样喜欢上自己的女主角。俗话说：兔子不吃窝边草。但特吕弗偏偏就是一个专吃窝边草的家伙，他每拍一部电影，都在镜头熟悉女主角之前爱上她。特吕弗的妻子是著名的演员玛德莱妮，那是特吕弗在担任法国《电影手册》杂志编辑时爱上的，那时候特吕弗跟着主编巴赞写着一手漂亮而权威的影评文章。特吕弗第一眼见到玛德莱妮时,就觉得她开起车来特别像希区柯克电影中的女主演,于是特吕弗一下子迷上了她,在影评中不吝笔墨大加称赞。玛德莱妮也爱上了这个才子,并劝说当电影投资商的父亲为特吕弗投资那样赔钱的电影。就这样,特吕弗走上了拍电影的道路。

特吕弗拍起电影之后,就更有机会展示他的花花肠子了。他爱上的自己电影中的女主角包括:让娜·莫罗、凯瑟琳·德纳芙、伊莎贝尔·阿佳妮、杰奎琳·碧塞以及范妮·爱登等。对于特吕弗来说,爱情总是在昏昏然的时候突如其来,然后,又倏然而去,像屋檐下的阴影一样。在谈到这一切爱情的时候,特吕弗曾自嘲地表示,这样的爱情和他电影中所表现的一样,那就是"深褐色的爱情"。

什么是"深褐色的爱情"呢?我一直不太懂。想必那是在深褐色光线下的一种迷离吧,虚无,而又实在,像颜色一样难以把握,也像光晕一样无从谈起。不过从特吕弗的电影《祖与占》《骗婚记》《阿黛尔·雨果的故事》《柔肤》《两个英国女人和欧洲大陆》以及《巴黎最后一班地铁》中似乎可窥一斑。比如说《骗婚记》,这是一个足够传奇的故事:婚姻的开始就是骗局的开始——新娘根本就不是照片上的新娘,但丈夫心甘情愿地受骗,因为她是如此漂亮,漂亮得让人无法拒绝。理智,在美丽面前那样孱弱无力。电影的结局非常悲凉,他为她杀人,然后带着她逃离故乡。漫天大雪中,他们之间的爱升华了。这种由邪恶而产生的爱,就像是美丽无比的雪莲一样,开放在漫漫世界中。在那部著名的

《祖与占》中,祖和占都爱着凯瑟琳,祖娶了凯瑟琳,生了一个女儿。其间凯瑟琳不断出轨,但祖一直忍受。而占也爱着凯瑟琳。占在祖和凯瑟琳的家里住,远方还有一个对他一往情深的女人……后来,凯瑟琳驾驶汽车,连同车后座上的占一起,驶入湖中……祖终于如释重负,说:现在生活变得简单多了。这部片子的核心倒像是凯瑟琳。这是一个为情欲而生的女人,她同样也是身不由己。所有的一切都有点形而上的味道。身处世界,灵肉恍惚,人哪能做自己的主人呢?每一个号称能主宰命运的人,都可以说是不折不扣的自大狂。

在这样的电影中,特吕弗就像一部默片的主人公一样,如影随形。他的宿命思想就像我们身边的光一样,无所不在,又无所把握。

《巴黎最后一班地铁》算是特吕弗的经典了。这同样也是一女两男的三角故事,在纳粹占领巴黎的背景下,他们狭路相逢了。所有的情欲都是富有生命力的,他们就像是巴黎街道石缝中长出的青草一般。最后的情景还是,在深褐色的光线之中,女主人公一手挽着丈夫,一手挽着情人,在台上谢幕——电影的影调昏黄温暖,虽然这样的情欲会让人们迷茫,但,只要是人类之间的真情,都会残留一丝气喘吁吁的温暖。

同样感到迷茫和温暖的还有《阿黛尔·雨果的故事》,美丽的阿黛尔面对滔滔而去的江水,她的脸叠印在银幕上,癫狂而痴迷地说:"千山万水,千山万水,去和你相会,这种事,只有我能做到！”

阿黛尔·雨果追求的是爱情吗？似乎并不是。她并不是爱上了那个男子，而只是爱上了自己超乎寻常的行动，爱上了自己迷幻的感觉。这样的感觉是深褐色的吗？天知道！

特吕弗一辈子拍了 25 部电影，而他爱过的女人早就超过这个数字。他对于他的爱好从不隐瞒，他说："在这一点上，我和希特勒和萨特一样，无法忍受晚上 7 点以后与男人为伍。"跟很多富有创造力的天才一样，只有女人，才会让他安全和幸福，而他也似乎找到了内心力量的源泉。不用说，这个大导演也是爱上了爱情本身。而爱情后面的东西是什么呢？很显然，他不知道，那是——无。

戈达尔的沙器

接触戈达尔是很多年前的事情了。在很多年前,就看过这位法国"新浪潮"领袖的很多作品,比如《卡宾枪》《小兵》《受难记》以及《芳名卡门》等等。但一直看得云里雾里,也一直不想很深地去理解他。对于20世纪很多牛皮烘烘的艺术家,我一向敬而远之。在他们身上,总有一种气息让我慌乱而紧张,文学如此,绘画如此,音乐如此,电影也同样如此。20世纪六七十年代活跃的那些"新浪潮"的家伙,我最不喜欢的,就是侯麦了,我受不了他电影的喋喋不休;最容易接受的,是弗朗索瓦·特吕弗,他的电影静谧而锋利;最匪夷所思的,是阿仑·雷乃,他的电影仿佛云里雾里;而最有精英意识的,我认为,就是戈达尔了。

最近淘碟,就在不经意当中,看到了很多张戈达尔的电影碟片,而且版本还相当好。比如《爱的挽歌》《人人为己》等等。我真是大吃一惊,没想到如此莫测高深的电影还有这么好的市场。

世界变化快,越来越奇怪。于是一下买了好几张,回去后囫囵吞枣。这一周,就变成我的"戈达尔电影周"了。

隔了很长时间再看戈达尔,还真是有着很多新感受。年岁增大,心若止水,对于闷片,也觉得亲切不少。想想也觉得可以接受的。世界上哪有那么多离奇故事,哪有那么多惊悚呢?半辈子,也不曾撞见一两件——给我印象至深的是这个家伙的镜头感,好得让人心悦诚服。像《人人为己》中的很多画面,都是可以成为经典的;《爱的挽歌》同样也如此。也正因为这一点,戈达尔最为电影人推崇。不管怎么样,一个能把镜头拍摄得那么漂亮的家伙,一定是不俗的。你可能看不懂戈达尔在表现什么,但你不得不承认,这个家伙长着一对与众不同的眼睛,他的瞳仁中有着属于自己的长焦和广角。

看来看去,还是觉得《芳名卡门》好。这部电影曾经获得1983年戛纳电影节金狮奖。在这部电影中,戈达尔漫不经心,东拉西扯,电影的叙事更像是"音乐",一曲包含了影像、情节、人物以及音乐本身的四重奏。戈达尔说:"我了解到,我不可能拍一部没有音乐的《卡门》,但我不能用比才的音乐,因为用了的话,就好像只是在拍一张照片。我了解到,《卡门》的真正主题是音乐和肉体。"戈达尔曾经在一次访谈中这样说,他称这部片子的主题是"音乐和肉体的调情造爱"。在我看来,的确是这样。戈达尔就是要拍摄所有事件的流动感。

戈达尔的拍摄也与众不同。1959年,戈达尔拍他的处女作

《筋疲力尽》时，行为真是石破天惊。他没有剧本，每天早晨写，写完后念给演员听，然后开机。戈达尔说："我故意多搞即兴创作。在电影界，像这样的拍法，我从来没有见过先例。"这样的方式，真像是骑着骡子走钢丝，非得是那种格外有天赋、有胆略的家伙才敢用的，而且还要有资金。比如说戈达尔，也比如说后来的王家卫。他们都是不要分镜头剧本，甚至连总剧本都不需要。戈达尔把摄影机藏在一辆从邮局借来的手推车里，推过去，拉过来……然后就用这种带有神经质的剪辑方式，把那些一辈子搞电影的人弄得目瞪口呆。当年的法国电影人彼埃尔·梅尔维尔曾经说："'新浪潮'没有特定的风格可言。如果说'新浪潮'确实有某种风格，那就是戈达尔的风格。"这样的评价，怎么听起来，都不像是一种赞美，而是一种戏谑。

但戈达尔才不管这些呢，他一辈子都想走一条别人没走过的路，而因为费尽心机，实际上他的路走得也好辛苦。他曾经试过政治的反叛、艺术的反叛，超越现实，揭露和批判，甚至热衷于颓废者、女人、性、卖淫等主题，但所有的路他在蹚过一遍之后，都发现前面已有先行者。这样的发现使他沮丧，甚至恼羞成怒。人就是这样无可奈何，想跳出一个人堆，结果又掉进了另一个人堆。

我一直想，待在欧洲那样的文化宝库当中，肯定在心理上是有压迫感的吧。所有的创造前方都有不朽的纪念碑高高矗立，纵身一跃，哪越得过如此高的标杆呢？于是，所有的艺术家只好倒退一步，或者转过身来，只有靠着能量莽打莽撞来背水一战了。

这样的背景下，也难怪布努埃尔当年于电影公映时在兜中揣着一把石子，准备谁说不好就向谁掷过去；也难怪达利在蒙娜丽莎的唇上画上胡子……可怜的戈达尔也是如此，他总是试图用一种革命的方式创造艺术，但现在怎么看，这样的行为，都是虚弱和色厉内荏。

现代看起来似乎是对于古典的革命和背叛，但其实，它却是面对古典博大精深之后的无可奈何。

在晚年，戈达尔花了很多时间制作了一部《电影史》，一共8卷270分钟。戈达尔把他曾经的电影分解在这些镜头当中，杂花生树别样红。把自己拍电影的历史称为电影史是需要相当勇气的。戈达尔说："我喜欢作联系和比较。人们总是爱从大写的历史当中找故事读，而我不是要证实电影史上有些什么事件，我要寻找和分析这件事和那件事之间的关系，看看我找到的和别人找到的有什么不同。"戈达尔最后说："我现在已经老了（当时他68岁），人越老想得越深，水面上的事情我已经抓不住了，我在水底思想。"

这个又臭又硬的家伙是在水底思想？天知道！

于戈达尔，我真的不太懂，我看了一些有关他的评论。明白一点，不明白的地方更多。其实对于这样的家伙是不需要明白的，他没有逻辑，逻辑于他，永远是一个得了小儿麻痹症的侏儒。他根本不想用双脚行走，他是一个双翼生出翅膀、倒转身子飞行的蝙蝠。

不要把戈达尔看作一个电影大师，他只是艺术殿堂门前的一个孩子，一个喜欢恶作剧的孩子。他一直在海边玩耍，他的电影，就是他的沙器。

一种疏离的痛楚

缘 起

一直喜欢米开朗琪罗·安东尼奥尼与维姆·文德斯的《云上的日子》。那天散步逛爱知书店,看到了维姆·文德斯记载此次拍片的书籍《与安东尼奥尼一起的时光》,便买了一本。我想了解两个大师在一起碰撞的火花。

我看到《云上的日子》是一个偶然的机会。那一次我到山区小县泾县出差,时间大约是 1996 年。晚餐后在小城静谧的街道上散步,突然就在一个小音像店里发现了这部 VCD 片,而且是正版。更令人奇怪的是,当时不仅仅有这一部电影 VCD,我同时还搜罗了根据萨特·伏波瓦小说《一个已死的人》所改编的同名电影,还有获戛纳电影大奖的马其顿导演曼彻夫斯基的电影《暴雨将至》。我至今都不明白是怎么回事。那时的 VCD 并没有普及，合肥卖这样冷门的 VCD 片都极少，而我却在这样的小县城里发现了这样稀有的艺术片！一切都是冥冥之中！很多人，很多事，就是这样具有宿命的意味，而这都在无意中暗定了你生命的轨道。

我一直痴迷于这几部偶得的电影。当然，最喜欢的，还是《云上的日子》。喜欢它，是它具有一种高品质的玩味感。电影中的男人女人都非常漂亮、优雅、有气质，忧郁而高贵。这样的电影本身，就像是一具精美无比的薄胎瓷。不仅仅如此，电影的构图、视觉感觉、音乐、旁白，也是无可挑剔的。我曾将这部电影看了很多次。每次看，似乎都有新的收获。那时的我正处在心灵上的拐弯时期，拐一个很大很大的弯。这部电影让我觉得，还有很多人比我思考得更深入，也更忧郁。我明白了人生有很多看似巨大的拐弯，其实只是穿透一张纸，一张薄薄的思想之纸。

大约是 1997 年吧，我的一个出家朋友顿弘来宣城我家，也借宿在我这。我给她放《云上的日子》。只一会儿，我看到她泣不成声了，我知道她也明白这部电影了。我没去惊扰她，只是掩上门，让她在屋堂前安静地啜泣。然后，她房间里的灯就彻夜亮着。我知道她一直在记录着自己的想法。也许，一部伟大电影向人传达的，会比人一辈子经历得多，也复杂得多。

四个故事

我一直没有完全看懂《云上的日子》的剧情。虽然我看了不下四遍。这并不能归结于我的迟钝，这似乎是导演有意不让我们接受到全部，把我们的困惑压制到最合理的范围内。按照文德斯的说法，《云上的日子》共有四个故事，它们都来自安东尼奥尼的小说集《台伯河上的保龄球道》，分别是“从未存在的爱情”“女孩与犯罪”“肮脏的躯体”和“两封传真”。这四个都是爱情故事，都是各不相同的、不可实现的爱情。

“从未存在的爱情”发生在安东尼奥尼的家乡费拉拉（Ferrara），意大利北部一个富庶的工业与大学之镇。年轻男子席尔瓦诺旅经这市镇，遇到在附近村子教书的年轻女子卡门。他发现自己与她同宿在一家旅店，两人随即坠入爱河。他们一起散步到很远，感觉这段情缘早已注定。长长的热吻之后，看来他们必然是要一夜缠绵了。但席尔瓦诺因为自傲、疲劳或别的什么原因，没有去她的房间，而是在自己的床上和衣而眠。早上当他醒来，卡门已经去上班了。

席尔瓦诺也继续上路，尽管显然在情感上彼此仍强烈吸引，他们却再没见面。两三年后，他们在一家电影院里偶遇。这次他们直接回到卡门的住处，低语倾诉，轻解罗衫，就要做爱之时席尔瓦诺突然起身穿衣，未做任何解释地离开了卡门。后来他对自己承认，是为了“不扰动一种欲望”——他学会忍受或许是依赖的信条。他们再没见面，尽管在彼此的心意之中他们永远不可分离。

“女孩与犯罪”发生于波多费诺(Portofino)，那是离热那亚不远、意大利里维埃拉的一个港口小镇。男人——一个电影导演——在寻找故事。他的目光被一个在海港边服装小店里当店员的姑娘吸引。她的眼神和仪态神奇得令他着迷，那正是他在寻求的气质。女子突然主动找上他，向他讲述她的故事：她杀死了她的父亲，刺了他12刀，之后她被逮捕，最终在法庭上被宣布无罪。一夜欢情之后，两人分道扬镳。对那导演来说，她太亲近了，他无法再追索她的故事。

“肮脏的躯体”被设定在一个无名小城，年轻男子尼可洛在去教堂的途中遇到一个女孩。他开始挑逗她，并且陪了她一路。他跟着她进了教堂，观察她虔诚地礼拜。他睡着了，醒来时教堂已空无一人。他冲出去，沿来时的路奔跑，又看见了她。他们接着交谈，现在更加诚恳。尼可洛被女子打动得一塌糊涂，他对她的感觉越来越深、越来越强，直到他意识到自己想要与她共度余生。站在她门前，他问明天能否再见。她答道：“明天我就要做修女了。”尼可洛的生活希望都破灭了。

“两份传真”是女商人卡特琳娜的故事，她在一座现代办公楼高层一间时髦的办公室里上班。她收到丈夫发来的一份传真，要她离婚。卡特琳娜彻底狂乱。她开着车漫无目的地穿过城市，然后又回到办公室，但她根本无心工作。傍晚人们都回家了，那晚卡特琳娜好几个小时望着窗外，最终注意到外面办公楼里一个还在工作的男人。在城市的高空，他们的办公室是各自楼里唯一亮着的。卡特琳娜给那个陌生男人发了份传真，向他求助。他发现了窥视他的女人，把她的传真扔出了窗外。卡特琳娜不能接受这样的拒斥，她找到他的办公室，在那儿，两人终于在急促的呼吸中对质。

据维姆·文德斯书中的说法，安东尼奥尼与他在《云上的日子》中的拍摄分工，是安东尼奥尼拍摄这四个静态的故事，而文德斯负责把这四个故事联系在一起。因为如此，维姆·文德斯在此片中，一直保持着一种动态的游走。而安东尼奥尼的哲学，则像钉子一样死死地钉在这四个故事当中。安东尼奥尼的四个故事像四艘随意漂动的船，游离于水上；而维姆·文德则如幽灵一样莅临，把这一切变成雾中的风景。

猫是诡异的

让我们来看看安东尼奥尼的其他电影。

安东尼奥尼的另一部电影、曾获得 1961 年柏林金熊奖的《夜》无疑是一贯的安东尼奥尼风格。从表面看来，安东尼奥尼是在写一对成功夫妇的婚姻困惑。但在我看来，那部电影在表面上呈现的是爱情的空洞，实质上却是对于人本身情感的怀疑。

安东尼奥尼的确是如船一样漂泊不定的。他就是想表现那种游离不定的东西,也即在这个世界最不好把握的一种东西。它可能是思想,也可能是哲学,甚至可能是一闪而过的念头。而安东尼奥尼就是对这样的稍纵即逝感兴趣。就像他那部名叫《夜》的电影,那一对功成名就的夫妇,那种在潜意识当中的彼此厌倦与他们表面上的和谐恩爱,看起来矛盾,其实却再真实不过。而这种捉摸不定的感觉正是安东尼奥尼所感兴趣的。深入这种厌倦或者恩爱的核心,会发现一种什么呢? 似乎是什么也没有,是一种空,一种什么也没有的空。这空并不是指单纯的爱情,而是所有意义上的空。安东尼奥尼就是想用自己的电影来展示这种不清晰的感觉。而这种感觉,就是夜的感觉。

电影《夜》中,有一个小小的镜头显得特别有意思:在一次成功人士的露天聚会上,一只黑猫显得特别有意思,它一动不动地蹲伏在草地上,入神地注视着草地上一个大理石人头。黑猫在喧哗的人群中诡秘无比。在我看来,安东尼奥尼拍摄这样的镜头绝不是无意的,他肯定是有意为之。安东尼奥尼就像是这样的黑猫,他眼中的世界,就是这样喧哗和骚动,呈现出致命的虚假。

究竟有没有女尸

安东尼奥尼的另一部电影《放大》似乎也有着这样的深层思想。这部电影的情节并不复杂,构图却相当精美。青年摄影师托马斯在伦敦公园里偷拍了一对情人的照片,那女子拼命追来索要照片，引起了托马斯的怀疑。他把那些照片逐级放大，后来似乎在照片中看到有一具尸体和一个拿枪的人。这无疑是一桩谋杀案的证据。但当他再次放大照片，想把那一点放得更大以显得更加清晰时，什么也没有了，只有照片上粗大而混沌的影像颗粒——有很多东西是无法放大的，放大了，却转变为“无”了。这样的经历，似乎一直与我们的世界的本质有关。

究竟有没有女尸？在电影的最后，安东尼奥尼一直没有给观众一个确切的答案。如果真的有一个确切答案，也许电影就成为一个流于俗套的侦探故事。正因为没有答案的哲学意味，《放大》上升为电影史上的经典。“哲学就是怀疑和不确定。”《放大》让世界得到的启示就是：别以为大就是一种有，小就是一种无，大也可以是无的。我们对于这个世界的认识，完全取决于我们的感官，而我们的感官，则是一切人生错误的根本。

什么是“云上的日子”

回过头来，看看安东尼奥尼的晚年。

根据维姆·文德斯的记载，在拍《云上的日子》时，安东尼奥尼基本失语。在此之前他患上了中风，所有的时间都由他的妻子恩里卡陪伴。恩里卡是一个漂亮、善解人意且有着相当风韵的年轻女人。安东尼奥尼的中风破坏了他大脑的文字组织和拼写中枢，直接导致了他不能写，也几乎不能说话，只能简单地发出十几个意大利语的基本词汇，比如“是”和“不”“你好”“再说”“走开”“再来一次”等等。他所有的表达都由他的妻子恩里卡来说明，然后由安东尼奥尼来说“是”或者“不是”。如果恩里卡寻找他想要的词语的神奇诀窍一旦失灵，安东尼奥尼便在恩里卡或者私人助手安德利亚·波尼随手备有的铅笔和拍纸簿上用画草图来阐明他的意图。这几乎成了安东尼奥尼阐述自己思想的重要手段。

让我试着来分析一下《云上的日子》的四个故事。

对于安东尼奥尼来说，我们所能肯定的一点就是，故事并不是他的目的，而是意义的载体。就像人的衣服，衣服本身并不是目的，而是为了说明人的风格。

在第一个故事“从未存在的爱情”中，席尔瓦诺为什么不肯跟卡门做爱呢？在两次亲密的接触中，席尔瓦诺都中止了自己的欲望，选择了离去。按照安东尼奥尼的说法，是为了“不扰动自己的欲望”，因而选择了放弃。第二个故事“女孩与犯罪”，那个女孩为什么会杀死她的父亲呢？而且那样残暴，一共刺了他 12 刀。又为什么会在一夜欢情之后离去？她所演绎的故事是真实的吗？或者是从没有存在过这个奇异的美丽女子，一切都是幻象？第三个故事“肮脏的躯体”，那个女子为什么那样决然地去做修女呢？是信念还是由于心灵的偏差？第四个故事携带着现代社会的莫名其妙，安东尼奥尼说这是为了表现“言语的交锋，身体的扭打和性的解决”。的确是这样，性能解决很多问题，也能导致很多问题。它的确是人世间的本质困惑。

四个故事，都是选择疏离的姿态。它是在看，安排的是由约翰·马尔科维奇所饰演的导演一直在看。看，是那种冷静而不动声色的观察，就如同站在云端之上，下面的一切，都有着一种距离感，若隐若现，缥缥缈缈。

约翰·马尔科维奇所饰演的导演，无疑应该是解读这部电影的密码。他在剧中的旁白，无疑更使得《云上的日子》有着一种缥缥缈缈的感觉。“一个人总会在某个地点迷失于雾中”，“我习惯了，习惯于包围我们的幻想的雾和费拉拉的雾。在此，冬天雾起的时候我喜欢在街上漫步，那是我唯一可以幻想自己在别的地方的时刻”。

别的地方是什么呢？别的地方应该是安东尼奥尼对于其他世界的期盼。那个一直观望的导演无疑就是安东尼奥尼自己。他就是那样一直观望着，以一种疏离的姿势，寻找，构建，困窘，无力。

——彼岸的神就是这样的姿势吧？

在《云上的日子》的结尾，那个看起来诡异而冷漠的导演旁白道：“每一个映象背后，还有更忠于现实者，而在那映象之后还有另一个，周而复始，生生不息，直到那绝对的、无人可见的、谜一般的终极现实。”安东尼奥尼的想法并不难理解，他同样认为我们这个存在的世界只是一个“影子世界”，而“影子”后面一直深藏不露的，是“理念世界”。这样的说法跟黑格尔的想法不谋而合。不知道安东尼奥尼是不是受到了黑格尔的影响，但作为一个大师，在思想上不谋而合,或者以相同的方式接近于"真理",并不是令人难以理解的事。但可以肯定的是,安东尼奥尼显然是想在最后的绝唱中,表现他对于这个世界的整体看法,表达自己最后的彻悟。在《与安东尼奥尼一起的时光》中,维姆·文德斯写得最多的就是与安东尼奥尼在一起的争执。他的愤怒,他的苦恼,他们之间的争论,更多的不是在意旨和意义上,而是在如何表现上。所以安东尼奥尼说:"我要的不是事象的结构,而是重现那些事象所隐藏的张力,一如花开展了树的张力。"

安东尼奥尼显然做到了。《云上的日子》显然不是为了阐述某种哲学观点。对于安东尼奥尼来说,哲学甚至是简单的,也不是他的责任。他想表达出的,正是这种人类的思想与困惑在电影中表现出来的张力。

"明白"的"无"

很多人说,安东尼奥尼是一个没有思想的电影人,他的电影,传递的都是一种若有若无的、不确定的情绪。似乎真是这样的。我的感觉是,思想有时候并不是重要的,那种微妙的感觉才重要。也许那种先天的思想早就包含在感觉里了。只要整体上明白,就已经足够了。至于能不能说出来,倒显得并不重要了。就像安东尼奥尼在拍摄《云上的日子》的过程中,那时候他已是82岁的高龄了,几乎失语。但他仍清晰地指挥着,他是在用他的"明白",努力造就一个“明白”的电影。

一个人的特质就是他作品的本质。对于安东尼奥尼来说，在他的内心深处，一直是敏感、无助、怀疑、羸弱的，所以他一直疏离着，也流浪着，但这种特质远比那种貌似强大的东西有力。这是一种有根的东西，它有坚强的触须连接着未知。就像黑白对抗着彩色，有时候那种羞怯和软弱却有着无与伦比的内在力量。

安东尼奥尼一直是想拍出那种心底拱动的欲望。但什么是真实的呢？这是他最困惑的东西了。连欲望都可以说是虚伪的，还有什么是真实的呢！所以只剩下绝望，或者麻木，如行尸走肉般的生存。我一直不喜欢“天生的悲观者”这样的词汇，因为悲观和乐观在最深层次是连在一起的，它们有着同一个进出口。并且悲观和乐观也是可以相互渗透的，相互交融的，真正的乐观，反而是悲观至极的超脱。安东尼奥尼给我展示的，只是人类共同的忧郁，也是共同的困惑。它不应该是悲观，而是一种乐观与悲观交杂在一起的真实情感。

安东尼奥尼是懂“佛”的。与小津安二郎一样，安东尼奥尼的一生一世的电影都在构建着“有”与“无”的关系。他用电影的“有”，来求证那个“无”，一种无法逾越的虚空。

不是谁都可以写史诗的

贝托鲁奇长达5个小时的电影《1900》终于有了碟版，而且这个碟版修正得还非常漂亮，画面清晰，声音富有质感。一个朋友在花了整整两个晚上看完之后，问我对这部电影有什么感受。我想了想，说："你等一等吧，让我理清一下他的思路，然后，再想怎样回答吧。"

对贝托鲁奇，我的确是要静下心来好好地想一想。我希望在一种最沉静的状态下，去摸索一条通向他的幽秘小径。看贝托鲁奇的电影，我总能感觉到一种晃动，那不是画面的晃动，而是思想的沉浮。这样的晃动说得好听是"摇摆不定"，说得难听简直是"混乱不堪"。在我看来，贝托鲁奇似乎一直缺乏一种坚定而清晰的思想，这使得他的电影一直像是朝着天空射击——子弹不知去向，弹壳优雅落地。贝托鲁奇的一些电影，比如《巴黎最后的探戈》，比如《偷香》《戏梦巴黎》等，在很大程度都是错综而杂乱，难以把握。在这一点上，我甚至觉得贝托鲁奇比不上他的同人帕索里尼：帕索里尼是表面的混乱，但在骨子里，有着坚定和清晰，甚至透明；而贝托鲁奇呢，这个意大利共产党员，在他的电影中，明显地有着一种无法控制的散乱，有一种因为没有主心骨而导致的模糊——这样的状态，使得电影矫情而随意，像雾中风景一样散发着迷乱和情欲。

电影如人。实际上不仅仅是贝托鲁奇，在我看来，很多意大利电影都是这样。除了贝托鲁奇，除了帕索里尼，还有费里尼，还有安东尼奥尼……甚至还有那个一直拍三级片的丁度·巴拉斯，从他们的身上，我同样体味到一种错综——率性、随意、黑色幽默；还有，一种浅浅的歇斯底里。这种歇斯底里，是一种民族性情吧。或许在贝托鲁奇眼中，历史本身一直具有某种喜剧性质，残酷，暴力，野性，无法控制，就像是《末代皇帝》最后出现的那只蝈蝈一样。

回过来继续说《1900》——这样的电影，似乎从一开始就具有某种程度的史诗性——1900年意大利大作曲家威尔第死去的那一天，农场主的孙子阿尔弗雷德与佃户的孙子奥尔莫同时出生——开头便有宿命的光晕。背景和身世的截然不同，决定了这两个人在一生中的比拼和角力，也决定了他们的一世情缘。他们走上了不同的道路——奥尔莫最终成为一名共产主义战士，阿尔弗雷德则顺理成章当上地主。1945年二战结束后，墨索里尼被游击队枪决，艾米里农庄迎来革命，奥尔莫带着佃户在小广场上竖起一面巨大的红旗，并对阿尔弗雷德进行公审——但所有的一切，看起来都像是一场黑色幽默情景剧。影片结尾，奥尔莫和阿尔弗雷德都老了，他们的腰虾佝着，发须花白，但他们仍像小时候一样打闹，白发苍苍的阿尔弗雷德看着远方驶来的火车，躺在了铁轨上……

拍这部电影时，贝托鲁奇的《巴黎最后的探戈》在商业上获得了巨大的成功。雄心勃勃中，他当然想拍一部比《巴黎最后的探戈》更具内涵跨度的史诗。《1900》的时间跨度，至少是 80 年。想想这 80 年吧，这一段时间，也许称得上是人类历史上最丰富、思想跨越也最大的时期。各种思潮粉墨登场，人类进入了复杂而缤纷的时代。从这部电影选用演员的情况看，也可以证明贝托鲁奇的雄心：两个男主人公，扮演者一个是美国好莱坞大演员德尼罗，另外一个则是法国最有名的男演员德尔帕约。1976 年的德尼罗与德尔帕约都很年轻。特别是德尼罗，看起来秀气儒雅，俊朗飘逸；哪像后来，一下子长得天翻地覆，似乎跟之前的自己一刀两断。不仅如此，德尼罗与德尔帕约也算是为贝托鲁奇献身了，他们甚至为此牺牲自己的"色相"——在电影中，竟然有着德尼罗与德尔帕约的露点镜头——在我看来，这样的镜头一点也没有必要，那样生硬的裸露显然是贝托鲁奇思想"晃动"的一个表现。贝托鲁奇就是一个骑着野马胡乱奔腾的家伙。

正是因为缺少缰绳的原因吧，在这部长达 5 个多小时的电影中，除了看到电影呈现的金黄色很是气势恢宏外，在大多时候，我们只能感到电影的松软和拖沓，看到贝托鲁奇的一厢情愿、一意孤行。他信马由缰地驰骋在原野上，全然不顾身边的景致越来越模糊。有时候看着贝托鲁奇气宇轩昂地渐行渐远，我总是在想，这个家伙究竟意在何处呢？我真的搞不清，贝托鲁奇想要表现什么。

那一天几个写作的朋友在一起议论贾平凹和陈忠实，说到他们在西部彼此间的不以为然。我当时说，相比较而言，还是老贾更有成就一点。不说作品的内容，贾平凹应该说是对汉语有着很大贡献的人。而陈忠实呢，即使《白鹿原》再了不起，但总不能说是一部史诗吧？史诗，岂是当代人想做就做的，最起码得承载，得包容，并且，还得让下一代人承认吧。

我说的是实话。史诗，就像是珠穆朗玛，它应该有着一种山巅之上的凛凛之风，清冽，包容，智慧，无欲则刚；除此之外，应该还有一种悲怆，就像《圣经》或者《荷马史诗》；还有，就是托尔斯泰、贝多芬。我一直不太喜欢这个世界上很多自说自话的历史，在我看来，世界上众多的民族史当中，只有《圣经》，才对自己的民族保持着一种悲怆的态度，它悲悯地凝视自己民族所走过的路。而更多的民族史，都像是沙文主义的炫耀和展示。在这样的自我膨胀中，是很难找到正确方向的。

《1900》同样也是这样。对于《1900》，我想说的是，这不失为一部大气的、具有非凡张力的电影，但它，还是成不了一部史诗。虽然20世纪是一个史诗的年代，充斥着忘却、铭记、背叛、友谊、疏离、狠毒、残忍、放弃与轮回，但我们一直没有找到回首的最佳方式。这个变数太多的年代太让人心浮气躁，我们总是色厉内荏，有心无力或者有气无力。

梦中的女人

法国天才导演雷奥·卡拉克斯一直恪守与每一部影片女主角热恋的原则。这一点,他与前辈特吕弗颇为相像:只有与女主角恋爱,他才拍得出电影。“我的电影都是拍摄生命中的女人,直到今天,这样的方式仍未改变。我的电影总是为一个女演员去构思的。”

拍《男孩遇见女孩》时,女主角米埃勒·皮埃尔是他的恋人;拍《坏血》(也译为《坏痞子》),是因为卡拉克斯迷上朱丽叶·比诺什,要让她担当女主角;《新桥恋人》拍完的时候,卡拉克斯与比诺什5年热恋行将结束,电影结尾处,有卡拉克斯的手书:“给朱丽叶的爱——亚历山大。”到了《波拉X》,卡拉克斯的爱人则变成女演员叶卡特琳娜·格鲁贝娃。

爱情,对卡拉克斯的一生来说,就像一把镶着珠宝、闪着寒光的匕首,只不过,刀锋一直对着的,是自己的心口。

——写卡拉克斯，是因为最近淘碟，看到新出的卡拉克斯的《爱情三部曲》，也即《男孩遇见女孩》《坏血》《新桥恋人》，于是心念一动，买回重看。看完之后，便有了写写这个男人的冲动。

才气就像熠熠燃烧的火焰，仿佛蜡烛点燃暗夜，也仿佛从窗帘的缝隙处射进来的光。卡拉克斯电影的画面真是好，每一幅都像完美的摄影作品；还有色彩、音乐、基调……都能在第一时间让人叹为观止。这样的电影跟平庸从不沾边，也从不妥协。一看这样的画面，就会知道，这个家伙是为电影所生的。也难怪卡拉克斯仅仅拍了3部电影，就被法国《电影手册》评为20世纪80年代法国电影的“金色少年”，同时获得这一美誉的，还有执导《巴黎野玫瑰》的让－雅克·贝内，以及《碧海情天》的导演卢克·贝松。

当然，卡拉克斯是为爱情所生的。卡拉克斯电影的永恒主题便是爱情，而且，还是那种疯狂的、非理性的、几近于乖戾和刻骨铭心的爱情。这样的爱情从燃烧的那一刹那起，便有决斗的性质，不是你死，便是我亡；爱你，就要爱得粉身碎骨——在《男孩遇见女孩》中，男孩阿莱克斯失恋；他的邻居，一个漂亮的女孩也遭到了另一个男孩的抛弃。这一对同病相怜的人当中，并没有爱情燃烧，只有死亡，像夜色一样降临。在《坏血》中，爱情的主题似乎更深一层，同样是叫阿莱克斯的男孩，远离自己漂亮的女友，爱上了另一个女孩，而这一个女孩，却疯狂地爱上一个老头。爱情就这样阴差阳错。到了《新桥恋人》，卡拉克斯的爱情观更加偏激。一个年轻漂亮的富家千金，偏执地爱上了一个流浪汉，喜欢上自我放逐的流浪生活。

卡拉克斯的爱情与他电影的画面构图一样，绝不平庸，也绝不妥协，它一直闪着凛凛的寒光，危险而疯狂，嗜血而贪婪；既可歌可泣，也毛骨悚然。

看看卡拉克斯自己是怎样描述爱情的——“爱情很伟大，它可以驱使我做出不符合游戏规则和法律要求的事，而不按常规出牌就会有麻烦，会走向不可逆转的境遇，比如死亡。我的四部影片，主题都可归结为‘当男孩遇见女孩’，这是一个最基本的存在——从男孩遇见女孩开始，他就将自己的内心关节打开，却又因为外部原因，比如占有欲、嫉妒而将敞开的心扉迅速封闭。我的电影里放入了我很多的感情、噩梦和恐惧、对自己提出的问题以及绝望的态度。”

值得一提的是《坏血》中的朱丽叶·比诺什和朱莉·德培，那时候的她们真年轻，看起来就像是两只漂亮的小猫似的，气质游离，柔弱单纯。那时候她们还是白纸，身上还带有白纸的清香，仿佛仔细嗅，都可以从电影中嗅出淡淡的味道来。也正是从那时起，她们进入了电影，进入了人生，先是光鲜透亮，而后身心疲惫，最终变成一幅颓唐的油画。

看得出来，卡拉克斯一直都在与爱情较劲。他想拍的，或者说，他努力在用摄影机寻找的，是绝无仅有的爱情，像礼花一样开放在空中的爱情。这样的爱情终于在《新桥恋人》中喷薄而出了，电影结束时，比诺什在塞纳河畔滑水穿过瀑布般的焰火，绚烂而豪放、绝望又狂喜，那是爱情的高潮了。但高潮过后，往往是沮丧。也难怪卡拉克斯与比诺什的爱情到了头。即使再浓烈的爱情，也架不住如此挥霍啊！爱情就像烟花，如果一点燃，斑斓之后，便是长时间的沉寂和黑暗。

恣意的爱情挥霍对于卡拉克斯的打击是巨大的。拍《新桥恋人》之后很长时间里，卡拉克斯一直笼罩在爱情的阴影中。他无所事事，什么也做不成。一直到7年之后，卡拉克斯才开始拍《波拉X》，这更是一个畸形的故事：成功的小说家皮埃尔与母亲住在郊区的别墅里，并且即将与美丽的女友结婚。但此时，一张苍白的女人的面孔闯入了他的世界，那是皮埃尔的私生姐姐。皮埃尔仿佛中邪了，他抛弃一切，与她生活在一起，不顾伦理爱上了她。最终，等待他们的，还是死亡。

《波拉X》的阵容真是庞大，卡拉克斯请来了老牌女星凯特琳娜·德纳芙和纪尧姆·德帕迪约（杰拉尔·德帕迪约之子），当然，主角肯定是他的新任女友叶卡特琳娜·格鲁贝娃。这样的电影让我看得心惊肉跳、一片茫然。后来，在拍完这部电影之后，卡拉克斯同样与她分道扬镳。

现在，这个瘦小干枯的法国男人，正在找一个不可思议的女人来拍他的第五部电影：这个女人要有一张梦幻般迷人的面孔；她得年轻，25岁左右；她必须来自相对闭塞的国家；她身上保留着质朴的东西，又有走向外部世界的欲望……当然，最重要的是，卡拉克斯必须要爱上她。“如果我不在恋爱中，或者没有找到一个我喜欢的女人，我就没有感觉去拍电影。”这是雷奥·卡拉克斯很著名的一句话。他是这样说的，他同样也是这样做的。

又是几年过去了，我没有从有关报纸和网站得到他新片的消息。想必，卡拉克斯还在寻找那个与自己有缘分的美丽绝伦的女主角。

这样的女人，一直游荡在卡拉克斯的梦里。

没见过这么耍流氓的

亨利·米勒是我了解的文化人中，最具流氓气的一个作家。

亨利·米勒活生生地就是一个流氓，也可以说是一个天才的小说家。在写作上，亨利是一个将流氓气和天才结合得非常紧密的人，这使得他的小说从一开始就没有规矩，没有完整的故事，没有成形的人物，没有开始，没有结束，没有主题，没有悬念，有的只是浓得化不开的思想和长满翅膀的想象，像爬山虎一样把触须伸得到处都是。亨利·米勒的书可以从任何一页读起，所到之处，尽是杂花生树、莺蝶乱舞。

我记得第一次阅读亨利·米勒的文字，那时天下着雨，我打开书，亨利·米勒在我面前像一个醉汉一样舞蹈。这样的舞蹈，既疯狂无比，又性感恐怖。他的文字充满着张力，风驰电掣，像吃了摇头丸在迪厅里拼命嗨的青年。或者说，在他的字里行间，明显地可以嗅到一股浓烈的酒精味，激荡，回旋。有时候嗅得久了，甚至可以在亨利·米勒的文字里，闻到一股马粪的臊气……这样的流氓，仿佛天生就是为文字而生，就是为了颠覆古典，就是为了在文字中掺杂着速度的力量。

有人曾评价亨利·米勒说：亨利·米勒的文字就像做爱的男人，会有高潮，还有高潮后的筋疲力尽、疲倦以及困惑。一个人创造力真是天生的，在亨利·米勒面前，本来虚幻的文字变得更为虚幻，就像一支支风中的蜡烛。亨利·米勒就是这样以他的粗鲁和狂妄构建自己的堕落世界。

在电影上，同样也是有着"亨利·米勒"的。比如说保罗·帕索里尼、彼德·格林纳威、加斯帕·诺等。帕索里尼我已经写过，至于格林纳威，这个家伙一直与亨利·米勒有着异曲同工之妙，他根本不愿走前人走过的路，甚至不想借用别人的拐杖，只想撒开蹄子乱跑一气。格林纳威是有才华的，甚至说，他才华横溢。他的电影，无论是《枕边禁书》，还是《情欲色香味》《八又二分之一女人》《圣婴》等，都可以说是杂花生树，活色生香。至于加斯帕·诺，最著名的就是那部意大利美女莫妮卡·贝鲁奇主演的电影《不可撤销》。在那部摄影机把人晃得头晕的电影中，竟有一段长达 9 分钟的强奸镜头——流氓，就是以这样极端的方式，吸引眼球，迎接挑战，把世界搅成一团浑水。

其实这样的流氓气，与那种不羁的方式，在某种程度上，与创造力是相同的。流氓气是一种普通的现象，它渗透各个领域，不仅仅在写作上，在政治、商业、艺术、学术等领域，都有这种从不按规矩出牌的人。想想刘邦、朱元璋以及希特勒吧，他们从来就是法无定法，明修栈道、暗度陈仓……他们是成功者，但在骨子里，他们同样是流氓。流氓与成功者，从来就不自相矛盾。当然，这又是另外一个话题了。

前一段时间，合肥曾举办了好几项行为艺术展，因为平日里这类活动很多，每次展出都比较红火。对于行为艺术，我一向是不以为然，因为它空有理念，缺乏手段，门槛较低，鱼龙混杂，极容易变成“皇帝的新衣”。在我看来，那样的展出更像是某种程度上的“鬼画符”比拼——参加者一个个比拼小聪明，比拼点子的怪异，来吸引人们的注意。看起来似乎是背叛，是挑战，其实骨子里，尽是虚弱——而这样的虚弱，一直带有无耻无畏的成分。就像那部《不可撤销》，在戛纳放映时，人们哪里忍受得了那样的镜头呢？只好纷纷离场，甚至有人当场呕吐起来——电影名落孙山，导演却一举成名——世界就是这样阴差阳错，不怪诞，不走极端，就很难成功——流氓总是渴望成名的，在商业社会，名气就是金钱，不能声名显赫，哪怕臭名昭著。

世上的流氓成千上万，能成功的，毕竟寥寥无几——那天，我见到一个更流氓的——那部电影叫《一刀未剪》，一部意大利片子。一个小时左右的时间，就见一个人躺在那里，不露面目，下身裸露。这个卧病在床的家伙，一会儿把眼镜架在上面，一会儿在那里插一支钢笔，一会儿在那里放一朵花，然后不停地打电话撩拨着女人们……最后，又招来个“鸡”……据说，这部电影还参加过一个电影展，获得一个什么奖项！真是，见到过耍流氓的，还没见到过这么耍流氓的！

一夜成名

史蒂文·索德博格的“一夜成名”就像一个浑小子稀里糊涂地变为大马戏明星。

那是20世纪80年代末的事了——1989年1月的一天，当史蒂文·索德博格从盐湖城国际机场走下飞机参加圣丹斯电影节的时候，正是他刚刚过完26岁生日的第7天。

这是一个相对宽容和另类的电影节，是世界上所有电影才子期盼的梦。索德博格这次携带的电影是《性、谎言和录像带》，这部电影耗去了120万美元，让索德博格负债累累。背水一战的索德博格到了盐湖城之后，口干舌燥地向有关人士拼命推销自己的电影。幸运的是，虽然很多人觉得这部电影过于变态，但电影节还是接纳该片为参赛的16部电影中的最后一部。

运气自此就一直垂青他——《性、谎言和录像带》在电影节首映时门票就告罄，坊间纷纷传说，这是一部与众不同的电影，它的吸引力如此显著，就像一场传染病似的。几天之后索德博格上街，觉得局面变得微妙，不时有陌生人跟他搭讪，还有一个人认真地问他："能允许我的女朋友吻你的脚吗？"一天之后，有一个女人向索德博格递来一张名片，问他愿不愿意在洛杉矶找个地方跟她待在一起。索德博格回绝了，他清醒地意识到：自己成功了，他已经成名了。

《性、谎言和录像带》的运气并没有到此结束，到了8月，这部电影又获得了1989年度的戛纳电影金棕榈大奖。这一年，是电影大师卓别林100周年诞辰，看起来一切都有点喜剧因素，《性、谎言和录像带》竟然战胜了富有史诗意味的《阿拉伯的劳伦斯》。尽管当年的评委会主席维姆·文德斯对《性、谎言和录像带》大加赞赏，但还是有相当多的报刊对这部电影不以为然。

不管怎么说，史蒂文·索德博格红了。从此，拍电影也流行以手提机拍晃晃悠悠画面的方式。这样的方式，明显地代表现代社会的浮躁。浮躁顺理成章地战胜了崇高和沉静——这，也是现代社会没有办法的事情。

在此之后，轮到昆汀·塔伦蒂诺出名了——如果说索德博格的行为像一个马戏团的浑小子一样，那么，昆汀·塔伦蒂诺的出场就像是从音像店的蚕蛹里飞出的一只古怪的蝴蝶。

昆汀·塔伦蒂诺自小就是一个影迷，一个有着轻微自闭症的怪人，总是喜欢躲在自己的幻想中。开始读书以后，塔伦蒂诺每天就是千方百计想办法逃课，他像蟑螂一样躲在卫生间，躲在花从中，躲在衣橱里，然后在母亲上班以后，以看电视上的电影来获得安慰。高中毕业以后，塔伦蒂诺懒得上大学了，他来到一家名叫“录像档案馆”的录像带出租店当了店员，在看了成千上万部电影录像带后，塔伦蒂诺开始尝试写剧本——他的第一部剧本就是后来相当有名的《落水狗》；然后，塔伦蒂诺又写了著名的《天生杀人狂》等。对于塔伦蒂诺来说，写剧本是如此简单，就像睡着了去做一个梦一样。不久，米拉麦克斯公司看中了这个长相奇特的家伙，尝试着给他提供资金，让他自己去拍《落水狗》，自编自导自演。当塔伦蒂诺费尽周折拍完那部《落水狗》之后，这部带有黑社会暴力性质的电影获得了惊人的两极效果：喜欢的人喜欢得要死，厌恶的人厌恶得要命。

塔伦蒂诺带着这部“黑帮片”粉墨登场了。他先去了法国，在法国找了一家影院上映。法国人是喜欢新奇的，他们喜欢这部与众不同的电影，暴力中带有黑色幽默。半年的时间里，这部电影竟然场场爆满。不久，塔伦蒂诺带着这部电影参加了当年的戛纳电影节，虽然两手空空，但还是有很多观众喜欢。戛纳给塔伦蒂诺的感觉是，这并不是一个不可接近的圣殿，他完全可以用一种奇特的方式登堂入室。当塔伦蒂诺回到美国之后，他就开始构思那部后来变得更加有名的《低俗小说》了。

1994 年的戛纳电影节可谓“猛片如云”，当时，有基耶洛夫斯基的《红》，还有南尼·莫瑞蒂的《亲爱的日记》、张艺谋的《活着》、尼基塔·米哈尔科夫的《毒太阳》，以及帕特里斯·夏洛尔的

《玛戈皇后》等。《低俗小说》的首映仪式周日午夜开始，当载着剧组20多人的车队穿过大街的时候，两边都是狂热的影迷，人们兴奋地把手伸向小车，大声喊叫着“昆——汀，昆——汀”。目睹这一切的塔伦蒂诺不无得意地说：“在场的任何一群人中好像有十五个是冲着布鲁斯·威利斯去的，九个人是冲着约翰·特拉沃尔塔，四个人是冲着我来的。”

那一次电影节的主席是克林特·伊斯特伍德。当伊斯特伍德先后宣布《红》和《亲爱的日记》荣获最佳导演等奖项而无缘金棕榈时，《低俗小说》的发行商哈维在座位上像只蹦床上的海象一样对着塔伦蒂诺腾跃不已：“噢，天哪，你要获得金棕榈奖了，你要获得他妈的金棕榈奖了！”结果被哈维言中了，当伊斯特伍德大步出来宣布：“下一个奖是金棕榈奖，1994年的荣获者为——《低俗小说》！”雷鸣般的掌声中，一个女子的声音刀子般尖厉地划过：“耻辱，法西斯！”

昆汀·塔伦蒂诺赢了！他的成功，也被当时的不满者评价为“痞子战胜了大师”。

很多年之后，索德博格在接受一家杂志的采访时，谈到了他年轻时的一件事——1987年，索德博格24岁时，经历了一场顿悟。索德博格回忆说：“我跟一个女人发生了关系，结果被骗了，并且在精神上受到别人的操纵。我同时跟其他女人不清不白——我都被玩弄了。回想起来，我当时太想被我随便看中的哪个女人接受和认可了，可是一旦得手，我就又不感兴趣。有那么一次，我在一家酒吧两英尺的半径范围内跟三个女人睡过觉。6个月后我又重蹈覆辙，这种事情持续了大半年时间，我赤裸到最大限度，喝得酩酊大醉后，又到那里去继续胡搞。直到最后一见女人就厌恶。”

索德博格和塔伦蒂诺的经历告诉我们，经历是重要的，但经历的转化更为重要。只有转化，经历才会变成一笔财富，成为化蛹为蝶的点睛之笔。否则，如果他们一直执迷不悟，那么，这样的经历就会成为洪水猛兽，将自己的生命扼杀在永远的噩梦中。

独树一帜的仙人掌

凯瑟琳·布雷亚一辈子似乎都在用一种奇怪的电影方式，那就是，她一直试图用哲学和心理分析的方式，去拍摄她的电影。这样的方式，一方面让她的电影广泛地引起人们的争议，另一方面也使得她的电影更具有某种神秘性。她的电影更像是一把锋利的手术刀，尖利地刺进人的身体，去寻找世界在人身上隐藏的秘密。她的突破口是性，这样的选择使得她的电影看起来大胆而露骨，甚至有点淫秽。但实际上，她的电影，更像是一部深奥无比的哲学著作，像是一个哲学家的喃喃自语，也像是一株在沙漠中独立思考的仙人掌。

记得第一次看布雷亚的《罗曼史》时，天飘着淫雨，我下了夜班，一个人躺在南园那间阴冷的屋子里。当布雷亚将她对于人性的困惑赤裸裸地展示在我面前时，我简直目瞪口呆！虽然我知道法国人在情色的解析方面一直有着极高的天赋，总能把那些畸形的情感和欲望拍得如魂附体、欲罢不能，但我还是受不了布雷亚的这部电影。欲望和困惑像刀劈斧砍一样呈现在我面前，几乎让我窒息。我竟不由自主地坠入了忐忑不安之中。

一个人的困惑是天生的。比如凯瑟琳·布雷亚，在她很小的时候，疑问和不解就像星星一样在她的头顶上闪闪烁烁。从少年时候开始，布雷亚尝试着写作，试图借助于文字来进行思考。17岁的时候，布雷亚写了一部中篇小说，名字叫作《容易相处的人》，表达了最初的困惑。小说刚刚发表便引起了轰动，布雷亚一度被誉为法国又一个萨冈。但很快，舆论发生变化，因为这部小说有过多的色情描写，一个刚刚成年的少女，就如此大胆而开放地对性表示关注和质疑，这样的态度，引起了人们的恐慌。人类就是这样，在更多时候，对于未知的世界，总有七分警惕三分憎恨，更愿意掩耳盗铃、自欺欺人。在这种情况下，凯瑟琳·布雷亚的小说被列为限制级。挫折使布雷亚很不开心，她不得不尝试另外的方式。

但布雷亚还是因此引起了很多人的关注。不久，大导演费里尼邀请她共同编写剧本《扬帆》；另一位大导演贝托鲁奇也请她帮忙工作，并且，还让她在电影《巴黎最后的探戈》中客串了一个无名无姓的小角色。这样的经历让布雷亚很开心。与贝托鲁奇的这一段经历，对布雷亚的影响深远，她发誓也要拍电影。后来，当布雷亚把自己的第四部小说《解放的潘多拉》自编自导成电影时，她遭到了比第一部小说还悲惨的命运——电影竟然被有关方面禁放！理由还是因为性——性就像人类的绝对隐私，一个想探究绝对隐私的人，当然会引起公众的不满。

接下来的布雷亚变得收敛了一些。在此之后，她拍摄了《含苞待放》和《穿越情欲海》，这些电影顺利地通过了审核，也引起了人们的关注。到了 1999 年，布雷亚又让她的“原子弹”出笼了——这部电影就是《罗曼史》。《罗曼史》同样算是惊世骇俗，一些镜头跟当年大岛渚的电影《感官世界》一样，大胆露骨，一览无余。不过，这一次人们却出乎意料地对她表示了足够的理解，因为这部电影是如此出色，并且，镜头虽然大胆，视角却非常干净，人们也从中看出了哲学意味：这不是一部色情片，而是一部哲学片——布雷亚将性的问题上升到了哲学的高度——那个漂亮的女教师是爱着她的男朋友的，但因为没有性，她的情感和肉体一直分离，她不得不去寻找另外的肉体接触；在肉体得到满足的同时，女子也为自己灵与肉的分裂感到困惑和羞愧。这样的经历，是一个千年老话题了，话题谈了几千年，也没有一个结论和解决办法。几年后布雷亚的另一部电影《地狱解剖》似乎更具有哲学意味——电影中的那个女子，为拯救一个同性恋男子，让他重新爱上女人，不断展示自己的胴体来刺激他。女子是失落的，那种带有曲线的完美身体，怎么可以遭到男人排斥呢！排斥就是世界末日，而她，就是想把这个男人从世界末日边缘拯救过来。电影中，男子和女子认真地探讨性和身体背后的哲学问题，他们之间有大段大段玄而又玄的对话……布雷亚一直以为，如果世界是一个谜的话，那么，谜底肯定隐藏在性的后面！

前不久，在有关戛纳电影节的电视新闻中，我看到了凯瑟琳·布雷亚，她是这一届戛纳电影节的评委，张艺谋则是评委会的主席。同时就任评委的，还有新西兰的女导演简·坎皮恩，曾经执导过《钢琴课》和《撞车》。我不知道李安电影《色戒》的获奖是不是跟她们有关，在我看来，凯瑟琳·布雷亚以及简·坎皮恩的思想与李安是有很多相似之处的，他们关注的都是人性，是云腾雾绕中的人性。在电视上，我是第一次看到真实的凯瑟琳·布雷亚，只见她长着壮硕的身体，有着一副硬硬的表情。她给我的感觉，就像一个哲学家、一个清教徒一样。也的确是这样，布雷亚一直就自称是一个清教徒。在我看来，布雷亚就像是一个医生一样，提着思想的手术刀，一直想剖析人类众多的生理之谜，探讨性与人、性与这个世界的关系。布雷亚更像一个纯粹意义上的思想家，一个电影界的萨特、弗洛伊德或者荣格。在她的电影中，没有曲折的故事，没有成形的人物，没有悬念顿生，有的是浓得化不开的思想和布满荆棘的质疑和考问。

想起来称自己为清教徒的还有当年的作家亨利·米勒。这个曾经写作过《北回归线》的天才作家，在很长一段时间里，一直被人们看作是色情狂。这个“大色狼”一方面沉溺于感官刺激，一方面做形而上的思考。在那部电影《情迷四月天》中，米勒在夜总会里的一番话惊世骇俗——他与人们讲起了圣·弗朗西斯，说他正在思考圣徒的特性。阿奈斯·宁不解地问他为什么，亨利·米勒说:“因为我觉得我是地球上最后一个圣徒。”

亨利·米勒是世界上最后一个圣徒？我不知道凯瑟琳·布雷亚对此会有什么想法。也许,她会会心一笑,而一笑之中,都心知肚明了。

性是什么？性是一个永恒的秘密,是人们无法了解的黑洞。

对手戏

我一直怕看那些智商不对等的悬疑片。在那些电影中,一方的智商太高,而另外一方的智商太低,这样的电影会让人顿生倦意,甚至会让人浑身起鸡皮疙瘩。因为这样的片子低估了观众的智商。毕竟,我们不是在看《动物世界》中的鹰捕雀。所以这当中比较好的状态是,这两个家伙绝对应该是智商对等的,棋逢对手,将遇良才,故事曲曲折折、曲径通幽,最后正义战胜邪恶。这才是一种最佳的游戏方式。

大陆的警匪片通常比较差,警察破案时,大都坐在那里开会,抽着烟把一个好端端的会议室弄得云里雾里。这样的电影不值得一看,因为警察没有对手。港片反映猫捉老鼠的电影数不胜数,这当中也有一些是描写两个人之间对抗的,比如说《暗战》,可以说还是能看的,但也就是看着热闹。香港片子跟它的社会一样,可以拍得绚丽多彩,但人物不像活生生的人,只像漫画里的人物,有一种说不出的卡通味。

至于前两年的那部《无间道1》和《无间道2》什么的,悬疑归悬疑,好看归好看,但有着浓重的卡通味。故事比较硬,在一些细节过渡上也不是太柔软。这也没办法,香港电影以及国内电影总是犯这样的毛病,要么很硬,故作聪明,而一软下来,需要表现人的情感时,又显得很虚假。

把对手戏拍得活色生香的,吴宇森的《变脸》算一部。那个联邦侦探尼古拉斯·凯奇和罪犯特拉沃尔塔之间的较量算是找到了对手。另外,前几年获奥斯卡奖的《角斗士》也不错,拉塞尔·克罗饰演的角斗士为了复仇,那真是把人世间所有的苦难和屈辱都咽下了,最终完成了对杰昆·菲尼克斯所演的阴险至极的罗马国王的复仇。这样的对手戏,看起来令人惊心动魄。

还有一种对手戏是潜在的针锋相对,像黑暗中两辆飞速逆行的车,或者干脆像两颗迎面而来的子弹。比如让·雅克·阿诺导演的电影《兵临城下》。先介绍一下情节吧:瓦西里·泽索夫(裘德·洛饰)是乌拉尔山区的牧羊人,多年的放牧生活练就了他的好枪法。斯大林格勒保卫战打响后,瓦西里应征入伍。他一枪毙敌的绝招在不到10天的战斗里就狙杀了40多名德国兵,一时间"瓦氏神枪,例无虚发"的神话传遍整个战场。然而在之后的几天里,苏军的狙击兵也连连被人枪杀,对方同样只使用一发子弹。真正的对手来了!那就是埃得·哈里斯所演的纳粹神枪手。于是在瓦西里与纳粹神枪手之间展开了一场扣人心弦的游戏。在这个过程中，发生了一些与爱情有关的事情。瓦西里爱上了女狙击兵塔妮娅，而同时，心胸狭隘的党代表达尼洛夫也向塔妮娅发起了“进攻”，并对瓦西里进行陷害和报复。高手过招，最忌心浮气躁，对于狙击手来说，浮躁永远是致命的，哪怕是最小的错误。但瓦西里最终心归宁静，在两个人的决斗中，一枪毙敌。

这样的故事就像金庸的武侠小说，似乎是大雪纷飞，空旷无垠，雁声破空，然后两个绝代高手于华山之巅迎风起舞。这样的场面，不仅仅是一场比武，天地人之中，亦满是诗情画意。

对手戏还可以是惺惺相惜的。那往往是在智慧高妙的对抗中，心存钦佩，徒生怜惜。好莱坞的《盗火线》就是这样一部出色电影。它不仅仅好看，丝丝入扣；而且对手戏十分精彩，艾尔·帕西诺和罗伯特·德尼罗，这对魅力老男人，将猫与老鼠的游戏演绎得出神入化。

在电影中，警察艾尔·帕西诺和黑帮首领德尼罗一直在暗中较量，他们的直接见面是在一个咖啡馆里，时间似乎只有几分钟。高手见面，是可以感觉彼此之间强烈之气场的。目光相对时，他们都变得局促不安，紧张、烦躁，同时又知根知底。他们很快地散去，彼此心中，对方的分量似乎又重了一些。然后，他们接着对抗，接着游戏。最后，在一场冲突中，帕西诺和德尼罗终于不可避免地直接发生战斗了，一场追逐战过后，德尼罗中弹倒下。倒在这样的对手面前，是一个高手的最好结局。

有对手的英雄是值得庆幸的。人生最怕遇到的是不明不白不名不姓不干不净的人,然后冷不丁地捅你一刀。这样的状况,就不仅仅是沮丧,那更是倒八辈子霉了。人生,也是需要一个漂亮的对手才能完美的。

曾经英雄岁月

我是冲着布鲁斯·威利斯的主演来买这张《16街区》电影碟的。看到碟上赫然印着主演布鲁斯·威利斯的名字，就想，噢，有很长时间没有见到他了！我要看看他的新片，看这个硬派小生在沉默一段时间后到底弄出什么花头来。

我一直算是布鲁斯·威利斯的粉丝。有很长时间，我一直喜欢这个外表粗犷、内心细腻甚至有点温婉的家伙。与史泰龙等"肌肉男"不一样，布鲁斯·威利斯一直有一些细腻的成分，有时候，他的眼神、他的动作轻巧得仿佛长着茸毛的植物一样，看起来让人暗暖生香。《虎胆龙威》系列算是威利斯的早期电影了，当年，威利斯就是靠这部电影一举成名。在这部早期电影中，威利斯虽然仍是体格健壮、胡子拉碴、满口粗话，却不是一味地刚猛生硬，活生生是一个有血有肉的普通人。在这部电影之后，布鲁斯·威利斯人到中年，角色开始转型，给人的感觉似乎更见温柔，也更见细腻，于是就有了那个《第六感》。在那部电影中，威利斯扮演一个已经死去的医生，和一个有着第六感、能看见幽灵的男孩成为莫逆之交。这部小成本的电影一直散发着浓郁的温情，威利斯与那个小男孩冷暖相偎，心心相印。40多岁的威利斯，看起来就像是一个完美男人的样板——丰富的生活阅历，良好的身体状况，有责任感，温柔、体贴、细致、勇敢。这样的男人，不是极品男人，又是什么？

但这一部《16街区》，却让我大失所望。电影中那个窝窝囊囊的老干探就是曾经英勇无比的布鲁斯·威利斯吗？那个家伙，既残疾又酗酒，自暴自弃、平庸琐屑、体能糟糕且射术不精……这个人，就像是在街角边随时都可以看到的糟老头。而且，电影中的这个人物，并不是角色形象，它就是布鲁斯·威利斯本人——几年时间没见，这个好莱坞巨星一下子老了，仿佛一夜之间就由中年跨入老年：他的头发变得少了，秃顶得厉害，身子骨弯了，步子沉重了……更令人感到悲哀的是，从电影中，可以明显地感受到布鲁斯·威利斯的消沉——而这个人，曾经是那样的大义凛然、英勇无畏，谈笑间樯橹灰飞烟灭——人，真的是不禁老啊，那种智慧和勇敢，还有灵动，就像立春后的冰雪一样，天气一暖，说没有，就没有了。

男人真是说变就变——我曾经在一篇文章中说过，男人的老与女人的老不一样，女人的老是慢慢的，像蜘蛛一样，慢慢地爬过岁月的阴影；而男人呢，仿佛是下楼梯时的一脚踏空，然后摔了个鼻青脸肿,起来时,已是面目全非了。那样的变化,仿佛一刹那间,就会脱胎换骨似的。布鲁斯·威利斯就是这样,似乎是昨天还精气神饱满,今天就变得病恹恹了。生活,有时候就像是一个胀鼓鼓的气球,一不留神被一根针扎着,那种昔日的元气,便一泻千里了。

记得,在看完《第六感》之后,就一直没看过布鲁斯·威利斯的电影了。那时候,布鲁斯·威利斯已经与黛米·摩尔离婚,这对好莱坞曾经的"金童玉女",在生下三个孩子之后,婚姻也走到了尽头,而双方,也因此大伤筋骨——黛米·摩尔再也拍不出《人鬼情未了》那样的电影了;布鲁斯·威利斯呢,《虎胆龙威》已成明日黄花。离婚之后的布鲁斯·威利斯显然是落魄的,他的单身生活不愉快,花边新闻却一直不断:在一家餐厅暴力伤人;在主持人大卫·来特曼六十大寿上,大肆耍宝,甚至穿上银色比基尼模仿起性感女郎。这样的表现,明显是苦闷的宣泄。当然,两人之间还是有纠葛的,剪不断,理还乱——黛米·摩尔后来嫁给阿什顿·库彻,结婚前,恼羞成怒的威利斯发出警告:新丈夫阿什顿·库彻喜欢信仰什么与他无关,但是不要让他的3个孩子与犹太教牵扯到一起。这些,算是嫉妒吗?或者是,无事生非?看起来,还真是有浓浓的醋意。

人终究是会老的。平凡人,是最经得起坎坷命运的,风生水起中,他们安详地从平淡走向平淡,自然而然。只有那些曾经风流倜傥的才子,以及叱咤风云的英雄,脆弱得仿佛玻璃器皿。他们一老，看起来就很突兀，让人心酸。想想布鲁斯·威利斯当年那些同党吧——阿诺去当了州长，史泰龙归隐蛰伏。他们消失了，不出现在电影中，倒也罢了……只有布鲁斯·威利斯形单影只，打打杀杀，过着王小二似的生活。尽管，这个男人一直壮志未酬、铁骨铮铮，但，50多岁的人了，毕竟力不从心，他哪里敌得过那些后来居上的硬派小生呢？……于是，我们可以想象布鲁斯·威利斯的境况——一次比一次挣扎得厉害，一次比一次更加无力；然后，他变得犹豫，变得懦弱，变得苍老，甚至会流泪、啜泣……这样的苍山洱海，真是让人不忍卒看！

看这样的电影，真的是让人肝肠寸断。虽然已是有点心碎，但我还是硬忍着把这部电影看完。毕竟，那是布鲁斯·威利斯啊！一个曾经的样板。也许，看这样的电影，只是为了这个曾经的完美男人，为了一种，忘却的纪念……

男人的魅力

最近算是跟科斯特纳撞上了，在碟店里淘碟，一下子看到科斯特纳的两张碟：《邮差》《蝶恋花》，都是前几年拍的。想到有很长一段时间没看到科斯特纳的电影了，于是心念一动，便买了下来，连着把这两部电影看完。看完后，似乎一切都在意料之中，剧情不温不火，表演也很一般。也难怪，这是科斯特纳迷离时所拍的电影，在这一阶段，科斯特纳只能算是一个"雄性的花瓶"。

手头正好有一本刊物，上面介绍着半个世纪以来最好的50位好莱坞男演员，我翻了翻，没有科斯特纳。虽是意料之中，但我仍然有点失落，毕竟，我曾是喜欢过科斯特纳的。1991年左右我看录像带《与狼共舞》，那种宏大壮观的场面一下子就击中了我，我当时就想，这是多好的一部电影啊！简直是一部人类的史诗！尤其让我感到振奋的，是电影闪烁的那种金黄色的基调，这样的基调让我陡生温暖。当然，那部电影的主题音乐也好，自始至终，都能感觉到音乐泛着金黄色光晕。那时的科斯特纳真的是很帅，我一下子喜欢上这个身材颀长、伟岸、挺拔、剽悍的家伙。

在此之后，就看到了那部非常著名的《保镖》。这是一部温情而好看的电影，它甚至要比那部获奥斯卡奖的《与狼共舞》更好。一个完美的故事加上一个完美的男人，那就足以吸引人了。在电影中，科斯特纳勇敢、职业、无私、深情、智慧。并且，他与惠特尼·休斯顿的对手戏也天衣无缝。当电影的最后，休斯顿无限深情地演唱着那首主题曲时，我想，所有的观众都会在那一刹那被击碎。那时候的科斯特纳仿佛是神，全世界的观众，都陶醉于科斯特纳的完美之中了。

但自此之后，科斯特纳的好运似乎一下子到了头。观众说变脸就变脸，说喜新厌旧就喜新厌旧。科斯特纳莫名其妙地就遭到票房怪圈。也难怪科斯特纳会遭到这样的霉运，我看那部《未来水世界》时，除了一头雾水之外，怎么也想不到电影中那个脏兮兮、一脸大胡子的家伙会是科斯特纳——谁让科斯特纳这样糟蹋自己呢？不仅如此，科斯特纳好像还没有吸取教训，1997 年的《邮差》中，他仍是脏兮兮穿着一身破烂干一些拯救全人类的事。这样的片子让观众再一次大倒胃口。

自此之后，霉运降临。科斯特纳日落西山，他的电影再也引不起巨大的反响。至于他本人，也难以引起动静。时光如静谧的流水一样，将科斯特纳冲向了岸边无人处。这样的结果当然不是科斯特纳想要的。那一天无所事事，我就在那儿呆呆地乱想一气，到了后来，似乎终于想清楚了科斯特纳“背运”的理由了：

科斯特纳不够俊。虽然科斯特纳的身材修长、伟岸，看起来一表人才。但他的相貌，论英俊，不如之前的亨弗莱·鲍嘉，也比不上后来的约翰尼·德普、布拉德·皮特、朱迪·劳等，更比不上文森特·佩雷。有这些英俊小生在科斯特纳的左右，科斯特纳自然被女性观众忽略了。

科斯特纳不够坏。男人不坏，女人不爱；有时候，甚至男人也不爱。尤其是现代社会的男主人公，一般都要求本质很好的情况下，要有一点“坏”的个性，这样，性格才不显沉闷。科斯特纳的致命弱点在于他不够狡黠，看起来不够坏，因此看起来为人处世显得呆板。这一点，无论是跟他的前辈演员马龙·白兰度、罗伯特·德尼罗，还是后来出现的罗素·克洛、约翰·特拉沃尔塔相比，科斯特纳都要逊色不少。

科斯特纳不够猛。科斯特纳似乎一直在寻找自己的最佳角色，也尝试着改变自己。在《未来水世界》中，他扮演一个猛男似的角色，胡子拉碴，腌臜兮兮，把自己降到“肌肉男”的地步。但结果是，除了把自己折腾得毫无魅力之外，至于其他，丝毫也没使自己提升。在这方面，他甚至不如史泰龙，更谈不上超越施瓦辛格以及布鲁斯·威利斯了。

科斯特纳不够憨。憨也是可以增加魅力的，按照中国某些弱智电影及电视剧的表现方法，逢到男人表现出憨厚可爱时，漂亮的女子便会伸出兰花指，说一声：“你真傻！”那多半是爱上了。好莱坞同样也是如此。在这方面,憨憨的尼古拉斯·凯奇是这方面的代表,相同类型的还有貌不惊人的达斯汀·霍夫曼等。科斯特纳因为不够憨,所以在魅力上,他比不过这些若愚的智者。

除此之外,科斯特纳比不上汤姆·汉克斯全面;比不上阿尔·帕西诺沉静而智慧;比不上哈里森·福特忠厚有安全感;比不上梅尔·吉布森看起来更像英雄人物,更大义凛然……科斯特纳甚至看起来还不够自信——有魅力的男人都是牛烘烘的,比如说当年的鲍嘉,曾有记者认真地问他演技的问题,鲍嘉却毫无正经地说:“我只有两种演技,抽烟的,和不抽烟的。”听听这样的回答,明显地,就是一个坏小子。接吻的时候,拥抱的时候,他不抽烟;打人的时候,开枪的时候,他不抽烟。其余的时候,我们总能见到鲍嘉叼着个烟卷,他的嘴角一抖一抖的,嘴角边烟雾弥漫——这样牛烘烘的男人,还就是倾倒一大批女人!

科斯特纳后来的寡淡无味,使得他终于陷入了一种尴尬,他就像一杯温暾水一样,很难有铁杆的粉丝。温暾水当然是少不了的,问题是,有谁会刻骨铭心地去热爱温暾水呢?人们只会热爱马爹利酒,热爱可乐,热爱威士忌。至于温暾水,人们只是在转换口味的时候喝上一杯。谁也不会回味它的味道,谁都会把它忘得一干二净。

其实想想科斯特纳也怪倒霉的,他一直有着诸多的先天优势,有钱,很帅,温文尔雅,对电影也很有理解力。但就是这样一个看起来完美的家伙,最后竟然成了一个票房杀手:从 20 世纪 90

年代中期开始,他演一部电影灭一部电影。最后,只能躲进幕后,再也不敢出来了。

那一天无意当中看到有关科斯特纳的一则新闻,说 2004 年科斯特纳与他 30 岁的德国女友克里斯汀结婚后,一直过着恩恩爱爱的生活。读到这则新闻,我真是恍然大悟了——也难怪科斯特纳如此地无油无盐,原来,是在德国老婆的言传身教中练出来的。

——当然,这些后来的话,都算是玩笑话。

另一个世界的女人

在全世界众多美女明星中，乌玛·瑟曼一直像一个谜。

她是一个看第一眼就会被立刻击中的女子。她不阳光，身材又太高，还拥有一双44码的大脚，但她千娇百媚、尽显温柔，同时，她的眉宇间暗藏一股萧瑟之气，让人绝难接近。对于她的容貌，人们总是众口不一。有人认为，乌玛清纯、茫然，仿佛天使或者孩童般一尘不染，脆弱得几近纤柔；而另一种观点认为，乌玛的眼神带有一种致命的妖媚，仿佛伊甸园中引诱夏娃的蛇。当然，在更多人的眼中，乌玛外柔内刚、外冷内热，她的美是复杂的，上帝完美地将太多内容赋予在同一张面孔上。好莱坞甚至用“斯芬克斯”之美来形容乌玛·瑟曼，斯芬克斯是希腊神话中那个长着美女的头、狮子身体的女怪。把乌玛·瑟曼与“斯芬克斯”联系在一起，由此足见她的妖异。

我第一次看到乌玛·瑟曼，是十几年前，看那部著名的《低俗小说》,里面的乌玛·瑟曼,就像是电影设置的一个神秘的符号,耐人寻味,不同凡响。在剧中,乌玛·瑟曼除了与约翰·特拉沃尔塔大跳一场性感狂野的贴面舞外,其他时候,她就静静地站在那里,有时候抽着烟,吐着烟圈,什么都不说,周身散发着一种阴凉的诡异之气。乌玛黑色短发趴在床上跷着脚叼着烟眼神迷离的样子,也成为电影史上最经典的海报之一。

后来,又在《情迷六月花》当中看到了她。这是1990年菲利普·考夫曼所拍的一部电影,一个关于爱情、色欲、迷恋、背叛的故事:那一年,一对奇特的夫妇走进阿娜伊丝·宁的生活,这对奇特的夫妇就是美国作家亨利·米勒与妻子琼·曼斯菲尔德。阿娜伊丝·宁情不自禁地迷恋于亨利的才华,也沉醉于琼·曼斯菲尔德的美貌。一场精彩绝伦的爱情三角恋上演。三人之间互相吸引的,是才华、美貌以及邪恶。乌玛·瑟曼在电影中的角色,是亨利·米勒的妻子、美艳无比的巴黎女子琼·曼斯菲尔德。让人难忘的是她的眼神,孤寂得总有一些不属于当下的内容,很空,很茫然,仿佛定格在很远的空间或时间上的某一点。

乌玛·瑟曼的出身就有些神秘——1970年4月29日,乌玛·瑟曼出生在美国波士顿。父亲是哥伦比亚大学印度教和藏传佛教的教授;母亲做过模特,当时是一名心理医生。乌玛在印度语中是“光明和美丽女神”的意思。这个独特的名字,是瑟曼的父亲取的。名字虽然是一个符号,有这样符号的人,怎么也会引人刮目相看的。

接下来的事情就是乌玛·瑟曼独立闯世界了。乌玛没有读大学,16 岁便离开了家乡闯荡纽约,17 岁时她成为一名很不错的模特。1988 年,乌玛拍了电影处女作《亲吻老爸说晚安》,接下来的是《终极天将》和《危险关系》。乌玛的第二部电影形象是裸体的维纳斯,她的美让人们目瞪口呆,也让她一举成名。电影一拍完,媒体就疯狂地要她的玉照作封面,18 岁的乌玛吓得躲到了欧洲——她才不想成为性感尤物,一脱成名呢!

在此之后,乌玛·瑟曼拍过很多电影,在《致命恋人》中,她是配合姐姐制造命案的凶手;在《蓝调牛仔妹》中,她成了长着巨大拇指且有着同性恋倾向的女孩西西;她还跟连姆·尼尔森主演了新版的《悲惨世界》;与拉尔夫·费因斯合作了《复仇者》;与法国著名演员杰拉尔·德帕迪约合作了古装剧《欲望巴黎》;参演了英国文艺片名导詹姆斯·艾弗瑞的作品《金碗》……不过,乌玛·瑟曼主演的影片基本没有大红大紫,角色于她,似乎都不是那么到位。倒是几部做配角的电影让她大放异彩,比如说《低俗小说》《危险的关系》以及《蝙蝠侠与罗宾》等。在这些片子中,乌玛既扮演偷尝禁果的圣洁处女,又扮演妖艳邪恶、身体像藤蔓一样扭曲的毒藤女……当然,乌玛·瑟曼 2003 年与昆汀·塔伦蒂诺合作的《杀死比尔 2》最为人们所熟悉,电影中乌玛手执长刀,身穿黄色运动服,凶悍无比。虽然乌玛因此入围金球奖等重要电影奖项,但实质是,这个角色对于乌玛来说,并不显得特别重要,只是众多配角中的一个。

平心而论，乌玛·瑟曼从没有让自己成为一流巨星，她从来不是好莱坞的主角，只是一个配角——没有一部电影能够表现乌玛的复杂气质，这真是没办法的事——问题是，气质太复杂了，也就无法真正地捕捉了。也许，这就是乌玛·瑟曼无法真正成功的关键所在。

电影是无法表达乌玛的，广告似乎也是。乌玛是兰蔻新款香水"玫瑰奇迹"的广告代言人。在我看来，乌玛与兰蔻倒是吻合的，都有着迷离的香味，能体现香水那种神奇的挥发性。或者说，乌玛就是香水，是迷离于这个世界的一种东西，看不见摸不着，只能闭上眼睛感受。当然，乌玛·瑟曼还是世界奢侈品牌路易·威登的形象代言人，也难怪路易·威登会选中她，乌玛和路易·威登都是不可捉摸的。只有不可捉摸的女子，才是世界的极品。

好在乌玛·瑟曼对于电影以及电影有关的一切并不放在心上。与她的气质相当的是，她仿佛不是真正地存在于这个世界上，而是游离——在经历了与英国演员加里·奥德曼短暂的婚姻后，1997年，乌玛和伊桑·霍克在拍摄影片《千钧一发》时产生恋情，次年，这一对金童玉女结婚。乌玛先后生下一男一女。2004年，乌玛·瑟曼提出离婚……婚姻对于乌玛来说，仿佛也是一段必须经历的过程，对于这个过程，既难见乌玛高兴，也难见她伤心。也许，对于乌玛这种仿佛活过一次的人，身处男女情欲之中，就像身处滑稽的轻喜剧。乌玛从没把爱情放在心上，当然，她也没把活着放在心上。

乌玛·瑟曼可以算是这个世界上最无法捉摸的美女之一了。在照片中,乌玛高高在上,不食人间烟火,她的表情和姿势,仿佛也与现实相隔万重山。谜总是来自距离,来自空间、时间和认识。当然,还有一种谜,它来自孤独的秉性,来自游走在黑暗之中的灵魂。

一个人的游离气质就像一个背影。这样的背影是无法清晰的,它涵盖了太多的品质。我常常想,词汇一直就像随手写下的标签,而对于这个谜一样的女人,这样的标签是很难粘上的。柔和? 天真? 端庄? 忧郁? 智慧? 妖冶? 性感? 凌厉? 透彻? 艳丽? ……似乎每个都是,而每个都不是。谜到极致,是可以消解一切词语的。乌玛·瑟曼给人的印象就是,她能将所有的关联或矛盾的词语团结在一起,让它们彼此和睦,也让它们自惭形秽。在我看来,乌玛·瑟曼的确不属于这个世界,她是另外一个世界的,是另外一个世界的女人。

让我们一起当海盗

《加勒比海盗》出第3集了,没有想到,竟还是那么热。从剧照上看,电影把周润发也扯进来了,在剧中,周润发扮演一个东方海盗,与那个小丑似的正面人物约翰尼·德普充当对手。在我看来,这种"无厘头"的海盗故事纯粹是生拉硬拽,不仅仅人物关系纠葛不清,而且情节也子虚乌有。但就是这样的"鬼画符",却愣生生地让美国观众痴迷,甚至让整个美国癫狂。

去年去了一趟大洋彼岸,半个月内横穿美国,走马观花,累得半死。印象最深的,当然是洛杉矶的好莱坞了。去好莱坞影城,肯定要看现场拍电影。我们去了一个露天大剧场,等拥挤的观众把四周的看台坐满之后,表演开始,几个演员把现场搅动得生动无比——在一间很大的水池里面,演员们打斗追逐,"海水"不断溅出,坐在前排的观众满身透湿。即使这样,一点也没有阻碍观众的情绪。看台上山呼海啸,狂热无比。

一个多小时的表演瞬间过去。直到结束,我才想起来,这个场景和情节就是那部非常著名的美国大片《未来水世界》。当然,现场的演员不可能是凯文·科斯特纳们,他们是一帮职业好莱坞剧场演员。但这些替身的表演一点也不亚于那些大牌明星,他们的念、做、打,天衣无缝,活色生香。

我一直不太喜欢《未来水世界》这部电影,乱哄哄也脏兮兮,让人看得浑然不清。我当时就在想,好莱坞的现场表演为什么选择这样一部电影呢?一部没头没脑的科幻海盗片,竟把美国观众弄得如痴如醉。

第二天,我们又去了迪士尼。在迪士尼,最火爆的游玩项目同样与海盗有关。位于乐园中心地段的海盗船上挤满了人,背景音乐就是《加勒比海盗》中的电影配乐。游人一下就挤满了,海盗船摇摇摆摆起航了。音乐声中,所有的乘客风鼓气胀,一个个都像是踏上冒险征程的海盗。另外一个项目,更是《加勒比海盗》的翻版,游客身临其境当一回海盗——乘上小船,在漆黑的水面穿行,两边再现的全是《加勒比海盗》中的情景——杂乱放肆的小酒馆,布满骷髅的藏宝山洞,黑洞洞的火炮,不时,还有骇人的蝙蝠掠过……惊吓之余,我突然明白过来,为什么在2005和2006两年,美国本土最火的电影就是《加勒比海盗》了,那是源于美国人骨子里的海盗情结!

美国人骨子里真的是有海盗情结的。这一点,稍懂美洲历史的人就会明白。虽然现在美国人脱胎换骨,优雅而整洁,看起来像一个个绅士，但他们的祖先，多是乘船从欧洲和非洲辗转而来。海，对于他们，一直是摆脱不了的诱惑。在他们的生命中，一直有着大海的碧波荡漾。海，给了他们生命，也给了他们富足，更给他们性格中注入了神秘力量。正因如此，这些美国佬在骨子里有着很深的海洋情结。在这方面，最有说服力的，就是美国作家海明威所写的《老人与海》了，一个简单的有关海的故事，竟然会因此获得诺贝尔奖。由此，便可以看出美国人与海的血脉相连了。

《加勒比海盗》只是无数海盗片中的一部。在此之前，海盗片就风起云涌了。最早的，是无声电影，有一部《天堂海盗》就曾引起美国观众的轰动。正是这第一部海盗电影，确定了海盗的原型：大胡子、大嗓门、大帽子，身上总有一两种人工器官，比如说铁钩手、独眼黑眼罩、木棍腿、玻璃眼珠等；海盗的肩膀上总喜欢站立猴子、鹦鹉等，或者脖子上缠着一条粗大的蟒蛇；爱喝朗姆酒；说粗俗话唱海盗曲；驾驶多桅帆船；升起骷髅旗……当然，山洞里还要有稀世宝藏，有一个绝色的白人美女……

《天堂海盗》确定了海盗电影的模式。从此之后，有关海盗的电影都是这一模式的翻版。都说美国人智商很高，但在海盗电影中，他们却关闭所有的智商，就是为一个热闹。海盗电影中，曾经最有名的，就是 1991 年的《虎克船长》了，男主角是奥斯卡影帝达斯汀·霍夫曼，女主角是大嘴美女朱丽娅·罗伯茨，导演则是斯皮尔博格。据说，斯皮尔博格是为了完成他童年时的一个情结来拍的这部电影。想必，这个著名的大导演，在内心当中，也是有着这样的海盗情结的。

还可以这样说，海盗文化影响了美国人的性格——看看美国人就可以知道了，在血液中，他们一直喜欢冒险，喜欢掠夺，喜欢不按常理出牌，放浪形骸——这些，明显就是海盗的残余因子。知道了这一点，也就明白了为什么美国人会那样喜欢看起来特别平庸的《加勒比海盗》，喜欢《夺宝奇兵》以及一切发大财冒大险的电影了———一切都源于骨子里的海盗情结。这样题材的电影，可以说是从某种程度上勾起了美国人的集体回忆，让他们找到了共鸣。美国人不崇拜神仙，他们喜欢的，就是像海盗一样抢掠一空，然后拎着酒瓶在海滩上生起篝火引吭高歌。

不过海盗电影的确好看。看这样的电影，就如同坐了一趟好玩又刺激的过山车，身边是碧海蓝天、沙滩丛林，是俊男美女以及璀璨夺目的金币。并且，还有粗犷豪迈的海盗歌迎风飘扬："嗨哟，我的海盗生活……"

沉潜于岁月之河

很多年前看方方的小说《风景》，当时就觉得特别好。围绕那个家庭所发生的一切总让人心泉堵塞。岁月就像一条流动的河呀，它的上流往往清亮明澈，而流着流着，就垃圾漂浮杂草成堆了。即使是最悲惨的故事，到了别人眼中，也成为单纯的风景。我们就这样看着别人的故事，也在另外的视野中，成为别人的风景。

看《孔雀》，不知怎的，就让我想起了小说《风景》。也许说的同样是一个中国普通家庭的故事吧。三个孩子成长于艰苦的环境之中，生活挤压、磨砺他们，他们一开始抗争，但慢慢地，最终变得平庸而沉静了。这样的故事就像窗外的风景一样，缓缓而麻木地向后逝去。我们似乎就感到一种日常生活的挤压，感到无形的铅云，感到身体内部骨骼的咔咔直响，然后，就会感觉到身体内部晶莹的东西不断地破灭，就会变得死沉死沉的，像没有亮光的黑夜,像没有风的城堡。

但风景中还是有着亮光的。那就是电影中姐姐这个人物。在那个艰难的岁月里,她一直以自己纯真的幻想,去抵消沉重的生活,就像一只小小的萤火虫一样,温暖着自己,也让自己的周围有点朦胧的亮色。我特别喜欢电影中两个镜头:一个是姐姐自己缝制了一个降落伞,天蓝色的,漂亮极了,当姐姐骑着车带着降落伞迎风飞舞时,似乎整条街都被姐姐带得生机盎然;还有一个则是姐姐后来在街上碰见了自己最初的暗恋偶像,当她看到那个昔日英武的伞兵被残酷的生活销蚀得只剩下木讷、呆板和平庸时,再也忍不住了,一下子伏在小贩的西红柿上泣不成声。那真是一种梦碎的感受。姐姐是爱做梦的,或者说,所有的女孩都是爱做梦的,她们都拥有毛茸茸的羽毛,只是生活,让她们支离破碎、遍体鳞伤。这样的情景真是让人百感交集。

但我还是喜欢对于生活有着美好幻想的人,喜欢一切爱做梦的人。想起茨威格曾经写过这样一句话:“少女之心永恒地陪伴着我。”这样的话真是太精妙了!起初,我对这句话是不理解的。但现在,我懂得了。一个人在这个世界上,如果一直能保持着永远的少女之心,那该多么完美啊!在这个世界上,我见到了那么多实实在在的人,在他们的身上,连一片羽毛都没有,只有厚厚的鳞甲,像乌龟一样缓慢而自得地爬行着。这样的人怎么飞得起来呢?人,虽然是行走的动物,但还是应有飞翔的欲望。如果一个人想飞,终有一天,他就会真正地飞上天空。

2005年2月底,我一个人躲在家里看《孔雀》。那一天,正好收到了一个朋友的信,大赞《孔雀》。我很高兴,像找到了知音一样。我觉得《孔雀》的好还在于有着强烈的中国味道。对于中国文化而言,最好的表现应该是一个"通"字。这种"通",似乎是既模糊而又清晰的,它可以"通"在人生、社会、情感、伦理上,也可以渗透到宇宙以及一切细微之处。它似乎无所不在,是那种智慧的共鸣,也是一种对于万事万物的综合感觉和领悟。在这一点上,它不像西方文化,精细是精细,深刻是深刻,但有时又显得很机械,不太注意事物之间的共融,而且容易走极端钻牛角尖。《孔雀》正是以这种通透而敏锐的中国方式,似乎是在内敛中,在暗藏中,在缓慢中,轻轻松松地将一些东西打通了。这样的品咂是可以见到人生三昧的。这种平心静气、不动声色的方式就像空山闻语,小津安二郎、侯孝贤都喜欢这样的方式,现在,"忠厚老实"的顾长卫也蜕变成精,成为一只"老狐狸"了。

看《孔雀》,想到看过的《一个陌生女子的来信》等,我突然觉得中国电影人开始"打开"了。他们似乎真正地找到感觉了,有了自己的第三只眼,会运用镜头,会运用音乐了。而且更重要的是,他们开始注意电影的灵魂了。我一直以为灵魂与自以为是的大脑是不一样的,大脑是思考的,它只能区别得失;而灵魂是直觉的,它更能亲近本质。《孔雀》明显有一种超越在语言之外的东西在默默流淌。那种感觉,已不再是如往日一样,漂浮在河流之上,只注意那些虚假的波光潋滟,而是能真正沉潜下去的,与水合而为一，去感觉水的真正冷暖，并且能明白苍凉了——对，就是苍凉，一种逝水年华的真正况味。

看完《孔雀》，呆坐半晌。这部电影为什么取名为《孔雀》呢？我后来想，那是一种意象吧。人，总是臆想有朝一日会一飞冲天变成孔雀——但，最终还是脱落了一地羽毛。电影的结尾，在动物园里，三个被生活磨砺得面目全非的人在看孔雀。时间，就是一个表情阴郁的孩子，等他转过身来时，已是满脸的皱褶横生了。

这样的电影就像一条沉郁的河流。看着这一家人的生命轨迹，我甚至觉得那就是描述着自己，也是在描绘着每一个芸芸众生。那样的情景太让人熟悉了。不仅仅是熟悉那样的年代，熟悉那样的生活，熟悉那样的道路，同样也是熟悉那种人生方式，熟悉那种压抑、逼仄、自卑、残酷以及反叛，熟悉那种生命的重复——我们就一直在这样狭隘的环境里局促地生存，感觉到它的挤压，然后不断蜕变，直至最终消失。而当太阳照常升起时，又是新的，梦醒时分。

如鲠在喉的迷宫

姜文电影《太阳照常升起》似乎成为最近的热点，原因在于：这部电影是姜文历经6年所拍的一部心血之作；电影的讲述方式很现代，它是四个故事的拼盘，这种讲故事的方式，对于国人来说，似乎很新鲜。《南方人物周刊》最新一期中，重点推出了有关这一部电影的专题。对于姜文的热点电影，我当然不会放过，在第一时间买碟看了。看过之后，好些朋友要我谈谈对这部电影的看法。我想了想，说：你们还是先补补电影课吧，去看一看《云上的日子》《低俗小说》《暴雨将至》，还有《狗脸爱情》《疾走罗拉》，去年获奥斯卡奖的《撞车》以及今年获美国金球奖的《通天塔》。

我不是好为人师，的确，看过这些电影，《太阳照常升起》就会优劣自现了。

一个年轻的男人、一个漂亮的女人、一个奇怪的老人，都跟狗有密切的关系……这是墨西哥电影《狗脸爱情》中的人物，一场车祸，将他们交叉在一起。而在未交叉之前，故事分别是这样的：一、年轻人爱上了自己的嫂嫂，想带她离开粗暴凶狠的哥哥去私奔；他带着自己的爱犬参加斗狗比赛，赢了一大笔钱，突然有一天，他发现这笔钱和嫂子、哥哥一同失踪了。暴怒中，年轻人又去参加另一场比赛，因为对方耍赖，他一刀捅了耍赖的黑社会老大，带着自己的狗驾车狂奔。二、一个著名的女模特红极一时，她的情人终于离开了妻儿跟她住在了一起，女人得意地驾车出行。三、一个拾垃圾的老头，实际身份是一个杀手。在此之前，老头是一个大学教师，因为反政府而入狱，妻子改嫁，女儿已经成人并以为父亲已死。老人流浪街头，终日与一群狗为伴。这一天，老人推着垃圾车走在街上。

就这样，发生车祸了。地点就在大街上——年轻人的车和漂亮的模特的车撞在一起，两人奄奄一息地被送往医院，那条斗犬被在场的老人抱回了家。

故事交叉之后变成了这样：一、年轻人瘸了腿，他的哥哥本来就是个抢劫惯匪，终于在一次抢劫银行时被警察打死。年轻人在葬礼上遇到负情的嫂子，不计前嫌，依然邀请她一同去远方开始新生活，嫂子断然拒绝他的要求。二、女模特的大腿粉碎性骨折，回到家里，她变得歇斯底里，和情人大吵大闹，情人悔意难当。三、老人救回了那条狗，在做完一票收钱杀人的生意之后，老人找到自己女儿的住处，把钱悄悄留给了女儿，带着那只狗离开了城市。

《狗脸爱情》算是一个复杂的故事:暴力、血腥、爱慕、背叛、厌倦、残忍、亲情、隔膜……电影用这种线索交叉的方式把这个复杂的故事讲得清晰流畅、花团锦簇。正因如此,这部电影获得了2000年戛纳电影节大奖。

《狗脸爱情》讲故事的方式并不算独创,以这样的方式讲故事,最早的,应该是黑泽明的《罗生门》,一个事实从几个人口中说出,自然各不相同。到了20世纪90年代中叶,昆汀·塔伦蒂诺的电影《低俗小说》正是以这种方式获得了成功。这部电影采取了四段式结构,镜头对准黑社会的下层,将一个暴力故事演绎得活色生香。也正因此,电影创造了一种模式,一种说故事的缤纷模式。

在此之后,这种讲故事的模式被运用得比较普遍了。令人奇怪的是,当这种叙述方式与形而上相结合时,往往会起到意想不到的效果。这当中最成功的,是米开朗基罗·安东尼奥尼、维姆·文德斯合作的《云上的日子》以及马其顿导演米哥·曼彻夫斯基的电影《暴雨将至》;还有,就是今年获得美国电影金球奖的《通天塔》。值得一提的是《暴雨将至》,曼彻夫斯基在拍摄这部电影时非常年轻,但他一出手,就获得了1994年威尼斯电影节的金狮奖、1995年奥斯卡最佳外语片提名。《暴雨将至》分为"Word(词汇)""Face(脸)""Picture(照片)"三个独立而关联部分:一段不可能的爱情;一个两难的抉择;一段手足的残杀。三个故事,像一个圆,时间的直线推进变成了循环,故事的终点又回到了起点。

在电影中，暴雨是一种象征，隐喻将要降临在人类身上的灾难。这四个故事，恰到好处地渲染出世界的寂寥、空寞，人们的焦躁、困惑、杀戮，以及迷茫与无助。人类的身上总是有太多的罪恶，只有暴雨来临，才能将那些罪恶冲刷得干干净净。有一种悲伤自电影中油然而生，那是人类共同的悲伤。以这样的视角来俯视人类的苦难和窘迫，当然会让世界感到震撼，也会引起人们强烈的共鸣。

——又回到姜文的电影——在这一期《南方人物周刊》中，姜文在谈到电影《太阳照常升起》时，提及了事物的偶然性。也许，电影想表现的，正是事物的偶然性——世界看起来是必然的，其实真正起决定作用的，却是事物的偶然性。这样的理解无可厚非。阐述偶然性主题表达最完美的，应该是德国导演汤姆·提克威的《疾走罗拉》。在《疾走罗拉》中，电影以罗拉奔跑速度所造成的结局来探讨着世界的本质。从某种程度上说，罗拉的奔跑时间，决定了事物的结局。《疾走罗拉》是一部非常玄妙的电影，在我看来，这部电影似乎有着德国黑森林的某种特质，幽寒、凛冽，以及无法诠释的神秘。

但姜文的《太阳照常升起》却让人感到生硬无比——它不是哲学的，也不是诗意的；不是故事的，也不是抒情的。我一直在想的一个问题是，中国电影到了这一步，从某种意义上来说，是电影人的先天缺陷造就了中国电影的孱弱——无论是生于20世纪50年代的张艺谋、陈凯歌，还是生于60年代的姜文、贾樟柯，都可以说是发育不良的一代：成长期，他们如一头头孤狼，痛苦、茫然、自私，好恶斗狠。尽管经过后天的改变，狼性转化成了能量，困惑变成了才华，但早年的缺失，使得他们明显缺乏沉静的气质，一种悄然而沉潜的表达方式；也缺乏情怀，一种真正的、对于人类走向给予足够关注的悲悯情怀。先天性的孱弱，使得他们存有明显软肋——在讲述熟悉生活时，他们尚可以得心应手；但一进入人类飘忽不定的主题时，往往技长心短、莽打莽撞……在很多情况下，才华并不能左右一切，那种无形的巨大力量，往往来自心灵的沉静，来自油然于心的悲悯情怀。而这个，才是一部伟大作品的底质。

前一段时间读北岛的《失败之书》，感觉非常好。一直游走在东西方文化边缘的北岛在这一点上也有着切身的感受，北岛感叹：与西方文化相比，中国文化在内心深处缺乏的是一种孤独，一种别人生下来就懂的深刻的孤独。这是说到关键之处了。《太阳照常升起》给我的感觉是——与其说这是一部深刻的电影，倒不如说是一出杂乱无章的魔方游戏；在玩耍中，姜文把自己都迷失了。尽管电影表现出很多出众的才华，但在骨子里，却缺乏伟大的内在力量，浮躁而空乏。与张艺谋和陈凯歌所犯的相同毛病在于：导演过于聪明地玩转手中的摄影机，以至忘了摄影机本身就是一双眼睛，一双凝视的眼睛。这部《太阳照常升起》让我有一根骨刺卡在喉管的感觉，上不来，也下不去。那是一种很难受的感觉。

连接黑暗的幽深

夜深人静时看日本电影《刺青》,有一种梦魇般的感觉。

故事晦暝而艰涩:一个年轻人疯狂爱上刺青的手艺,他一直梦想着超越传说中的雕刻师“雕精”。有一天,他遇见一个美丽绝伦的女大学生,这个女大学生有着凝脂般的肌肤,漂亮白皙的后背。年轻人尾随着女大学生,将她监禁起来,说服她要在她的背上刺青。女大学生终于答应了年轻人的要求。细如发丝的银针一针一针刺下去,鲜红的血珠不断渗出来。在夜叉图完成之时,一种奇异的现象魔幻般地产生了——女大学生鬼魂附体,她杀死了年轻人,而她自己,也被自己身体内的夜叉左右,变成一个无恶不作的魔头。

这样的故事极端、幽秘,令人不寒而栗,它就像是暗夜荒原氤氲而起的雾霭。当我在黑暗之中看完这部电影之后,不由得倒吸一口凉气。

电影根据日本著名作家谷崎润一郎的同名小说改编。对于谷崎润一郎,我一直是喜欢的,并且,我曾经读过他的很多小说。私下里,我曾把他与川端康成、三岛由纪夫相比,比较的结果,还是觉得谷崎更胜一筹。在谷崎的小说中,有一种冰冷的“禅意”,如青烟般袅娜。一个人能把小说写成如此鬼魅,那绝对拥有一种清冷无比的奇谲境界。就如同金庸武侠中那种极端的“葵花宝典”功夫。到了这层境界的人,是没有那种烟火味的,有的只是超越尘世的枯寒。那样的感觉,就像是一个人孤独地行走在雪山之巅,体内体外都如雪一般清冷,像千年之冰一样冒着寒气。

看《刺青》的同时,我翻箱倒柜,把那部根据谷崎润一郎小说改编的《春琴抄》找了出来,又认真地看了一遍。这部由当年日本最著名女星山口百惠所饰演的电影,现在看起来,因为有着过于媚俗的温情,所以整个电影的基调显得过于平庸。总体上离谷崎润一郎的感觉很远。山口这样的好女人,哪里能明白谷崎的悲怆与狠毒呢?那种属于谷崎润一郎的极端一点也没有表现出来,见到的,却是一个殉情故事。这样的悲欢离合是没有曲径幽深的小径的,它的前方,没有那种如黑夜般的幽深之井。

当年,谷崎润一郎在写完这部小说时,只有24岁。24岁,就能感觉到人类情感背后的幽深了,真是有着生而知之的慧根啊!对于这样的幽深,谷崎润一郎曾有一个比喻,他说:“人们都有这种体会:在荒僻无人处走夜路时,偶尔碰到妙龄女郎在独行,要比碰到个汉子更叫人发怵。同样,对这种无人之境中悄然开放的樱花，也难免使人油然感到一股妖气。”谷崎润一郎只能说到如此了，语言一直是直立行走的一种东西，它堂而皇之、装腔作势，一涉及世界缝隙当中的丝丝绒绒时，它就显得力不从心。它很难匍匐下来，像蛇一样，接近某种深藏在洞穴当中的隐秘。只能站在外围，无奈地感叹或悲凉。

按照我的理解，最接近于谷崎小说精神的，是韩国的导演金基德。在金基德的电影中，同样有着那种恐怖的极端，有着那种令人不寒而栗的禅意。金基德总是习惯于剑走偏锋，在生与死之间，在“性”与“贞”之间，在“是”与“非”之间，在“美”与“丑”之间，寻觅着模糊而暧昧的界限，也寻找着花朵般的芬芳……这种如光影般斑驳并且捉摸不定的特质，就是这个世界的真谛吧。虚无往往就是这样一种东西，它阴鸷而执拗，突兀而潜行，它让人能够感觉，却很难让人证实……一个想触摸虚无的人，无论怎么说，都算是一个大智慧之人吧。

准确地说，《刺青》是一则关于邪恶的故事。但它又不仅仅是对邪恶简单武断的审判。对于谷崎润一郎来说，这个世界没必要拘泥于情感，所有的事情都是一种肉体恐怖所导致的神秘幽玄，它们都是幻象。《春琴抄》如此，《刺青》同样也如此。人类看起来斑斓无比的故事，实际上只是寂寞的山谷中一株株开得姹紫嫣红的野樱桃花。花蓬勃而短暂，绚烂而凄伤，在它的背后，一直有一双“彼岸之眼”，冷漠地注视着这边的大千世界。

谷崎润一郎最后成为一个佛教徒，这就对了。对于这个世界，一个人如果觉察到的隐秘太多，心思太密，只能选择皈依。或者是身的皈依，或者是心的皈依。这样的选择是一种宿命，躲不过，也逃不脱。只有心中存佛的人，才会有这样细密的思想，那是在茫茫荒原中，见到路边一朵小花的战栗。在那一刹那，总有灯芯在风中点燃。每一个觉悟的人，都曾在内心中，有一段冰冷彻骨的寒夜跋涉。

最黑暗的夜，最亮的光

《通天塔》同样是对于人类自身的审视。

进入新世纪之后，西方的电影界似乎莫名而突如其来地将电影与哲学结合起来了。当然，这样的结合不是当年伯格曼苦大仇深似的纠缠和思索，而是在错综道路的前方闪现出一束亮光。从墨西哥到好莱坞的大导演阿加多·冈萨雷斯·伊纳里多显然是这种方式的代表人物，除了《通天塔》之外，伊纳里多昔日与编剧吉勒莫·阿里加合作的几部电影《爱情是狗娘》《21 克》等，都有很深重的形而上成分。这样的电影不仅仅蕴藏很深，形式感也玩得相当好，把电影拍得如博尔赫斯“交叉小径的花园”。往更远一点的意义上，这样的叙事感觉还有曼彻夫斯基的《暴雨将至》以及昆汀·塔伦蒂诺的《低俗小说》。这种“交叉小径”般的展示很奇怪，在这当中，总有一种悲悯的情怀，从电影中油然溢出。

当然，《通天塔》的格局更大。在电影中，那些散乱的线索横跨地球,“交叉小径”涉及三个大陆、五种语言和四个故事:一对陷入婚姻危机的美国夫妇来摩洛哥散心,坐巴士经过大山深处的时候,妻子被一枚突如其来的子弹射穿车窗后打伤;这把枪最初的主人是一个日本游客,他曾与妻子一起来摩洛哥打猎,妻子以这把枪饮弹自杀之后,日本人把枪作为礼物送给了摩洛哥的一个当地人,这个当地人又把枪卖给了一个牧羊人,牧羊人的两个孩子在山上试枪,结果打中了巴士当中的美国游客;日本人回国之后,聋哑女儿始终远离他,因为孤独,她只好用一种极端的方式寻找着爱,也寻找着人生的自信。最后一条线索是那一对美国夫妇远在美国的两个小孩,因为无法联系上他们的父母,墨西哥保姆便带着他俩偷偷越过边境线,回墨西哥参加一个重要的婚礼,而在参加完婚礼回家的途中,与美国边防警察发生了冲突,孩子们差点死掉,保姆也入狱……这样的故事纷纭而复杂,它就像太阳之下的一个万花筒一样,随意而率真,散发着七彩的光芒。

这样的电影一直洋溢着一种宿命——所有的一切似乎都是偶然。一切都源于那一声无意的枪响……命运交织的罗网将不同种族、地域、文化背景下的灵魂纳入其中。在这个世界上,没有一个人是孤立而生的,每一个人与每一个人,都存在着千丝万缕说不清道不明的联系。

电影的深刻寓意还在《通天塔》这个名字,这个名字是真有意味的——《圣经·旧约·创世纪》第11章里就曾有这样一段描述:古时候,天下人都说一种语言。人们在向东迁移的时候,走到一个叫示拿的地方，发现一片平原，就住下来。他们计划修一座高塔，塔顶要高耸入云，直达天庭，以显示人们的力量和团结。塔很快就建起来了。这样的举动惊动了上帝。上帝见塔越建越高，便暗自思忖，人类的力量不能太大了，太大了，便让他们不知深浅。于是耶和华让人们使用不同的语言，人们变得无法沟通，矛盾顿生，人们无法沟通，高塔也无法继续建下去……影片《通天塔》正是借用了《圣经》这一经典段落作为隐喻。

毁灭通天塔的根本是什么呢？是误解。语言的不同是可以产生误解的，而同样产生于误解的还有很多缘由。同样，电影也有很多存在的误解：那一对美国男女的婚姻危机是误解；开枪是误解；警察开枪打死牧羊少年是误解；那个日本少女极端的爱也是误解；美国警察逮捕墨西哥保姆同样也是误解……误解就像太阳下的阴影一样，每时每刻伴随左右。这样的误解，使得人类无法走上一条正确的道路，也使得人类无法建造自己的通天塔。

看《通天塔》的前两天，我还看了梅尔·吉布森的一部电影《启示》。这同样也是一个悲悯的故事，它是以消失的玛雅文化为背景，讲述了在人类的早期时代，部落之间互相残杀的故事。这样的电影无疑血腥而疯狂，但梅尔·吉布森无意于这样的血腥，显然，他拍电影的动机就是让人们回望历史，从人类曾经的足迹反思走过的道路。在好莱坞，这位曾经的“主旋律”演员近年来一直特立独行。前几年梅尔·吉布森拍摄的《耶稣受难记》引起过一片哗然，但梅尔·吉布森就是想以电影作为方式，表达自己对于这个世界的理解，也表达自己的悲悯。至于其他的，倒并不是他所关注的。梅尔·吉布森就曾宣布，他不会为奥斯卡做一分钱的电影广告。

我一直在想的是，当远在大洋彼岸的阿加多·冈萨雷斯·伊纳里多们在为人类的道路苦苦思索的时候，此岸的我们，却一直坠落在金钱与荣誉之中苦苦挣扎；间或有思想的，也只是注视《百家讲坛》，咀嚼着历史的阴暗和血腥，津津有味地品尝着夜宴；或者是，当我们的电视剧使劲恶搞我们的历史的时候，彼岸的人们，想的却是如何构筑我们新一轮的“通天塔”了。

这样的思索和反省并非绝望，而是温情。就如《通天塔》的电影，虽然人们一直在尘世的绝望中挣扎，但通天之途，却寄希望于孩子和未来。电影结尾意味深长：“献给我的孩子。最暗的夜，最亮的光。”在最暗的夜中，却有最亮的光指引。天堂是什么？就是人们在一起，不再有误解、隔阂和悲伤。

天堂也存在于内心，是一朵曼陀罗花，开在最隐秘的深处。

虽已灰烬，却是不朽

2006年9月去美国，在华盛顿特区的国家博物馆，看到罗丹的很多雕像，意乱情迷，魂飞魄散。尤其是看到以卡米尔为原型的《达娜依得》雕像，洁白、干净，惊叹不已，疑为天人。回国休整一番后，第一件事就是翻开旧碟，找出那盘《罗丹的情人》，认真无比地重看一遍。

爱情总如同碟片一样，是可以重复播放的。卡米尔·克洛岱尔，一位才华横溢的雕塑家。1883年第一次与罗丹见面时，只有23岁左右。当卡米尔亭亭玉立站在罗丹面前时，43岁的罗丹顿觉光芒万丈，他不由自主地坠入情网。卡米尔自然投怀送抱。在与卡米尔交往的15年中，罗丹的艺术荷尔蒙大量分泌，创作上达到无与伦比的高峰。

热恋之际，罗丹对卡米尔表白说："你被表现在我的所有雕塑中。"这不是假话，在见到卡米尔的那一刹那，罗丹就是这样想。

但后来，背叛后的罗丹把这样的话掷之脑后，而卡米尔则说："我希望我从来没有认识你。"蜂飞蝶舞的时候，罗丹的身前左右，虚虚实实，无不是卡米尔；而卡米尔呼吸的空气中，无不是那个男人的气味。他们是雕塑家，当然知道那句关于雕塑的名言——"雕塑是凝固了的时间。"的确是这样，在彼此的雕塑中，他们都凝固了那段时间。看看他们各自的作品"双人小像"就明白了，爱情中的思维竟然如此相似——卡米尔的《沙恭达罗》中，跪在女子面前的罗丹，双手紧紧拥抱着对方，轻轻，又紧紧，那是唯恐伤害的轻轻，又是唯恐失去的紧紧；而在罗丹的《永恒的偶像》中，卡米尔像一尊女神，罗丹则跪在她脚前，轻轻地吻她的胸，虔诚至极。一件是入世，有血有肉；一件是净化，摒弃一切世俗的泥泞。这两件雕塑放在一起，就是从 1885 年至 1898 年最真切的罗丹与卡米尔。雕像本身是有区别的，但雕像的内部，却是同一个灵魂。

看得出来那时的他们，彼此间都是惜福的，像你拥我拥中，颤巍巍地捧着一件价值连城的水晶。

那个不朽的雕塑《达娜依得》就诞生在这样的灵光中——有一次罗丹从外面匆匆赶回画室，发现卡米尔趴在模特台上睡着了——蜷曲着裸露的躯体，头发像波浪一样随意散开，光滑的肌肤在身下粗糙石块的衬托下细嫩柔媚，像刚刚摘下的杧果一样诱人。罗丹非常激动，立即动手捏塑，于是就诞生了《达娜依得》。那时候，卡米尔是他心目当中的神！

达娜依得本来就是神，她是希腊神话中埃及阿各斯王达娜俄斯之女。达娜俄斯共有50个女儿,个个生得如花似玉。除其中之一许帕涅斯特拉之外,其余49个女儿均奉父王之命在新婚之夜将自己的丈夫杀死。后来,许帕涅斯特拉的丈夫林可斯把达娜俄斯和他的49个女儿都杀死来为兄弟报仇,那49个女儿死后被罚以永远往一个无底的水槽中注水的苦役。罗丹仅用一裸女来代替49位女儿,并不是想表现神话故事,只是想借用古代神话来表现一个理想化美丽之神——让我们来看看《达娜依得》的雕像吧,一个绝美的女子俯伏在地,头靠在右肘上,长发如同波浪般起伏飘动,整个身体柔顺无比、轻灵动人;她的脸也极有表现力,神情忏悔而绝望,一种妩媚和优美破茧而出。这样的雕塑,绝对是鬼斧神工,电闪雷鸣。这样天才的作品是可遇不可求的,是上帝赋予罗丹的造化。

爱情就像猩红热,总有高烧降温的那一天。卡米尔和罗丹也是如此。经过很长一段时间的疯狂之后,罗丹的"妻子"出面了,这个昔日的模特并不是一盏省油的灯。而这时候,罗丹也厌倦了他们之间大开大合的争吵。卡米尔离开了罗丹,因爱生怨,当年有多少炽热的爱,现在就剩下多少冰冷的恨。从阴影下挣脱出来的卡米尔想找回自我,她视罗丹为最大的仇敌,也视罗丹为自己艺术的假想敌。她一个人打掉腹中的孩子,在积水很深的地下室不见天日埋头创作,发誓要成为比罗丹更伟大的雕塑家。但艺术哪里有标准答案呢?成功与失败,似乎一直是前世的宿命——当她最后被深爱着她的弟弟送上精神病院的汽车时,她挣扎着,长发遮掩下的蓝眼睛几近咆哮地望着窗外灰蒙蒙的天。

雕塑永恒，爱情已逝。海枯石烂心不变，那都是人们的一厢情愿。真实的情况是，爱情更像草木，一岁一枯荣，它如杜鹃花一样在春天里开放，也如杜鹃花一样在夏天里凋零。

盛开的还有电影的演员们。卡米尔由法国著名女演员伊莎贝尔·阿佳妮饰演，阿佳妮带有锋芒的美让人呆滞，而她角色的疯狂则让人垂怜。演这样的剧本是有着诱惑力的，刚一接本子，阿佳妮就知道这样的角色会不朽。在剧情引起的纷争中，她亲自说服卡米尔的后代，使他们相信影片中绝没有伤害女主角和她的弟弟——法国名作家保罗·克洛岱尔之后。她又将法国最著名的男演员杰拉尔·德帕迪约请来出演罗丹；而她自己，则使尽全身的气力狠狠地变成那个“卡米尔·克洛岱尔”。这样的脱胎换骨是痛苦不堪的，有好几次，阿佳妮都变不回来了，内心已是疯狂的卡米尔……到了影片最后，黑黢黢的夜空里一次次传来一个女子令人心悸的哭喊，“我比罗丹更有才华，是罗丹抄袭了我的作品！我才是真正的雕塑家，我才是！”——这时候的阿佳妮已没有了，只有那个疯子卡米尔，复活在20世纪80年代。

据说，在现在的巴黎，卡米尔·克洛岱尔的故居还在，窗前的石墙壁上凹刻着她给罗丹信中的一句话：“我住在这个空荡的房子里，总是觉得缺少点什么……”那是他们热恋时的话语，这样的句子现在读起来，已变得如铁器一样冰凉。

有时候两个人的撞见真是一场不幸。比如罗丹与卡米尔，他们就像两个带电的火球一样，碰上了，山崩地裂，电闪雷鸣。

观者如云，燃者如焰。那些雕塑，虽已灰烬，却是不朽。

迪士尼一样的幸福人生

已经是盛夏了。环城公园的翠绿颜色深起来了，在办公室里忙乱一阵子之后，探出头来，看一看，也定一定，便有一种清凉传递过来。“长夏草木深”并不只是字面上的意思，还有因缘上的。草木并不是密密匝匝胡乱生长，因缘在其中，它的存在，同样有它幸福的理由。

松子就如草木。看日本电影《被嫌弃的松子的一生》，有一种苦涩的浓阴慢慢洇开来。许多电影是很难描述的，看这样的电影，就如同我们坐在华丽雍容的大剧场，观看着自己桃花流水的人生。

松子是一个相貌平常的女子，小时候，因为有一个残疾而漂亮的妹妹，她在家里一直不被重视，失落而自卑。长大后，松子成了一个单纯而天真的小学教师。有一天，一个叫龙洋一的学生偷了别人的钱，校长怪罪下来，松子找龙洋一谈话，龙洋一不承认。

善良的松子为了避免龙洋一获刑，拿出自己全部的钱，并且偷了同事的钱来帮龙洋一摆平这事。不久，东窗事发，松子被开除。从此，松子的生活变得杂乱无章，她离开了家，来到城市。城市的绚丽和斑斓让她感到自由，她与各种各样的男人同居，疯狂而卑贱地爱上他们，不断地被毒打，又不断地被抛弃。为了男人，松子一直在三教九流中谋生，当歌女，当洗浴室的陪浴女郎，当理发师……还是为了男人，松子杀了人，坐了8年监狱……

有一个人似乎是她一生的缘分，那就是她的学生龙洋一。松子出狱之后，再度遇见了龙洋一。也许，当年龙洋一偷别人的东西，就是为了让当班主任的松子难堪。青涩时期的爱总是古里古怪的，像一根长满倒刺的荆棘。就像是三岛由纪夫小说《金阁寺》中的那个畸形少年。到了长大后，有自信了，会表达了，才变得健康了。龙洋一这一回见到松子时，自然是爱她的。松子呢，还是像一颗巧克力，只要稍有温暖，便会全身松软。接下来便是生活的重复了：松子太贱了，贱得让龙洋一忍不住毒打她，然后，拼命地挣脱着离开……晚年的松子孑然一身，精神错乱，她的房间堆满垃圾，而她自己，也像是被这个世界丢弃的垃圾。最后，人们在枯竭的河床旁，发现了松子腐烂的尸体……这些，就是一个活过53年女子的一生，像人世间很多人一样，她们善良、迷糊、痴情、无怨无悔，像树上叶子一样，长出，并且飘零。

人啊人，有时候就是这样的简单。

松子的卑贱与无耻是由单纯造就的。当松子如垃圾一样死去之后，她的哥哥说：不管怎么看，松子的一生都是毫无意义的一生。此时，与她有着“一世情缘”的龙洋一却不这样看，最后皈依上帝的龙洋一刻骨铭心地说：松子就是上帝。在他看来，松子来到这个世界上，就是来成全自己的。

影片的画面绚烂好看，整体基调就像是迪斯尼乐园，所有的镜头似乎都糅进了童话般的光，金色的光线之中，载歌载舞，花团锦簇。这样的形式真是绝妙啊，每当松子濒临绝望境地的时候，镜头马上转换成浅易甜蜜的卡通风格，花瓣雨、星光、雪花漫卷，迪斯尼音乐舞蹈便正式上演……这是一种反衬吗？以世界的花团锦簇，来反衬出松子的凄苦？这样的感觉，就如同金线勾边的华美漆器，和盘托出的，其实都是人生的酸甜苦辣。形式就是这样一种东西，它与人生相似，它的本身是没有内容的，但它却能分泌出内容；它的本身没有情感，但它却能分泌情感。

《被嫌弃的松子的一生》就是这样充满异想天开。在异想天开中，让人生透露出一圈华美的光晕，在天空中闪烁回旋。这样的方式就如同前几年的奥斯卡最佳外语片《黑暗中的舞者》。只不过，比约克是在黑暗中舞蹈，在幻想中歌唱；而松子呢，则是在花团锦簇中，像彩色纸屑一样消亡。

值得欣慰的是，死去的松子终于回到了她的快乐老家。五彩斑斓的阶梯中，松子唱着歌，那歌真是好听，“伸开手，举过头顶，一步一步，走过自己……”松子就这样一步步踏上去天堂之路。天堂的确是应有松子一席之地的。就冲着她在这个尘世里，活得那样悲苦、痴情、善良、执着，她也应该沐浴天堂之风。天堂不是为这个世界的聪明所设的，也不以势利为取舍。在天堂面前，聪明和愚蠢没有区别，成功与失败没有区别，财富和穷困没有区别。因为善良而虔诚，松子的天堂之路落英缤纷。

电影中，一个叫作泽村的人说："每一个女孩子，都憧憬变成童话里的白雪公主或者灰姑娘，可就是不知道哪里出了问题，明明希望变成天鹅，醒来的时候，却发现自己变成了一只浑身漆黑的乌鸦。"天鹅与乌鸦的区别是在此岸，在彼岸，她们都是一样的。在上帝面前，她们都是可爱的小鸟。

电影最让人震撼的是松子反复在板壁上的涂鸦："活在这个世上，真对不起了。"这句话本是松子早年自杀的作家男友的遗言。生而为人，无颜见天，自然心中羞愧。但从彻底的意义上说，生而为人，有什么对不起？人生如圆，即使如植物一样生长，只要来到这个世界，就要争取圆觉觉满。

《被嫌弃的松子的一生》是一本女人书。凡是女人经历的，松子都经历了吧。这样的人生，就是一场华美的盛宴。张爱玲有一句话都说得俗了，那就是：人生是一袭华美的袍子，上面爬满了虱子。用这一句话来形容松子，倒是绝对妥帖的。人生就是花团锦簇背景下的迪士尼表演，尽管凄苦相伴，音乐响起的时候，还应如花开放。

幽默背后的悲怆

2004年,我一直在读一位捷克作家的作品集,不是米兰·昆德拉,而是博·赫拉巴尔,一个中国人相对陌生的智者。在这一年当中,我读着他的《他是谁》《巴比代尔》《过于喧嚣的孤独》《我曾侍候过英国国王》等,内心一直悲欣交集。一个人,在这个尘世之上,竟然有着如此的智慧和幽默,那是一种真正的轻舞飞扬。赫拉巴尔让我见识到一种东西,一种世间只有少数人才拥有的风轻云淡。

那一天散步逛碟店,就看到了这部《我曾侍候过英国国王》,大喜过望,我没想到在合肥还能买到根据赫拉巴尔小说改编的电影碟。在此之前,我只是从一些专业电影杂志的缝隙中知晓了捷克大导演伊利曼佐执导了这部电影。伊利曼佐是捷克的电影大师,一直是赫拉巴尔的知音。在此之前,他曾将赫拉巴尔的多部小说搬上银幕,其中,《严密监视的列车》荣获1968年奥斯卡金像奖最佳外语片;《失翼灵雀》则夺得了1990年柏林电影节金熊奖。这些电影我都没有看过。据伊利曼佐自己说,《我曾侍候过英国国王》是他最喜欢的一部赫拉巴尔的作品,为了取得这部小说的改编权,伊利曼佐跟捷克国家电视台打了10年官司,才取得电影的拍摄权。真是难为伊利曼佐了!以这样的痴情和执着,他当然能够拍好这部电影。

当年,赫拉巴尔写作《我曾侍候过英国国王》的经历也颇有传奇性:1968年8月,苏联军队突然占领捷克斯洛伐克,在国内享有很高名望的赫拉巴尔的著作被禁。赫拉巴尔一下子成为无所事事的局外人。文化程度不高的妻子带着赫拉巴尔,在布拉格远郊买了一座林中木屋住下。在这个几乎与世隔绝的地方,赫拉巴尔天天心灰意懒地泡在小酒馆里。1971年的一天,赫拉巴尔灵光再现,此后一段时间里,这个秃顶男人把自己锁在家中,完全沉浸于想象的世界。18天内,他一气呵成了一部13万多字的巨作,并且一字未改。作品竟相在捷克民众中传抄流传。一直到20年后,这部被誉为赫拉巴尔最好的一部小说才真正面世。

电影《我曾侍候过英国国王》延续了原著的风格。在整体基调上,电影大气、诙谐、生动,也拍得非常好看。捷克在上映这部电影时,万人空巷,由此也足见这部电影受欢迎的程度。这是一个典型的捷克风味的故事——一个小国家的小个子侍者,一直生活在社会的最底层,侍候着各种各样的富人、官僚、妓女以及将军、总统、皇帝。小人物也有着自己的梦想,他梦想有朝一日成为一个百万富翁，并且拥有一家自己开的酒店。不久，二战爆发，德国占领了捷克。战争的旋涡之中，小个子侍者与他的国家一样，孱弱得像一条小鱼，在波涛汹涌中浮浮沉沉。抗争解决不了问题，反抗会加速毁灭。于是，幽默和自嘲成了唯一的自救方式，也成为慰藉和解脱的不二法门。

这样的故事就像当年的哈谢克的《好兵帅克》。《我曾侍候过英国国王》中的小个子侍者与小个子的帅克一样，都是捷克人的典型代表。捷克人为什么如此钟情这样的小人物呢？是因为在他们身上，能够充分体现捷克人的国民性：幽默、智慧、玩世不恭、逆来顺受、随遇而安。这些小人物平常而幽默，快乐而忧伤，就像鹅卵石一样，随意地散落于市井和乡野。人的性格和国家的性格往往是相通的，很长时间里，捷克始终夹杂在那些大国之间，大国打来打去，可怜的捷克便一直在风雨中飘摇。这样的困窘中，捷克终于找到一种最适宜的生存法则——地方太小，人力太弱，与其屡战屡败，家破人亡，还不如索性不打，以变形来对待荒谬，以佯傻的幽默来对付暴政——这样的哲学看起来散发着一股犬儒的气味，但正是这样的哲学和思维方式，使得这个小国以一种独立的姿态，化解了危险，保全了自己，也赢得了尊重。可以想象的是，当一个丧心病狂的暴徒遇到好兵帅克时，那会是一种彻底的无辙。那样的感觉，就如同一拳打在棉花垛上一样——文化一直是有着力量的，它的力量，就在于柔软和绵长，不是硬碰硬，而是消解，化丑陋于无形。

但在这样的过程中，不可避免地会无助和沮丧。赫拉巴尔有一部小说叫作《过于喧嚣的孤独》，在他看来，喧嚣气吞如虎，幽默者总有无以援助的悲怆。的确是这样，幽默者的内心大都是苦的，在幽默和乐观的表层之后，深埋着的，往往是孤独和虚无——捷克，就是这样将幽默和忧伤交织在一起。它的悲怆，正是另一个捷克大作家昆德拉苦苦探究的人类本质。

赫拉巴尔同样有着幽默背后的悲怆。1997 年春天，在朋友们快乐地张罗赫拉巴尔 84 岁生日的时候，赫拉巴尔在一旁幽幽地说："我都想死了，还庆祝什么？"不久，赫拉巴尔因病住院，十几天后，快要出院的时候，他仍是幽幽地自言自语道："我已经做了我该做的一切……那么，我还待在这里干吗呢……如今一切都无所谓了……"两天后的 1997 年 2 月 3 日，赫拉巴尔从医院五楼的窗口像一只垂暮的燕子一样坠下。

乐观和悲伤一直是同一个东西。它们就如同硬币的正面和反面，也如同太阳和月亮；或者，是一辈子在一起缱绻并争斗的男人和女人。

巴黎的又一场春梦

说来也奇怪,可能一直在内心当中潜伏着对于巴黎的好奇吧,所以,凡购碟时,逢到有巴黎字眼的电影,便会毫不犹豫地买来。比如先前所买的《巴黎最后的探戈》《巴黎最后一班地铁》《巴黎野玫瑰》《巴黎的天空》《戏梦巴黎》等,这一次,看到那张好莱坞所拍的《巴黎烟火》,便立马买下了。噢,又是巴黎的一场春梦。

在我的印象里,巴黎所有的一切,迷离而妩媚,并且具有时间一样的挥发性,就如香水。巴黎还有着一系列意象,暖烘烘地散发着暧昧和温情,像梅雨季节过后翻晒的旧衣物——我们可以模仿一下罗兰·巴特在那本著名的《恋人絮语》中的手法加以描绘:老式的旅馆,公寓,照相馆,塞纳河边上的画室,铁笼一般的电梯,印象派,露天咖啡馆,探戈,醉酒的艺术家,玻璃天棚,阁楼,木偶剧场,镂花的青铜门,幽静的公墓,各式各样的海报,窗影,地铁,公园椅，涂鸦，酱童子鸡，杏仁甜饼……还有，就是红磨坊，一个长着毛茸茸倒刺的眼神，一个激越的飞吻，或者是，一场邂逅后的酣畅淋漓，人走楼空，天花板上仍旧转个不停的吊扇。

这部《巴黎烟火》同样是众多意象的集成。它就像一个万花筒，转动的，是似水流年曾经的花团锦簇。这样的故事是巴黎每天发生的千千万万爱情当中的一种，悲欢离合，暗暖生香。电影还有另外一个名字——《乱世三人行》，不用说，从这样的译名中就可以想象情感之间的纠葛。一个"三角恋"的故事——背景是巴黎：两个绝色的女子，一个出身豪门，一个出身布衣。出身豪门的女子如蝴蝶般游荡于情场，狂放不羁，及时行乐；出身布衣的西班牙女孩跟她是密友，她们遇见了剑桥学生汤森德。没有追求上塞隆的汤森德与西班牙女孩结了婚。战争爆发以后，三个人的生活发生着改变，反法西斯战士汤森德参加国际纵队去了西班牙，西班牙女孩在苦等一段时间之后，也随之去了西班牙，并且死在那里……那个出身豪门的女子仍是在巴黎过着花天酒地的日子，这时候，汤森德已成为英国情报人员了。为了帮助汤森德，女子成为德军军官的情人，向盟军透露情报……电影的线索就是这样头绪繁多，纷纭复杂难以复述，但它具有好看电影所具有的一切元素：妖艳的女人和床，暴力，惊悚，点着的香烟，漂亮的勃朗宁手枪……那么多色彩斑斓的元素夹杂在一起，点着了，像燃起的礼花一样，繁花似锦。

这样的电影，是典型的好莱坞手法。好莱坞从来就是强调故事的——故事，像曲折幽深的花径；人物，只是故事中的道具。不像法国的电影，似乎是，拍出炽热的爱情才是重要的，还有，就是人的欲望。只有好莱坞，虽然千头百绪，但却一直坚持着有头有尾，散发着俗世的悲欢离合，调侃人们喜怒哀乐的神经。

值得一提的是电影中的演员，都是我喜欢的——查莉兹·塞隆，这个极具风韵的南非女子一直善于变脸，她经常能摇身一变，不仅仅相貌脱胎换骨，而且连内心都乾坤挪移。我曾经看过她演的一部最好的电影——《天生女魔头》，看了这部电影，你怎么也想象不出电影中那个粗鲁、残暴、丑陋的女魔头竟是由风情万种的塞隆所演的。还有佩内洛普·克鲁兹，这是一个人见人爱的美女妖精，大大的眼睛，小巧的鼻子，像梅花鹿一样富有灵性。那个时代的巴黎，的确是一场豪门盛宴，每个人都咽着口水盯着别人，每个人自己也是一盘菜。

在看《巴黎烟火》的同时，我还看了另一部反映巴黎生活的短片集萃《巴黎我爱你》。21 位世界导演，合作讲述了 18 个故事，发生在巴黎的各个角度。现实总是由瞬间组成的，巴黎也不例外。这些瞬间，平日里随意散落在巴黎的时光拐角，像一枚被吸过之后掷下的烟头。现在，由这些导演捡拾起来，把它们当作玻璃碎片，拼凑起一个完整的巴黎。如果说《巴黎烟火》像一部厚厚的长篇小说，充满着传奇、曲折、意味深长的话，那么，这样的短片，则因为琐屑、破碎，更显本质的生动。我们的人生经验告诉我们：生活经常是有头无尾有始无终的，它在更多程度上支离破碎。在生活的真实面前，一个天衣无缝的圆满故事，会因为过多的戏剧性，显得苍白无比。

最近一直在读阿根廷作家博尔赫斯的一个谈话集《八十忆旧》。春日的恍惚中，经常被他诡秘的言语轻而易举击中，就像遭到突如其来的冷箭。比如说，博尔赫斯曾经反复提及，在他的一生中，有两次，曾有着神秘的体验，他说："这些体验我无法诉诸语言，因为语言，毕竟只能描述人所共有的体验。如果你不曾有这种体验，你就不会产生共鸣……（而那样的感觉，）我觉得我不是活在时间之内而是活在时间之外。"他又说："人群是一种幻觉，它并不存在。"

实际上我们在面对一部有着完美情节的电影时，还真是有这样的感觉。电影是一种幻觉，它并不存在。就像现在，当电影开始之后，我们在风中，在警觉而微暗的灯光下缓缓穿过巴黎。这样的巴黎，不是电影，也不是真实，而是我们每一个人在春梦中的一次旅行。

法国美女甲天下

我曾在电影随笔集《夜兰花》上写过一篇关于法国美女的文章，言犹未尽。前几天看一个网站的讨论很有意思，主题是法国的美女明星，一时跟帖者如蚁。那些“大虾”争先恐后地把照片往上贴，热血像点着的火盆一样燃烧起来。

好色之心人人皆有——前几年法国有一部电影，拍得奇烂无比，但票房却一直居高不下，那就是《八美图》，导演是弗朗索瓦·奥兹，同台演出的有德纳芙、伊莎贝尔·于佩尔、艾曼纽·贝阿等。这部电影的剧情实在没什么意思，但因为有这样多著名的法国美女，拍得再烂，也是观者如云。

不妨也八卦一回——八卦就像乡野里盛开的野花，虽然不是姹紫嫣红，但也有滋有味、轻松家常。春节将至，论长议短，胡扯一通，便来说一说法国的美女明星们。

太老的就不说了——在那些法国美女当中，最有名的且最有大姐大风度的，就是德纳芙。德纳芙的演技好，是标准的欧洲贵妇人形象，高傲、端庄、冰冷、不性感。当年努里埃尔让她演《白夜美人》，虽然一片叫好，但以现在的标准，我看她一点风韵也没有，像一个标本，没有活力。德纳芙演得最好的是那部《印度支那》，在那里面，法国贵妇人的气质显示得淋漓尽致。德纳芙的角色似乎总有限制，她一直像是纯粹的话剧演员，技艺精湛，以现在的标准，做戏的成分比较重。当然，这样的方式，是表演理念所决定的，新旧理念的不同，自然会带来表演上的不同。德纳芙从不迎合，她只会按照自己的理解去表演。连笑，她都一直懒得笑的。她是个真正的“冷美人”。

另一个法国尤物，金发碧眼大美女碧姬·芭铎正好与德纳芙的情况相反。碧姬属于那种典型波大无脑的演员，她的演技一塌糊涂，但身材性感，行为轻佻，说起话来也是莺声燕语。她一出场，观众就会莫名其妙地兴奋起来。兴奋的不仅是普通百姓，那些自诩为冷静理性的精英同样也不例外。碧姬从德纳芙身边抢走了那个浪子导演罗杰·瓦蒂姆就是证明。实际上也不是抢，只是几个秋波，那些看起来不可一世的精英就缴械投降了。瓦蒂姆之前一直是跟德纳芙同居的，并且育有一子，但一见到碧姬·芭铎后，就魂不守舍，于是便弃德纳芙而去了。但后来，瓦蒂姆始乱终弃，他同样弃碧姬·芭铎而去，迎娶了更有脑子的简·方达。想想瓦蒂姆还真有意思，先是喜欢盘子（德纳芙），然后再喜欢身子（碧姬·芭铎），最后到喜欢脑子（简·方达）。男人们都是围城里的大将，在城内总是蠢蠢不安，于是便忙着城内城外两头跑。像一只贪婪的宠物狗一样，在家食和野食之间奔来奔去，既气宇轩昂，也狼狈不堪。

跟德纳芙一样冷，甚至有过之而无不及的，是那个伊莎贝尔·于佩尔。这个一脸雀斑的女子看起来邪气逼人，冷静得很，但法国人民同样喜欢她。于佩尔也演过很多片子，但大都是老处女和家庭教师。她也曾演过根据福楼拜著名小说改编的电影《包法利夫人》，但我看后觉得怎么也不像。前段时间我看戈达尔 20 世纪 70 年代初的电影《人人为己》，无意中看到了于佩尔，大吃一惊。那时的于佩尔刚刚出道，周身浑圆，有着少女的活力，但也是满脸雀斑。当时的于佩尔可能还不满 20 岁吧，在电影中饰演一个从农村进城的妓女，以身体谋生计，里面有她一个全裸的镜头。但小小年纪，于佩尔的眼神还是后来令人熟悉无比的冷静。那样的眼神，只要扫一眼，便会让人心头打上毛毛的霜——但法国人就是喜欢个性，还是有不少人，喜欢这个另类的"不美"的美女。

风韵好的，要属艾曼纽·贝阿。贝阿的好，在于身上有种复杂的气质，像香水一样迷离混合。她既有梦幻般的感觉，高贵、典雅，同时又极有风韵，有着迷人的味道。贝阿的处女作是《甘泉玛浓》，她一出道，就让大家惊为天人。从此之后，人们争先恐后地目睹这个美女。贝阿就有那样的魅力，只要她在电影中一出现，电影就仿佛成了一池春水。我曾看过她出演的一部很平庸的电影《冬之心》，电影中，贝阿饰演一个女小提琴家。她是真的会拉小提琴的，她一端起琴，就如音乐本身一样高雅脱俗。于是，这部平庸的电影也变得让人难以忘怀了。当然，贝阿最著名的电影就是那部《不羁的美女》，在那里面，贝阿扮演画家的模特，为了艺术，她也脱得一丝不挂。她的一丝不挂，也让那部电影成为不朽。贝阿还曾出演过一部电影《天使在人间》，这个眼神空空、嘴角斜斜、似乎一直有着嘲弄意味的美女，本身就像随意穿行于虚实两个世界的天使。法国美女甲天下，贝阿就是最好的说明。

如果说贝阿有着香水般的气质，那么朱丽叶·比诺什就有葡萄酒的味道。比诺什长得不算很漂亮，但有一颗异常丰富的内心，像陈年的勃艮第葡萄酒一样隽永而绵长。比诺什的演技非常有爆发力。她像一个善变的妖精一样，经常是摇身一变，不仅仅是身体变了，似乎连心灵也变了。她的角色跨度极大，而她经常在这样的角色中变来变去，心灵遭受着巨大的折磨，也有着巨大的幸福感。比诺什的电影代表作是《蓝》以及《生命中不可承受之轻》。在情感上，比诺什的情感之路也充满坎坷，她曾与导演雷奥·卡拉克斯在巴黎街头一见钟情，两人的恋情与《坏血》同时开机。5 年后，随着两人再度合作的电影《新桥恋人》上映，他们的爱情生活却走到了终点。1993 年 9 月，比诺什生下第一个孩子，父亲却是潜水教练安德烈·霍尔。之后不久，两人分道扬镳。在拍摄《屋顶上的轻骑兵》时，比诺什又与奥里维埃·马蒂内坠入爱河，然后又分手。1999 年，比诺什与比自己小 12 岁的男演员贝努瓦·马奇莫勒假戏真做，当年 12 月生下女儿汉娜——女明星的私生活就这样丰富多彩,比诺什也毫不例外。值得一提的是,比诺什还像巧克力或者葡萄酒一样对高端成功男士有着异乎寻常的诱惑力。法国总统密特朗就曾坦白地对媒体声称,朱丽叶是他梦寐以求的情人,希望有朝一日得到她的深情之吻。而当2000年《浓情巧克力》在美国风靡之时,当时的美国总统克林顿曾邀请她前去白宫,比诺什在百老汇的演出繁忙,多情的克林顿就像一个馋嘴的孩子一样,殷勤地赶到纽约,在现实当中上演了一场"浓情巧克力"。

美女中最圣洁的,要属爱莲娜·雅各布了。这个出生于瑞士、后来移居法国的美女似乎一直是大导演们所喜欢用的,她身上弥漫着一种浓浓的天国之气,缥缈、纯净、淡雅、忧伤,超尘脱俗。这样的女子就像一直不属于这个世界似的。她的表演也像水一样,悄无声息。雅各布曾经在基耶洛夫斯基的电影《薇罗尼卡的双重生活》《红》以及安东尼奥尼和文德斯的电影《云上的日子》中出镜,她一出现,便让观众惊为天人。但这个美女似乎一直对于电影不太热爱。拍了几部电影之后,她似乎也就懒得出镜了。像水一样,消失在水中。

与爱莲娜·雅各布成对照的,是在基耶洛夫斯基的电影《白》中饰演女主角的朱莉·德培,这同样也是个气质独特的美女,她的性格很游离,身上散发着一种淡淡的邪气,像手指尖飘曳的一缕轻烟。朱莉就像猫一样难以捉摸,无法深入。德培拍的电影并不算少,但大都表现平平,显然,她不是所有人都能接受的那种美人。在与基耶洛夫斯基合作之后，她又作为女主角拍摄了《爱在黎明破晓时》《爱在黄昏降临时》以及《破碎之花》。法国女人都爱抽烟，朱莉也是，她往往从一大清早就开始抽，像个大烟鬼一样抽得满屋烟雾弥漫。不过她活得相当真实，很多人都没有勇气这样，但德培偏偏就那样不畏人言。德培还有着一副金嗓子，她喜欢沉浸在自己的世界里，到处开演唱会，出自己的 CD 专辑。

至于伊莎贝尔·阿佳妮，那不用说，是标准的人见人爱的美女了。她的父亲是出生在阿尔及利亚的土耳其后裔，母亲则是德国人。但伊莎贝尔·阿佳妮是在法国长大，所以也算是个法国美女。这样的美女甚至让人挑不出毛病来——她有一种超凡脱俗的美，纯净湛蓝的眼睛、娇艳的红唇、一头乌黑飘逸的秀发，真可以算是天生尤物。阿佳妮可以说一出道就惊天动地。她在《阿黛尔·雨果的故事》《罗丹的情人》以及《玛戈皇后》中都算是美妙绝伦。但红颜薄命，阿佳妮的情商似乎一直很低。她不断被人追求，也不断被人抛弃。她的第一任情人是波兰人布鲁诺·努伊顿——电影《罗丹的情人》的导演，他们一起生活并有一个儿子，但始终没结婚。然后，一个带有英国贵族血统的爱尔兰男子——丹尼尔·戴·刘易斯走进了她的生活，在他们之间，有着很多相似之处——他们都具有贵族血统，同样的演技精湛、超凡脱俗、我行我素，阿佳妮怀上了他的孩子，而此时刘易斯却远在大洋彼岸跟著名的美国作家阿瑟·米勒的女儿丽贝卡结了婚。分手之时，他悭吝地只用了六个字加两个标点符号“我想，我们完了……”。

阿佳妮一直忘不了刘易斯,她坚持着生下了第二个没有父亲的孩子,一个人平静地待在瑞士,抚养着两个没有父亲的儿子。2002年,阿佳妮和雅尔订婚,两人相依偎的照片登上当年 7 月《竞赛画报》的封面,被描述为“2002 年最难以置信的美妙邂逅”。2004 年 6 月,还是在《竞赛画报》,阿佳妮宣布与雅尔解除婚约。她说雅尔欺骗了自己。让雅尔背叛阿佳妮的原因只有一个——安娜·帕里约。安娜·帕里约是吕克·贝松爱过的女人、《尼基塔》的女主角,当时已是人老珠黄,却轻轻松松,把阿佳妮打得毫无还手之力。

阿佳妮实在是够背的。是因为太漂亮了吗?太漂亮的女子,往往就是难得到爱情的。红颜薄命。怪事!

另一个与阿佳妮有着相同风格,甚至非常相像的美女,就是苏菲·玛索——苏菲·玛索的事就不说了吧,地球人都知道她漂亮,也知道她演过《初吻》《芳芳》《007 落日危机》等等。苏菲很小的时候就开始从影了,她演过很多令人记忆深刻的电影。然后,像很多一开始漂亮后来慢慢变得不漂亮的女演员一样,在中年之后,把人们一点点积蓄起来的好感像抖落一块破布中的灰尘一样,抖落得一干二净。苏菲后来的电影哪能看啊,就是一个劲地脱啊脱,露出越来越饱满的身材和越来越壮实的肌肉,像一块肥腻无比的黑巧克力。

美丽总是善妒的,也是容易被人妒的。花开原野,美女如云。这些盛开的花朵之间也是错综复杂的。除了上述的很多情与爱之外，她们之间也未免龃龉。比如德纳芙，她就一直不喜欢阿佳妮，她曾公开表示过好几次，说阿佳妮太懒了，不理解她为什么三四年才拍一部电影，这样的行为真让她受不了。阿佳妮的电影《玛戈皇后》本来是可以获得戛纳电影节大奖的，但由于德纳芙，这部电影与金狮奖失之交臂，只得了一个评委会大奖。又比如说，阿佳妮的第一个情人、《罗丹的情人》导演布鲁诺·努伊顿在与阿佳妮分手后，迎娶了与阿佳妮长相相似的苏菲·玛索。这样的婚姻真是让人拎不清。苏菲·玛索每当听到别人将她与阿佳妮联系在一起，就如打翻了醋瓶一样酸劲大发，她一直辩解道：我比阿佳妮高3厘米，胸围大了3英寸——她只差没说自己比阿佳妮小近10岁了。这样的话语，听起来怎么都有点不厚道的感觉。

在这些如花似玉的美女中，法国人最喜欢的，就是阿佳妮了。虽然她不算一个真正的法国人。法国曾经举行过一次民意调查，阿佳妮被评为法国最受欢迎的女人。也可能因为如此吧，法国人一直斜眼瞅着苏菲·玛索。他们认为苏菲的功利心太强烈了，不高傲，也没有个性，世故而圆滑，像是一个好莱坞的美国佬。

唉，骨子里面，还是法国美女甲天下！

英国美女最优雅

前一段时间我写了一篇《法国美女甲天下》，在报纸杂志和博客上发出来之后，影响很大，很多人对我说，为什么不写写英国美女呢？英国美女，一点也不比法国美女差啊！

搜罗着记忆中的英国美女，别说，还真是这样的。

印象当中最著名的英国美女，要数20世纪四五十年代的好莱坞明星琼·芳登了。当年琼·芳登主演《蝴蝶梦》，真可谓是倾国倾城。特别是在中国，由于特殊的历史背景，这样的电影，几乎倾倒了一个时代。有这样的一个美女前辈领头，英国美女怎么也不会差到哪去了。

最漂亮的英国美女，当属凯瑟琳·泽塔·琼斯了。泽塔·琼斯1969年生于英国威尔士。前几天我看她所做的广告，还是那么绚丽夺目，甚至可以称得上是光芒万丈。她有着一头乌黑飘逸的长发，眼角上吊，瞳仁如琥珀，似笑非笑迷人无比。泽塔·琼斯在拍电影之前,一直从事舞蹈事业,那时在英国,她出着不大不小的名。来到好莱坞后,泽塔·琼斯先是拍电视剧,1998 年她在斯皮尔伯格拍摄的电影《佐罗的面具》中担任女主角时,已经是近30 岁的人了。甫一亮相,就惊为天人,一下子被认为是好莱坞最受注目的新世纪美女。美女自然会受到命运的垂青,泽塔·琼斯在此之后又接连主演了《通天大盗》等,虽然演技一般,但由于泽塔·琼斯惊人的美丽,她的电影还是赢得了不少票房。泽塔·琼斯的成功之处还在于她有非常聪明的脑袋。她与好莱坞大影星道格拉斯的婚姻也颇富有传奇性——1999 年在巴黎的一次电影活动中,泽塔·琼斯与道格拉斯偶然遇见,他们一见钟情,后来,他们惊异地发现,他俩居然生于同一天。很快,这对整整相差 25 岁的老夫少妻生活在一起。英国女子还是很传统的,结婚之后,泽塔·琼斯从此淡出影坛,过着相夫教子的生活。尽管如此,那些广告商们仍然忘不了这个几近完美的女子,泽塔·琼斯不得不接二连三地在一些世界知名品牌中亮相。

如果说泽塔·琼斯在电影界算是大器晚成的话,那么,同样漂亮的英国美女凯拉·奈特莉就属于少年成名了。凯拉·奈特莉真是令人惊艳,这是一个几乎挑不出毛病的美女。据说她生下来就非常漂亮,几岁时就显示出是一个美人坯子。11 岁时,凯拉·奈特莉初登银幕;12 岁时,在《星战前传 1》中扮演了阿米达拉皇后的女侍,也是娜塔丽·波特曼的替身。16 岁的娜塔丽·波特曼和 12 岁的凯拉·奈特莉,在气质上确实有惊人的相似。刚满 20 岁的时候,凯拉・奈特莉就被权威的美国电影杂志 *Film Review* 选为首席最具潜力女星,后来凭《女魔头》荣登影后的查理兹・塞隆却只排在第 14 位。想想命运如此垂青凯拉・奈特莉也很正常,谁让她天生丽质呢? 2003 年,凯拉・奈特莉加盟《加勒比海盗》,在电影中,她和鬼才强尼・戴普以及精灵王子奥兰多・布鲁姆演对手戏。凯拉・奈特莉端庄而美丽,无论从哪方面说,都称得上是一个标准的英国美女。也正因为这一部电影,凯拉・奈特莉闻名世界,也赢得了诸多奖项。在此之后,她又在《傲慢与偏见》《亚瑟王》中担任主角,虽然这两部电影并没有过人之处,但因为有着凯拉・奈特莉这位美女,影迷们还是趋之如骛。好色之心人皆有之,这样看来,真是一点不错。

蕾切尔・薇兹也算是一个标准的美女。我第一次注意到蕾切尔・薇兹,是因为电影《兵临城下》。这是一部非常好看的电影,在电影中,蕾切尔・薇兹饰演一个女兵,与神枪手裘德・洛有一段缠绵的感情戏。电影中的蕾切尔・薇兹一身戎装,英姿飒爽,令人惊艳。蕾切尔・薇兹并不是纯正的英国人,她的父亲是匈牙利犹太人,母亲则是澳大利亚人,只不过她出生在英国,又加入英国籍罢了。我后来才知道蕾切尔・薇兹在《兵临城下》之前,还主演了电影《木乃伊》,我是近来在电视上才看到这部电影的。电影中蕾切尔・薇兹果然光彩照人,也难怪这部电影成为电影史上的黑马之一——原先制片方对它是不抱有信心的,孰料布兰登・弗雷泽和蕾切尔・薇兹一对猛男靓女,活生生地就将电影的票房拉至了影史卖座片的第31位！真是天上落下个林妹妹。制片方当然不放过如此赚钱的机会,接连又拍了《木乃伊归来》等续集,赚得个盆满钵满。美女就是生产力,从蕾切尔对于这部电影的贡献来说,此语一点不虚。

同样漂亮的还有凯特·贝金赛尔——2001年的好莱坞大片《珍珠港》的女主角。这同样是一个看第一眼就让人过目不忘的漂亮女子,与泽塔·琼斯、凯拉·奈特莉以及蕾切尔·薇兹们一样,凯特·贝金赛尔也是一个让人几乎挑不出毛病的美女,她精致的五官就像是电子产品一样。对于标准的美女来说,主演一部电影就够了,这一部电影足够让世界上的“好色之徒”知晓了她。

当然,让人挑不出毛病的还有海伦娜·博纳姆·卡特。海伦娜20世纪80年代主演了根据英国作家福斯特的著名小说《看得见风景的房间》改编的同名电影而名声大噪。她同样也是一个气质优雅的标准美女。除了漂亮之外,海伦娜还有一个重要的特点,那就是清纯,清纯得就像一个不食人间烟火的中世纪的公主,这一点,显得难能可贵。海伦娜曾出演了一系列优秀电影,比如大卫·林奇的《搏击俱乐部》、伍迪·艾伦的《非强力春药》,以及蒂姆伯顿执导的《剪刀手爱德华》《断头谷》《蝙蝠侠》《大鱼老爸》和《人猿星球》等,海伦娜一直像是一个童话里的公主一样,具有一种梦幻般的感觉。

都说英国人古板而理性,无论做人做事,都有相当严格的标准。从对美女的判断标准上,似乎也可以看出这一点。相比较于法国人，英国人的审美标准更严谨和传统，能够脱颖而出的，可以说，都是标准的“美女花瓶”。虽然法国人说气质就像金属的光芒，像植物的芳香，但英国人就是实心眼，不太喜欢这些东西，他们更喜欢货真价实的漂亮女子。凯特·温斯莱特就是这种货真价实的美女。说到气质，凯特·温斯莱特一点也不突出，就像一个实心眼的平民女孩，但英国人还是愿意接受她。凯特·温斯莱特的出名是因为那部家喻户晓的大片《泰坦尼克号》。在此之前，凯特·温斯莱特曾经在李安的《理智与情感》中扮演过一个角色，但并没有引起人们的注意。凯特·温斯莱特很具有亲和力，气质健康而单纯，一点也谈不上高雅脱俗，人也稍胖，像一个邻家女孩。当年凯特·温斯莱特是自荐而得到《泰坦尼克号》电影中露丝那个角色。当从报纸上得知大导演詹姆斯·卡梅隆要拍这部电影后，凯特·温斯莱特一次次不厌其烦地向詹姆斯·卡梅隆寄上自荐书。卡梅隆充满好奇地召见了她。最终，凯特·温斯莱特获得了这个角色。从此，温斯莱特的命运得到了改变，这个丰腴的女子几乎成了英国民众心目中最宠爱的“玉女”。在此之后，有关她的消息，就是结婚、离婚、不断地减肥什么的。虽然温斯莱特后来相继拍了《圣烟》《初为人母》什么的，但她已很难达到《泰坦尼克号》的高度了。这也很正常，以世界流行的标准，温斯莱特本来就是一个不应该凌空卓越的。

在我看来，还有一个英国女子，倒是颇能代表英国风格，她与温斯莱特仿佛就是两极，她似乎天生就是一个贵妇人：孤傲、优雅、知性、矜持,有时候冷若冰霜,举手投足都闪烁着渐明渐暗的金属光泽,像时间久远的一个古典肖像。她的名字叫克里斯汀·斯科特·托马斯。当我第一次在《英国病人》中看到这个女子时,可以说,她给我留下了非常深刻的印象。在此之后,我还看过她演的《马语者》《高斯福斯庄园》以及《苦月亮》等。斯科特·托马斯的气质真是独特,这样的女人似乎天生就是用来欣赏的,是那种装在画框里用来做教育示范用的,或者是高高矗立在座台上的,而不是床帏相拥的。她的身上永远散发着一种仿佛不食人间烟火的清寒之气,孤傲,甚至孤寒。不仅如此,我觉得斯科特·托马斯身上还有一种特殊的复杂气质,在哲学与艺术之间,世俗之外,这种复杂气质让她的角色一直游离不定,也很难把握。这也许就是为什么斯科特·托马斯很难大红大紫的关键原因。

比较而言,祖莉·李察森就实在不算漂亮了。这位曾主演《项链事件》的女演员,曾经在很长时间里活跃在电视剧行业中。祖莉·李察森的相貌怪怪的,长脸,看起来古板而乖戾;在她身上,似乎一直有英国女子的内敛和傲慢。也许,正是她的这种标准英国女子性格,让英国观众喜欢。出人意料的是,祖莉·李察森竟然在英国公众投票的美女评选中,进入前十名,由此也可见她的地位和声望。

比较于法国女子,英国的这些美女漂亮归漂亮,但在风情上,似乎却远远不足了。不像法国,偏爱的是具有个性的、有独特味道的妩媚而性感的女子。这些英国美女在漂亮上,似乎一点也不逊于法国女子,但在她们身上,却难得一见法国美女的妩媚和妖冶,缺乏法国美女身上所具有的“邪气”。

英国女演员中,最具有妖冶风格的,只能算是伊丽莎白·赫莉。这个休·格兰特的前女友在英国女子之中,似乎是很有风韵的一个,既大胆又风骚,但比较起法国女子,似乎在气韵和光泽上,还要差很多。伊丽莎白·赫莉2000年曾经拍过一部电影《与魔交易》,其实电影情节一般,表演也一般,但片中赫莉有多达20多套的性感美艳造型,引得世界上很多人为她叫好。但在本土,英国人一点也不喜欢她,国人惊呼:“撒旦真的给了她什么权利?她也许真的变成了魔鬼。”英国人还是喜欢古典气韵的美女:漂亮、矜持、端庄,还有古怪和坚贞。英国人的审美永远是防守型的,不像法国,那么具有进攻性,杂花生树,有时候像斜刺里杀出来的一枚短剑。

古希腊的回归

好莱坞对于商机一直有着惊人的敏感力。比如说2004年奥运会前后,它就一下子推出两部古希腊题材大片:《特洛伊·木马屠城》以及《亚历山大大帝》。这两部片子无论是投资规模,还是演员阵容,都可以说是强大无比。《特洛伊·木马屠城》的男主角是布拉特·皮特,《亚历山大大帝》的男主角是科林·法瑞尔,他们都是好莱坞最当红的英俊小生。不仅如此,这两部电影也拍得场面恢宏、气势磅礴。虽然最终反应不如当年的《角斗士》,但在票房上,这两部带有浓郁好莱坞风格的大片,还是着实赚了一把。

这两部电影,我自然是在第一时间看了。有关希腊罗马题材的电影,我总是很有兴趣。在我看来,《荷马史诗》给希腊带来的,不单单是恢宏的神话传说,更重要的,还有影响深远的民族精神。同样,亚历山大带给希腊的也是如此。对于亚历山大的传奇经历,我感兴趣的一个关键点就是:当年亚历山大大帝征服东方到底出于什么样的动机？显然，土地占有是次要的，亚历山大每每在征服一个地方之后，都不停歇下来，而是继续远行。这个剽悍无比的马其顿皇帝一直有一个梦想，那就是东进东进，一直杀到世界的尽头，去征服所有的未知世界。这样的方式，与其说是一种暴力的征服，不如说是一种精神的远行，是一场形而上范畴上的探索。

亚历山大是公元2000多年前的人物，他的老师是著名的哲学家亚里士多德。与此相对应的，是我们的春秋战国时期。当东方这块土地上诸侯列强一直为了自我杀得兴起，而对另外的文化与地理一无所知的时候，亚历山大已经打破了自己的小圆，想用新的支离破碎来构建自己的大圆了。

生平最喜欢的一个作家，就是尤瑟纳尔了。在我看来，这个法国作家与众不同的一点是，她的小说并不是满足于人们津津乐道的悲欢离合，而是倾向于努力表达人类的本质。我尤其喜欢的，是那本《阿德里安回忆录》。阿德里安是一个真实的人，他的身份是罗马皇帝。这个处于人类巅峰位置的人在内心当中广阔、博大、悲悯，他一直具有普罗米修斯的某些特质，那就是尽可能地追求人本身的自由、知识和智慧，并且尽可能地实现个人的道德完善。阿德里安平生做的最重要的一件事就是制止了罗马帝国的无休止的扩张，将这个庞大帝国的领土固定在一种静止的状态。《阿德里安回忆录》在很长一段时间里一直是我的枕边书，我总喜欢有事无事读上几页。我喜欢尤瑟纳尔文字中那种大理石纹理的感觉，坚韧、理性；又具有猎犬般一跃而起的直觉；还有，就是一种阅读的眩晕感。尽管尤瑟纳尔只是一个法国人,但她所有的感觉,都是希腊给予她的。那是一种冥冥之中的天赐,很少有人能这样获得上帝魔杖的点化。

喜欢一个人,或者喜欢上某一个国家,那样的感觉真是宿命。比如说我与罗马,或者我与希腊,那样的亲切感觉,想一想,完全是无来由的。我是喜欢骨子里的罗马或希腊精神吗?那种无羁、奔放、内在的力量和美,以及在事物面前剑拔出鞘刀锋熠熠的寒光,还有,就是一种力拔山兮气盖世的混元之气。这些都是我所推崇的。对于希腊,在我的印象里,似乎这个国家的一切都与石头有关,它的地势是山地,陡峭的大山上垒满了硕大的石头;它的神庙、神殿也是石头;还有雕像,那是一种盖世之王。当然,这个国家不仅仅有着石头,还有着海,环绕石头的是蔚蓝色的大海。海与石头对希腊人的影响是无形的:石头是希腊人的家园;而海水,则是他们的想象。希腊人因石头而富有理性,富有力量;因为有海,又富有激情和想象力,还有那种百折不挠的探索精神。

实际上在此之前,有关希腊的很多东西也给我留下了深刻的印象。我一直喜欢希腊大导演安哲罗普洛斯。在他的电影中,一直洋溢着那种自始至终的忧伤,像蓝色的雾霭一样久居不散。在《雾中风景》中,那一对小姐弟一心想去的地方就是德国,他们搭乘着前往德国的汽车,在风雨中踯躅而行。那个十来岁的姐姐甚至在路途中遭到了一个大卡车司机的奸淫。他们为什么那么向往德国呢?当不幸的希腊陷入战争和内乱之中,远古的文明已绝尘而去,似乎只有德国,在最大程度上继承了希腊文明的真谛。德国就是从古希腊巢穴里飞出的一只知更鸟,她的羽毛闪烁着漂亮的理性之光,她优美的啼鸣,就是希腊文明的光辉和理想。

安哲罗普洛斯还拍过一部《亚历山大》。好多年前的一个晚上,我在看完这部电影之后呆若木鸡。这部电影是那样沉郁、冗长,就像一汪时间的死水,没有波纹,也没有波光。那是一种心若止水的沉痛。安哲罗普洛斯就是希望以这样的悲伤,去招幡古希腊的灵魂。与《雾中风景》具有同样意义的是,在安哲罗普洛斯的眼中,现在的希腊就是一具空壳,而那曾经有过的辉煌、荣光、智慧都如知了一样飞走了,只有蜕下的蝉壳面目全非支离破碎。也许,安哲罗普洛斯就是想表现那样的沉郁和忧伤,以及忧伤过后的无所适从。当滚滚而来的现代社会腐蚀着人类的思想和感觉,让人类变得越来越麻木、空洞以及无事生非时,那种古典精神中所蕴含的荣誉、奋斗、圣洁、耻辱会因此显得尤为重要,当然,重要的还有不屈、恐惧、神秘以及隐忍。这些人类美好的品质,一直支撑着人类直立行走了数千年,它是人类最重要的精神内核。这样的东西,当然不应该成为古典,而应该成为永恒。

忘不了的是2004年雅典奥运会开幕式的情景。当那艘硕大的希腊古老帆船冉冉升空的时候,我感受到了心灵的战栗。这种近乎完美的创意,让我看到了这个世界真正的魂魄。历史是不朽的,这样的意义是说,不朽的不是石头,而是埋藏在历史深处的记忆和想象。

无法看见的罗马

春节又到了,中年之后的春节,纯粹是心不在焉地糊差事。有时候听着爆竹的声音,一下子觉得六神无主。无事可干,便索性躲在家里看碟片,而且尽拣那些闷片看,把自己看得灰头土脸心若止水。这样的方式才算是中年情绪吧。因为无所事事,所以尽管看的是老碟,但也算是看出点头绪来,有了很多新体会。

仍是看了费里尼的许多电影。突然就感到,那部《罗马风情画》竟然好得不行。在我看来,这部费里尼1971年所拍的电影要比他的代表作《大路》《卡比莉亚之夜》《甜蜜生活》和《八部半》好得多。这一部,可以算是无可替代的、真正属于费里尼的天才作品。

喜欢这部电影的另一个潜在原因,还是因为罗马。我说过我一直对罗马有着很浓的兴趣,罗马历史上的那些人物,比如说恺撒、屋大维、尼禄等等,每一个都是我一直感兴趣的;地方——万神殿、圆形竞技场、凯旋门……也是让我心驰神往的。在我看来,因为罗马给人类文明带来了很大一部分精华，这样的概念就不仅仅是从领土和时间的意义上，而是在影响上，我们可以从很多文明的足迹中，发现罗马的影子。

但，出人意料的是，费里尼镜头下的罗马是另外一番情景——我没有想到，费里尼竟然是以这样的形式来拍罗马——所有的影像仿佛是在各种各样凹凸镜中呈现出的：绚丽多变的色彩，鼎沸嘈杂的喧哗，乱哄哄的浮华……在《罗马风情画》中，罗马就像被众多马戏团践踏的城市，杂乱无章，热闹荒诞；在那些街道上，男人放肆地饮酒作乐，而女人们则狂笑放荡……所有的一切都是混乱不堪，整个城市，就是在时间的流水中所呈现出的光怪陆离。

一座古老的城市被重重地涂上了烟火脂粉，这样的景象，仿佛午夜歌剧院的散场，华美已去，余音不绝。从那样的氛围中走出来的人，都像没有灵魂的影子，空洞而虚无。

我一直在想，为什么费里尼热衷于拍摄的，竟是这样一个肮脏、混乱、嘈杂，满街无赖、嬉皮士和妓女横行的罗马？也许，这是因为费里尼生活在罗马，一直找不到接近一个城市的路径吧，那样的路径，交叉而繁乱，宛若迷宫。熟悉，有时候反而会更陌生，也会更隔膜，甚至会因此心生厌烦和恐惧。费里尼自己介绍说，他算是半个罗马人，自己的母系可以追溯到好几百年前。那时，费里尼的一个祖辈因为牵涉用毒药毒死人，所以被判入狱 30 年，在那 30 年当中，他做的唯一一件事情，就是在牢房里训练老鼠和蜘蛛——也许这样的前尘往事给费里尼的记忆打了烙印吧。罗马，在费里尼的记忆里，就与这样的方式相连——那种昔日的荣耀和伟大，在费里尼看来，其实都是可有可无的，都是镜花水月，都是纷乱如梦。费里尼在自传《梦是唯一的现实》中是这样解释罗马的："罗马是一位母亲，一位完美的母亲，因为她漠不关心。是一位有太多孩子的母亲，所以没有时间理你，从不向你要什么，也不期待什么。你来的时候她接纳你，你走的时候任你自去，像卡夫卡的法庭。这蕴含着古老的智慧，几乎是非洲的、史前的。"

确实是这样，对于费里尼来说，罗马更像是一个近在眼前又远在另一个星球的城市，是梦境、回忆与现实的混血儿。这样的城市，就像是意大利一位伟大的作家卡尔维诺所写的"命运交叉的城堡"，在那里，有着"出卖灵魂的炼金士"，有着"被罚入地狱的新娘"，有着"盗墓贼"和"其余所有的故事"。也正是如此，我们在费里尼的电影中所看到的是层出不穷的小丑。在我看来，这样的小丑其实与卡尔维诺笔下的人物如出一辙：奥古斯都小丑荒唐笨拙，白面小丑假装正经，怪诞的小丑絮絮叨叨，肥胖的女小丑扭着屁股尖叫——对于小丑，费里尼有着精辟的论述："小丑是人们照出自己奇形怪状、走样、可笑的镜子，是人们自己的影子，永远都是。"在费里尼看来，在这个强大的世界上，每个人都是一个小丑，自己也不例外。

也正是在这样的初衷中，真正的罗马消失了；或者说，真正的罗马从没有在这个世界上存在过。人们所看到的，展示在人们面前的，其实是一个虚假的罗马，而且这样的虚假也正在远去，在

《罗马风情画》中，我们看到的最后一幕是：深夜，一队人马骑着摩托车，轰鸣着穿行在罗马一个个标志性的广场、歌剧院、教堂、钟楼……公共场所空无一人。最后，这群工业文明的城市游牧族经过圆形斗兽场，冲出城市，向高速公路驶去。

这样的罗马远去了，而在此之后，是什么样的罗马呢？费里尼从未提及。他不知道，人怎么可以在梦境当中去做另外一个梦呢？对于费里尼来说，不仅仅过去是梦境，现实是梦境，将来，同样也是一场梦。

费里尼再也没拍另外一部关于罗马的故事。也可能是，所有的梦想都发生在罗马帝国时代了，剩下来的，就只是面对精美雕塑与绘画时的叹息，还有荒诞。这样的叹息与荒诞，在骨子里孕育了一种古老的颓废气质，优雅地，如烟一般袅袅升起。

说来还真巧，在春节期间，我的一本手边书正好是卡尔维诺的《看不见的城市》。这本书同样是重读。在卡尔维诺的书中，我找到了费里尼式的心声——卡尔维诺是这样阐述“看不见的城市”的——城市犹如梦境：所有可以想象到的都能梦到，但是，即便是最离奇的梦境也是一幅画谜，其中隐含着欲望，或者是其反面——畏惧。城市就像梦境，是希望与畏惧建成的，尽管她的故事线索是隐含的，组合规律是荒谬的，透视感是骗人的，并且每件事物都隐藏着另外一件。

这样的城市是罗马吗？应该是吧。罗马，是看不见的，它消失于，时间的虚空里。

情色就像马提尼

看《007 皇家赌场》，最喜欢的情景，是看詹姆斯·邦德呷着马提尼酒。

这位全世界最幸福的间谍总是驾驶安全部门特制的昂贵无比的轿车，穿着产自意大利的著名品牌 Brioni 西装，手腕上闪烁着炫目的瑞士手表。当他出入世界最豪华的酒店执行公务时，就像是去参加一个假面舞会。

一夜情与马提尼酒，这是 007 最爱玩的游戏。在酒吧里，007 必定要点俄罗斯鱼子酱和马提尼酒。007 是最喜欢马提尼的，当詹姆斯·邦德端着高脚酒杯，像一头穿西装的大尾巴狼一样接近他的目标时，那往往是全世界影迷们最兴奋的时刻。然后，007 便与一个绝代佳人在夜色妖娆中色迷迷地呷着马提尼，从吧台一直呷到床上。马提尼在那时已不是液体，而是燃烧的火焰。

詹姆斯·邦德一直有喝马提尼酒的独特习惯：三份哥顿杜松

子酒、一份伏特加、半份利莱开胃酒，加入冰块，然后，搁一片柠檬皮。点马提尼酒时，詹姆斯·邦德总爱说一句英语——“shake not stir”(只能摇不能搅)——007是在装酷。其实，007才不在乎“摇”还是“搅”呢，在《皇家赌场》中，007就大爆了一句粗口：“你觉得我他妈在乎不搅吗?”“只能摇不能搅”，那是为了吸引美女的注意，以显摆自己是一个懂得马提尼酒喝法的真正的英国绅士。

007系列总让我满心欢喜，兴高采烈像过节。每当007系列出新片，我总是尽量在第一时间观看。这个春天，在品尝了大量的闷片和变态怪异的故事之后，看《皇家赌场》，就像撞入一场生猛海鲜的夜宴，让人大快朵颐。

《皇家赌场》要比前几部《择日而死》《黑日危机》《明日帝国》好看得多。当然，看这样的电影，照例要习惯性地数一数007在本片中有几次一夜情。没想到的是，电影中的007竟与“邦女郎”假戏真做坠入情网。并且，情迷意乱的詹姆斯·邦德差一点为爱退出江湖。这样的007真有点另类了，哪里像那个“采花大盗”詹姆斯·邦德呢?没办法，再老油条的色鬼都有他纯情的时刻，谁让这部电影算是“007前传”呢?也许，邦德正是因为爱情上的挫折才变得心灰意懒，从此再不相信山盟海誓，只管尽情享受一夜情了。

也难怪詹姆斯·邦德真正地爱上了，这一部《皇家赌场》中的“邦女郎”着实漂亮。“邦女郎”的演员叫伊娃·格林，父亲是瑞典人，母亲是阿尔及利亚人，伊娃则出生在法国。这是一个标准的法国美女,国色天香,妖娆无比。她一出场,就是“六宫粉黛无颜色”。曾经与伊娃·格林合作拍过《绅士大盗》的导演让-保罗·索洛曾评价说:“我很欣赏她!伊娃·格林的眼神有一种特别的味道,介于天使和魔鬼之间,在片中的演绎充满了智慧,时而俏皮,时而妩媚,时而飒爽英姿。”而发现伊娃的奥斯卡大导演贝纳多·贝托鲁奇则称,伊娃·格林“长得如此美丽,真是太过分了”!格林的电影处女作是贝托鲁奇执导的《梦想家》。在这部片子中,豆蔻年华的伊娃演绎了1968年巴黎骚乱期间的一段三角恋情。

还是回到酒的话题。在全世界游来荡去的邦德,毕竟是老江湖了,有什么世面没见过呢?在日本,他知道喝正确温度的清酒;在意大利,知道选择什么牌子的红酒;在佛罗里达,他只能大杯大杯给自己灌下啤酒;如果在中国,他当然会喝茅台……当然,对于邦德来说,他最喜欢的,肯定还是马提尼,因为马提尼暧昧而热烈,而邦德,对于情色总是一往情深。

在《皇家赌场》中,詹姆斯·邦德就是伏特加,伊娃则是杜松子酒。当伏特加酒遇见杜松子酒时,它们便变成了马提尼,就变成了暧昧而热烈。情色就是马提尼,或者说,就是马提尼加比基尼,那是007最喜欢的两件东西。我在想的一个问题是——007系列电影之所以如此引爆全世界,那是因为电影中有着马提尼加比基尼,马提尼啊比基尼!这两件充满性感和活力的东西,是人类永远的渴望,也是人类永恒的主题。

在这个城市里,如果有谁款款地走进夜色中的酒吧,点一份半生半熟的菲力牛排,把玩法国顶尖名牌都彭打火机,戴都彭袖口链扣,然后大声地叫嚷“来点马提尼酒,只能摇不能搅”,那么,整个酒吧都会为之侧目——詹姆斯·邦德来了,那个标号007的全世界最有魅力的花花公子来了。

早已冷却的咖啡渣

那时他们就像成群的乌鸦一样降落在巴黎，轰鸣着，栖息在咖啡馆里。他们当中有新闻记者海明威、后生菲茨杰拉德、流浪汉亨利·米勒，还有达利、毕加索……他们都是艺术青年，或者艺术中年，他们来巴黎是为了寻找自己的精神家园。这样的寻找当然是快乐的，也是痛苦的，更是落魄的。

那时蒙帕斯区的咖啡馆星罗棋布，但有三家最著名，那就是圆顶、圆厅和塞雷特咖啡馆。在圆顶咖啡馆里，总有一大群乱七八糟不明身份的人，聚集着，喧哗着，不时有拼凑桌子的响声和点菜的吆喝声。而圆厅咖啡馆——一度是波西米亚流浪人的"巢穴"，这里的风格是宁静安谧的，人们亲切地啜饮交谈，不时有人讨论着达达主义的没落等严肃的学术话题，或者是争论着战争哪天来到。最后是塞雷特咖啡馆了，这样的咖啡馆是简陋的，灯光是幽幽的，在墙角，有时是小提琴音乐，有时是手风琴。用当时一个人的话来说，这里"是一处疯狂鼎沸之地，里面全是醉鬼、半醉鬼、四分之一醉鬼和不喝酒的疯子"。这样的地点当然是爱情的发生地，这次不说海明威、菲茨杰拉德他们了，就说一下亨利·米勒吧。亨利·米勒与阿奈斯·宁的爱情，也就发生在这里。

在巴黎这一块乱糟糟的地盘上，亨利·米勒，这个流氓加天才，带着浑身理直气壮的无赖气，遇见了阿奈斯·宁，这是他无数女人当中的一个，是西班牙作曲家琴宁的女儿、金融家雨果的妻子。他们起先就坐在咖啡馆里。这个男人是个情场老手；而那个女人天真和邪恶相统一，她有着一双非凡的眼睛，绿色的眼珠，睫毛长得跟蜘蛛似的——一股让人喘不过气来的妖媚。他们就坐在各自的桌子上，彼此注视，用目光拴着诱饵，抛出去，对抗，较量，再后来，他们的目光缠绵在一起，打成结，形成绳索，用力把对方拽向自己。接下来的故事便是他们把各自的时间和生活纠缠在一块儿了。故事就是这样，咖啡馆只是个引子，在咖啡还冒着热气的时候，他们已经喝着红酒酩酊大醉了。

这就是爱情，是法国20世纪30年代无数如火如荼乱七八糟爱情中的一个，也是咖啡馆里发生的无数或平淡或奇特的爱情中的一个。咖啡和女人刺激了亨利·米勒的创造力，反正自此之后，米勒的小说一下子突飞猛进起来，变得更加天才，也更加无耻，更像是"窗台上的一个响亮的屁"。

这里不得不提另外一个女人，那就是琼·曼斯菲尔德——亨利·米勒五任太太中的第二任，一个双性恋者。是她，激起了亨利·米勒的张狂而不粗糙的欲望,而有了她,米勒就有了无耻的灵魂。在这场三人大战中,他们争斗,他们交锋,他们互相折磨,互相毁灭……看看阿奈斯·宁眼中的琼是什么模样吧:当琼"从花园的阴影走入门厅的光亮中,走向我,我生平第一次看到了世界上最美的女人。亨利暗淡无光了,她就是色彩、光亮、新奇"……三人戏的最后,阿奈斯·宁离开了米勒,在那本日记体小说《火》中,她写道:"那天清晨我哭了,我哭是因为我爱这条离开亨利的街道,这条街道有朝一日会重新带我回到他的身边,我哭是我觉得成为一个女人的过程是那样的痛苦,我更为从今以后我哭的机会减少而哭,我哭是因为我的痛苦消失了,而痛苦消失会让我如此地不适应。"

而亨利同样刻骨铭心,亨利写道:"我这样做,为的是让你通过比较我的痛苦而发现,你的痛苦不算得一回事,至多不过是小事一桩,从而使你更容易承受你痛苦的压力。"对这样的结果还能说什么呢?爱情,就是彼此的欢乐,也是彼此的痛苦。

在书中,米勒还说了这样一句话:"人人都说性很猥亵,其实最猥亵的事情是战争。"米勒说对了,他的猥亵很快就结束了,更大的猥亵紧接着来到:二战爆发,巴黎沦陷,蒙帕斯区的咖啡馆空无一人,那些乱七八糟的艺术家,都鸟兽散去——然后,只剩下一些残留的痛苦,像秋天零落的树叶一样,在夜晚的城市街道中盘旋飘浮,随风逝去。

电影《情迷六月花》描绘的就是这一段故事。巴黎,在那样的氛围中,就像一席浮动的豪宴。现在,巴黎的那些老咖啡馆当然都还在,宁静了,也落寞了。经常在空空的桌子上,残留着未喝完的咖啡杯,孤单而凄凉。那些咖啡杯子里的渣都是有着故事的。从时间的意义上说,亨利·米勒、海明威、菲茨杰拉德……乃至所有人的痛苦,都是一杯早已冷却的咖啡渣。

我不知道花为谁开放

秋天来了，天凉了，适宜看一些忧伤调调的电影。晚饭后散步到平安碟店，当看到这部题为《布拉格》的碟片时，我立即伸手将它摘了下来。摘这部碟的同时，我想起尼采曾说的一句耳熟能详的话语："当我想以一个词来表达音乐时，我找到了维也纳；而当我想以一个词来表达神秘时，我只想到了布拉格。"

是的，布拉格是很多读书人心中的驿站。

这是一个受困于陌生城市的故事——一个身居国外、事业有成的中年男子突然接到通知，他那自幼离家出走25年，从此音信全无的父亲过世了。男子与妻子从丹麦赶往布拉格，准备尽快处理完父亲的丧事，赶回自己的国家。在陌生的布拉格，中年男子被困住了，他遭遇到了一系列人生的困窘——父亲生前竟然是一个同性恋。当年，他是为了追求自己的"爱情"，毅然别妻离子离家出走的；漂亮的妻子竟然有着婚外情，与一个比她年轻很多的艺术家正沉湎于热恋中……忧伤和绝望像布拉格清冷的雾霭一样无所不在。在布拉格寂寥的夜晚，男子第一次认真地看着街道旁的路灯，路灯迷蒙而清冷。在这样的寂寥中，内心有一些东西脆弱地发出声响，就像深夜的木头房子里，那些干木头在悄然作声。崩溃，并不是山崩地裂似的，有一种崩溃，就是这样，如黑云压城一样无声沦陷。

环境与氛围本身就是影片的主角之一，也替电影奠定了颓美感伤的基调。忧伤的恍惚，忧伤的战栗，忧伤的绝望。男主角是在《007 皇家赌场》中饰演大反派的马德斯·米克尔森。在《007 皇家赌场》中，这个家伙脸上有一个长长的刀疤，狠毒而冷酷。我以前并没有注意到这个人，让人感到惊诧的是，这个家伙的演技如此出色。在《布拉格》中，他沉稳而内敛，散发着一股恰到好处的邪气。但你分明能听到他的内心之河如交响曲一样波涛汹涌。那个女主角也好，漂亮、优雅、知性，这样的女子，绝对是那些富有才气的艺术家的杀手。实际上对于她来说，她还是爱着丈夫和孩子的，但爱情让人欲罢不能。爱情与大麻一直有着几分相似的，只要沾上了，就很难脱身。她还是愿意回到俗世的幸福当中去，简单地为情欲而活着，哪怕这样的情欲如火柴的光一样短暂，她还是愿去当那个卖火柴的小女孩。

有一种静谧的力量向四周扩散。在电影中，每一个镜头都在追求极致之美，而音乐，在悄无声息中传递着最柔软的抚慰。电影的导演是欧尔·克利斯汀·梅森，一个丹麦人。我是第一次听到这个名字，也不太了解这个人。感觉中，这个人就像一个真正的江湖高手一样，只出了一招，就能感到深厚的功力绵绵地传来。据有关评论说，《布拉格》是欧尔·克利斯汀·梅森向当年的意大利大导演维斯·康蒂致敬的作品。这就对了。维斯·康蒂的《魂断威尼斯》也是一个受困于城市的故事。那座城市，是意大利漂亮的水城威尼斯。在威尼斯，一个来自巴黎的大音乐家爱上了一个美少年。这是一个惊险无比的畸形恋，从一开始，它就突兀无比，也勇敢无比。这样的爱蕴藏着一种对不可企及的美的企慕，而且，从开始，就注定了这是一朵无果之花。这样的故事，就像一根荆棘顶住一只彩色气球一样令人惊艳。最后，在马勒的《第五交响曲》中，荆棘顶破了那个气球，所有的一切，归结于一个零，终点回到了起点，有变成了无。

这两部电影，都涉及了那种人类复杂的情感。想想人也是的，经常犯的，是自己也变得莫名其妙的错误。《魂断威尼斯》中的音乐家，《布拉格》中的父亲，为什么都会爱上同性呢，而且那样的矢志不渝？爱上了，就爱上了。就像宇宙中的两粒微尘，莫名其妙地撞在了一起。这样的问题当然是没有答案的。想想也是，人类所有的问题都是架不住追问的，追问就像安东尼奥尼的那部电影《放大》——当一张照片放在你面前的时候，最初的放大，会让人看得更清楚，但接下去无休止地放大，却什么也看不见了……那陷入了无限的空。人类的问题和情感也是这样，当问题一个接一个如锁链一样连在一起时，那根锁链最后便像蛛网一样锁住了自己。人类永远走不出自己为自己设计的迷宫。

在这样的背景下，最好的态度是什么呢？就是宽容。一种与迷茫和忧伤相伴生的宽容。就像那个男主人公，他所遭受的一切变故，都是在面对父亲死亡的背景下发生。死亡提供了一种背景，让他能够更宽容而大度地对待这个世界。死亡就像黑夜，当夜色降临时，所有的温暖都是一种灯光；宽容，以及由宽容而给予的自由，是人们挣脱自己枷锁的唯一法门。

有一种谜是永恒之谜，那是人类从诞生，乃至走到自己的尽头也无法诠释的谜语。这样的谜语，一直与忧伤相连，在它的表面，裹着一层糖衣，看起来亲切甜美。但在它的骨子里，却有一种深深的苦，洇开整个年华。这样的谜语是开在这个世界上的一朵花，花开花落，不知道为谁而开，也不知道为谁而落。

在烂片中成长

20 世纪 80 年代中后期，我大学毕业分回老家工作，第一件事就是在我门前的空地上栽下了一棵石榴树。然后，最直接的问题就是面对漫长的时间了。除了看书之外，在相当长一段时间里，我喜欢上了看烂片，各种各样的烂片。我家的对面是一家录像店，整天放的就是香港白头发白胡子老头的武打片或者小痞子穿着喇叭裤戴着蛤蟆镜跑来跑去的功夫片或者枪战片。因为跟录像店的老板混得透熟，我便从录像店拉了一根线过来，接在我的电视机上。这样我就可足不出户收看到对面录像店里的节目。在此之后，我几乎是整日整夜地接受各种各样的“皮影戏”，在打打杀杀以及兵器撞击的声音之中陶醉。我甚至经常性地躲在家里不去上班。烂片笼罩我的日子就这样不知不觉地过去了，直到我门前种下的石榴树开出了火红的花朵。

现在想起来，在我的青涩岁月，我是那样的浅薄和浮躁。数年之后，我离开了那座小城，当时我最大的收获就是几乎看尽香港十数年中所拍的所有烂片。也许就在一夜之间，我在心理上对那种让人弱智的烂片突然反感。在我狭窄的视野中，我似乎认为电影都是那样的虚假而空泛，打打杀杀，权当一笑。一直到90年代初，我在看到那部非常有名的《幽灵》(《人鬼情未了》)时，方才明白，原来电影还可以拍得这样缠绵悱恻。它似乎有着一根细细的红线，轻轻地缠绕着你，然后松松紧紧地牵扯，让你的情感痉挛，有一种裂帛似的疼痛。我终于明白过来，原先我可能只是想逃避垃圾，避免腐朽和苍白，这样的结果却是从一个垃圾堆里跳出，跌进了另一个垃圾堆。

有时候我真是感慨：我们这一代人在成长的过程中，接触到的很烂的东西的确是太多了。小时候是一个匮乏而饥饿的年代，不仅仅是物质上的，也是精神上的。当时，除了悄然找到一些古典名著之外，身边最多的，就算一件件垃圾了。它们教条、呆板、色厉内荏、虚假无比而又故作姿态。在那些垃圾中，根本找不到一颗跳动着的心灵，也同样找不到生活的情趣和意义。但它们侵蚀着你的身体，腐蚀你本来的善良和纯真，甚至让人不知不觉丢弃了灵魂——直到我后来爱好写作，学会面对自己时，才发现自己最大的问题在于没有自己，我竟然没有真正的心灵！要想成为一个真正的人，最大的问题就是如何像一个武功高手一样，试着将这些虚假逼出来、排出来。我在后天的努力中，靠大量的阅读和思考来排斥这些虚假，打击它，驱赶它。一直到现在，我觉得在我的体内仍然残存着一些垃圾。也许生活的法则就是残存一些垃圾吧，毕竟，我还要以它们去应付各式各样相同的东西。

在这个过程当中我开始接触到一些好电影。而同时，我们的身边也在不知不觉地发生变化，苏醒，松动，有着青芽绿叶长出来，也有一些竹笋，顶着沉重的石块艰难地探出头来。我学会在新绿的枝头跳舞，以一种干净的视野和心灵去观察人生，寻找自己，直到让自己的心灵真正地长出花来——我认为一辈子的概念真是可以这样说——当我在无数电影中穿梭走过的时候，别人的故事也就成为我的故事，别人的人生丰富了我的人生。我活着别人的故事，成长自己的人生，然后就这样死去活来，蜕皮换骨，期待有朝一日百炼成钢。

当然，烂片仍然伴随着我的成长。在我寻觅着好电影的同时，我必须接触绝不少于好电影数目的烂片。而这时候我已经有了一片明晰的视野。垃圾无所不在，你必须绕开它们走向绿草地，亲近清新的空气和阳光。否则你真的会跌落在污水池里，成为一个垃圾人。

现在想起来，电影于我，真的是一种机缘。生命中最幸福的事就是你在不经意中遇上了机缘。然后，它助你跳跃，让你听到阳光叮叮咚咚的美妙声音，让你豁然开朗。这时，你会发现，所谓的历史或者时间并不真是远去了，它没有走远，只是暗藏在你身边的某一个拐角，只要你想伸出手来，你就可以轻轻地触摸到它。

前几天看根据君特·各拉斯小说改编的电影《铁皮鼓》，真是看到情不自禁处，大声地笑出来，但在笑声中总觉得苦涩。我们曾经也自以为是巨人，以为自己“铁皮鼓”所敲奏的，是世界上最美妙的音乐。那些饥饿年代的畸形作品，不是树上的水果，不是地里的庄稼，不是头顶的氧气，它们只是一些打造出来的破铜烂铁。我们曾经吃着这样的破铜烂铁，身上长满绿斑似的铜锈——这算是一个健康的人吗？只是一个精神的侏儒。

音乐宛如神明

潘小娴君寄来她的新作《钢琴美韵》，我很喜欢。这是一本关于钢琴和音乐的书，尤其书中有一章专门提到很多有关音乐和钢琴的电影，很是引起了我的共鸣。

音乐题材的电影我看了不少，这缘于我内心的音乐情结，我是一听到古典音乐就容易掉进旋涡的人。在我看来，音乐是最接近于神明的一种方式，是人类最应掌握的语言。出于爱好，凡是与古典音乐有关的电影我必定要买回来看，正是在这种情况下，我看了很多有关音乐题材的电影。

古典音乐家的生平和故事是这一类电影的主体。一般来说，几乎所有的大音乐家都有传记电影，比如《春天交响曲——舒曼传》《指挥家的抉择——富特文格勒传》《蓝色乐章——肖邦传》《安娜日记——巴赫传》……这一类电影中，相对来说，拍得比较“死”，战战兢兢的，不敢越雷池。拍得最好的，也最热的，要数曾获奥斯卡大奖的《莫扎特》。这部电影另辟蹊径,以“嫉妒和毁灭”为主题来展示音乐天才莫扎特——故事以莫扎特和同时代另一个音乐家萨里埃利的冲突为主线,因为有着莫扎特,萨里埃利不得不面临“既生瑜,何生亮”的局面。由妒生恨,萨里埃利慢慢变成一个“魔鬼”,他千方百计想毁掉莫扎特;而莫扎特呢,天真单纯全无心计,他的内心跟他的音乐一样透明,一如既往地飞翔于这个世界之上。

发生在音乐家身上的情与爱,当然是电影最关注的。肖邦的故事,尤其是肖邦与乔治·桑之间的恋情,电影对此一直乐此不疲。最早的,是那部《一曲难忘》。这是一部1945年出品的老片子,在这部电影中,爱情戏并不是重点,片子的重点在肖邦对波兰革命的同情。肖邦在巴黎举办音乐会那天,收到了来自华沙的信——为掩护肖邦出境而被捕的战友牺牲了。肖邦在音乐会上弹奏起气势磅礴的《降A大调波罗乃兹舞曲》(即《一曲难忘》),悲愤至极,无法继续进行下去,最后肖邦迈着沉重的步伐走出剧场。较完整反映肖邦与乔治·桑爱情的,是一部叫作《即兴曲》(也译为《爱的渴望》)的电影。这部电影重点表现了这两个天才炽热的情感。对于乔治·桑和肖邦的爱情,我一直是有看法的,乔治·桑哪能配得上肖邦呢?在不谙世事的肖邦身上,分明暗藏着“恋母情结”。在肖邦面前,乔治·桑就像一部诡异的女人书,那种成熟的蛊惑力,是单纯的孩子所难以抵御的。音乐家总如孩子,肖邦与乔治·桑的故事,就像孩子爱上了疯子。这样的爱情,结局当然可想而知了。

有关贝多芬的电影也有不少，但几乎没有一部真正成功的作品。贝多芬是很难解读的。在我看来，贝多芬之所以无与伦比，那是因为他一直聆听自己内心的声音，将自己“化蛹为蝶”的过程完整地用音乐表现出来。这个过程，其实就是人类的道路，是人类心智拓展和人格完善的不二路径。那些有关贝多芬的电影总是喜欢在音乐之外做文章，离真正的贝多芬有很大距离。20 世纪 90 年代初的时候，有一部《贝多芬传》，虽然远不如后来的《莫扎特》大气磅礴，但总体勾勒了贝多芬的一生，尤其表现了贝多芬晚年的命运，值得一看。至于前不久好莱坞拍摄的那部《复制贝多芬》，明显地就有杜撰和戏说的成分了。电影说的是贝多芬失聪后的夕阳韵事，一个漂亮的女抄谱员来到了他的身边，然后，他们相爱，贝多芬在女抄谱员的帮助下，指挥演奏了《命运交响曲》……电影中的女演员曾在大片《特洛伊》中扮演美女海伦，由此可见她的绝色。既有音乐，又有美女，这样的电影当然是活色生香。但好看归好看，明显地，这样的电影，是在“鬼画符”了。

比较而言，那部描写女大提琴家拉普蕾的电影《希拉里和杰基》（又译《她像烟花一样寂寞》），我倒认为是一部精品。这部电影重在表现拉普蕾内心的冲突，她对于这个世界的不适应，以及她内心与生理上的痛苦。我有好几张杰基·拉普蕾的正版 CD，她演奏的音乐，一直是我的挚爱。拉普蕾真是一个天才，她演奏的大提琴如泣如诉，那种与生俱来的忧郁，如海洋般幽深。她在现实生活中毫无快乐可言，而在她琴弦上流淌出来的，就是人类无法逃避的痛苦。

除了《希拉里和杰基》,2001 年派拉蒙公司拍摄的以马勒为题材的《风中的新娘》也很好看——故事似乎并不是以马勒为中心,而是以马勒来烘托另一个女人——20 世纪之初的维也纳,音乐家古斯塔夫・马勒认识了20 岁的阿尔玛・申德勒。阿尔玛也是一个音乐家,她年轻貌美,是维也纳所有艺术家心中的缪斯女神。第一次会面,马勒深深地被阿尔玛迷住了,他们走到了一起。不久,阿尔玛遇上了年轻倜傥的建筑师沃尔特・格罗皮乌斯,很快和他坠入了情网。马勒深深地陷入了忧郁之中。为了摆脱阴影,马勒不得不去找同城的心理学家弗洛伊德,想解脱自己的困境。几个月后,由于极度悲伤,马勒离开人世。阿尔玛嫁给了格罗皮乌斯。很快,阿尔玛厌倦了这样的生活,直至她又遇到热情似火的俄国画家奥斯卡・柯林斯卡。不久,柯林斯卡回国参战,阿尔玛以为他已死去,又和诗人弗朗茨・威夫走到了一起……

有一种女人就像一阵风,阿尔玛就是如此。风是无法专属的,也无法捕捉。这一点,阿尔玛和马勒的作品倒有异曲同工之妙:率性,随意,如水面上的光影闪烁。也难怪柯林斯卡为她画了一幅不朽的名作《风中的新娘》。阿尔玛的确是风中的新娘。在马勒和格罗皮乌斯那里,阿尔玛永远都是陪衬。只有在柯林斯卡那里,阿尔玛得到了不朽——有一些女子是少不了爱情的,她们嗜爱成瘾,嗜爱成癖,就如同瘾者嗜爱毒品一样,比如陆小曼,比如杜拉斯……阿尔玛的内心如雾如雨又如风,她才不管什么朽与不朽呢,她要的,只是爱情,那种有着体温的爱情。

音乐宛如灵魂

我在上一篇文章《音乐宛如神明》中谈及以古典音乐家为题材的电影，言犹未尽。音乐不仅仅如神明，在更多的时候，还如灵魂，与人性纠葛缠绵在一起。有一部分电影，叙述的就是人性与音乐的关系，以音乐来透视人性的忧伤和悱恻，也透视这个世界的无常与暴戾。这样的题材，就像一束月光照进人性的幽深之井，蓦然回首，一切都在灯火阑珊处。

二战来临，一个德国犹太籍钢琴家，在战争的魔爪下，像一只孱弱的小动物一样，逃难、躲避，寻找生存的缝隙，也远离钢琴。战争的残暴以及人性的光辉完全暴露在观众面前。印象至深的是两个画面，一个画面是：钢琴家守着一架钢琴，却不能作声，他将手指悬在键盘上，尽情地弹奏着；另一个画面则是：钢琴家静静地坐在椅子上，把自己的膝盖当成钢琴键盘，修长的手指在膝盖上欢快地舞动着——这是电影《钢琴家》中的两个镜头，在战争的巨兽面前,音乐是那样的细若游丝,又是那样的振聋发聩。

将人与音乐的关系用传奇的意味反映出的,是《红色小提琴》。这是一个关于小提琴的鬼魅的故事——17 世纪的意大利,一个小提琴制造大师制作了平生最完美的一把提琴,他本打算将小提琴作为礼物送给将要出世的小儿子。悲剧发生,因为难产,他心爱的妻子安娜和腹中的孩子一同死去。噩耗传来,小提琴大师痛不欲生,他把亡妻的鲜血涂在琴身上,鬼魅的"红色小提琴"诞生了……伴随着这把神奇的小提琴,发生了无数奇怪的故事。这把小提琴既像天使,又像魔鬼,它飘忽不定,如灵魂一样游荡在这个世界上……在电影当中,还有一段关于中国"文革"的故事。1965 年,这把红色的小提琴来到了中国,当时,中国正是一片"红海洋"。在红色的蛊惑中,又有一段悲情和磨难不可避免地发生了。

具有传奇意味的音乐电影还有意大利大导演朱塞佩·多纳托雷的《海上钢琴师》。这是一部气势恢宏的音乐大片——1900 是一个孤儿,自小就生长在船上,从没去过岸上。养父意外死去,1900 无比悲伤,这时候,他听到了一种声音,仿佛从天外传来,在那一刹那,他感到痛苦突然消失,内心仿佛找到归宿——就这样,1900 爱上了音乐,爱上了一种神性的东西,也有了自己对于这个世界的独特感悟。在 1900 看来,这个世界是虚幻的,它一点也不真实,尤其是陆地,犹如海市蜃楼。在他的眼中,陆地是一艘太大的船,一个太漂亮的女人,一段太长的旅行,一瓶太刺鼻的香水,一段蹩脚的音乐。正因如此,1900 对于陆地怀有恐惧,仿佛鱼一样，不愿意离开水。1900 最快乐的时光，就是双手游走于琴键之上，神游无限世界。在他眼中，只有音乐才是无限的，而他就是喜欢无限。仿佛身边的海鸥，翱翔于天宇之上。

音乐让人飞翔，也同样可以让人沉沦。沉沦，指的是人性的沉潜。电影《闪亮》（又译《钢琴家》），讲的就是一个羁绊与挣脱的过程——很小的时候，大卫就失去了自己的意志，在偏执父亲的压制下，练起了钢琴。当爱失去湿润和温情，变得霸道和强权的时候，其实已经变得苍凉而干枯了。从接触到音乐的那天起，大卫就失去了人生的乐趣，音乐像魔鬼一样控制了他，使他成了奴隶。由于缺乏世俗的给养，大卫的人生变得苍凉，他很少有喜怒哀乐，也远离正常的情感和温情，音乐将他推上了冰天雪地的山巅，却撤去了可供上上下下的云梯。最后，大卫终于战胜了自我，他让自己的双脚回到了大地，而他的翅膀也变得更加强壮。这是一条真正的灵魂之路，大卫以一种逆向的方式，从一条歧路走上了通天之途。

电影《钢琴教师》同样也是音乐与人性的纠葛，甚至，在某种程度上，是音乐的人性的互相撕咬。这部电影是 2001 年拍的，2004 年，电影的原著作者、奥地利女作家艾尔芙蕾德·耶利内克获得了诺贝尔文学奖。这是一个畸形的故事，畸形得令人心痛。影片的主人公是一所著名大学的钢琴教授。她是在她母亲极度自私的、密封式的爱的底下长大的。从小，母亲就没给她留一点自由的缝隙，在母亲那里，她从没有个人的隐私，也没有人格尊严，更没有人生爱好——除了音乐，但音乐就是她的枷锁。她对她母亲又爱又恨,为了心理平衡,她学会了伤害自己的躯体,因为这是她母亲给她带来的。从这种极度偏执的方式中,女教师得到了一丝安慰。

钢琴女教师由法国著名女演员伊莎贝尔·于佩尔饰演。于佩尔那一张长满雀斑的脸冷若冰霜,咝咝冒着寒气,让人忍不住打起寒噤。对于钢琴女教师来说,音乐和她,到底算是什么样的关系呢?她从音乐中得到了快乐,但同时,音乐也夺走了她所有的一切,使得她无法体味这个世界的烟火之味。音乐让她变得丰腴,也让她变得枯寡;是她的上帝,也是她的魔鬼。也许,电影的魅力就在于它的复杂性吧?复杂得不可理喻。耶利内克就是有着极度复杂性的,这一点,从她拒领诺贝尔文学奖就可以看出。耶利内克本人,应该也是一汪见不到涟漪的深潭。

音乐与人的关系就是这样让人无法领会,真可谓剪不断,理还乱。我常常想,就这个世界来说,音乐到底给人类带来什么呢?或者说,音乐对于世界,究竟有怎样的影响呢?一个昏睡的世界,只有音乐如惊堂木一样,还可以让人睁开一下眼睛。1993 年,有一部电影叫《钢琴课》,获得了第 46 届戛纳电影节金棕榈大奖。直至现在,那部电影对我的震撼仍是余波袅袅。按照我的理解,这部电影说的就是音乐和人性那种若即若离的关系。莽荒的地方,是需要音乐的;莽荒的内心,同样也是需要音乐的。音乐是这个世界唯一能穿越时空的一种东西,它存在于人的内心深处,像黑暗中的一抹亮色,光彩所到之处,无上的曼陀罗花开放。

后记：看电影是一件无比幸福的事

我们都知道赵老师不仅是一位硕果累累的作家，还是一位资深媒体人，我们现在很想知道——媒体经历对文学创作有什么样的影响？

我一直不算是文学圈里的人，我只是在文学圈外一个徘徊的人，对文字一直抱有很大的梦想，也喜欢文字这种创造、深入、自由，并且不墨守成规的方式。可以说，在文学中，我找到了一种最佳的生存方式。从总体上说，我喜欢的就是目前这种与文学若即若离的关系。可以说，从组织上太接近了，反而会远离文字，因为有各种各样的事务和派别。因此，在很大程度上，所谓的文学圈子，反而离文学很远，离社会很近。我觉得我当下的状态最好，离文学圈很远，离文学却很近，跟文学是一种单纯的关系。打一个比喻来说，现在的我，与文学，是一种"梦中情人"的关系。我爱着她，她爱着我，就足够了。既然爱着，就不一定非得结婚不可，一结婚,反而是社会的了,就有一大堆乱七八糟的事情,七大姑八大姨之类的。我一直说,我是为自己的内心而写作,不是为了功利,也不是为了荣誉,这样的状态,比较符合我的初衷。

从职业上来说,我当然算是一个新闻人,一个媒体从业者。这样的身份,决定了我的写作和研究只能在业余时间进行,我不得不经常性地“摇身一变”,从媒体的操作者和管理者进入写作者的角色。从另一角度来说,任何事情都是有着关联的,我的新闻人的身份与写作者的身份又有着千丝万缕的联系,新闻者的身份让我更直接,也能更前沿接触到这个世界;而写作,又无形地将我与这个世界拉开一点距离,使我用一种更从容和更冷静的方式去观察和思考这个世界。我觉得这样的感觉很好。

当然,从时间上来说,一个新闻人,肯定是有着大量琐屑的事务的,这也没办法,身在这个行业,你必须将你的工作做好。不仅仅是对于读者,而且,现在的报纸还有着市场的压力。所以,对于我来说,写作实际上是业余时间整理自己、盘整自己的一个方式。庆幸的是我所在的报纸近年来发展势头迅猛,这也为我的写作创造了一个良好的环境。业余时间里,我没有什么其他爱好,就是看看书、看看碟、写写东西,有时候跟朋友们喝喝酒。可以说,我是在别人打牌、打麻将的时间里,进行的写作。至少到目前为止,我觉得这样的状态还可以维持一段时间。而且,从个人来说,我也不想更深地进入纯粹的文学圈,一个圈子就像一个胡同,完全地进去了,有时候反而有一种弊端。比较而言,我还是喜欢这种票友的感觉，喜欢这种“玩的就是心跳”的状态。

您刚才说您平时花了很长时间看碟，我们知道您曾经出过一本电影随笔集《夜兰花》，这本书在圈内有一定影响。您作为一个作家，为什么要写一本电影随笔？

我说过我这一辈子一个很大的爱好就是看电影。当然，是看碟片，看盗版碟。可以说，我看了成千上万的盗版碟。在这些碟片中，有很多都是世界一流的电影。这是我这一辈子最值得庆幸的一件事。电影给我的启迪最为直接，我看过很多外国书，文学的、哲学的、艺术的，这些书都是经过翻译的，在翻译中，实际上丢失了很多东西。而看碟片，却不存在着这样的丢失，而且，电影给我带来的是全方位的影响，它不仅仅是形式和表现手法上的，还有世界观上的、哲学上的，甚至还有情趣和穿衣打扮上的。可以说，看了20多年的外国电影，影响是全方位的，它给了我全方位的感悟。因为书毕竟是单向的，是借助于语言的；而电影却是立体的，是广大的，同时也是细微的。可以这样说，电影曾经使我生活在全世界。虽然我这一辈子经历的不是太多，人生比较平淡，但在电影中，我已经活过了无数人的人生。我曾比喻说，我就像站在一条大河边的小孩，然后，看千帆掠过，每一艘船上，都载着一个人生故事，我的眼中看遍了光怪陆离的世界。它让我对于这个世界有着一种最丰富、最全面也最深入的认识。

看各种各样的外国优秀电影，还使我明白了，什么才是文学和艺术最好的题材。电影告诉我，文学和艺术表现的永恒题材，就是人本身。好的小说和电影,其实都是在反映人,反映人在各种状态下的活动,反映人的变异和内心拓展。很多好的电影,都可以说是发生在人性边缘的故事,阐述的是人性边缘的忧伤,它所具有的,是对于人类的“大关怀”,是悲悯的凝视。这些,才应该是文学和艺术的永恒主题。

《夜兰花》是我的第一本电影随笔集,是安徽文艺出版社出的。写作《夜兰花》实际上是2000年至2003年,当时,因为事务繁忙,我写不了其他的东西,只能将我看电影过程中的一些感受记录下来。受一些报刊的约请,开了好几个专栏,影响还很大,我本人,就收到了很多读者来信,然后,承蒙安徽文艺出版社的厚爱,就有了《夜兰花》。它的诞生非常富有机缘,一个人从自己的爱好中“修成正果”,可以说,是一件非常幸福的事情。它是一个机缘,就像一朵花的自然生长,含苞、吐蕊然后开放的过程。

我现在正从事第二本电影随笔集的撰写,这一本是上海远东出版社的,我在这里做一个小小的广告,书名叫《蝶影抄》。这同样也是我在看电影过程中的一些随感,我说过写作就是发现,这些电影随笔就是我在看电影过程中的发现,我将它们记录下来,就成了文章。

我们了解到,您最早的写作,是从小说和散文开始的,但是后来您却转向文化散文写作甚至是学术研究,这是为什么呢?

的确是这样,在最初的写作中,我是写小说的,我喜欢小说这种形式,也想借助小说这种形式来表达我对于世界的认识。一开始,散文只是写小说之余的副产品。我一直以为我的小说第一,散文第二,其他的形式写作第三。但后来由于工作性质的改变,我加入了一家都市报,这使得我几乎没有整块时间写作。这样的状况对于写作长篇小说或者中篇小说来说是可怕的。于是我不得不将主要精力转移到散文写作上来。因为散文写作可以写一点放一下,有时间再拾起来重写。

还有一个原因,就是我对当代小说的创作感到不太满意,我总觉得现在的小说算是走入一个误区,那些所谓的小说实际上只是在写一个又一个恶俗的故事,缺乏对人的关注和人性的探寻。现在的小说,由于受各种各样的限制,很多都缺乏美,缺乏沉静,缺乏想象力和深刻的内涵,因而也没有什么大气而深远的作品。很多作品,都是停留在技术层面上,没有什么实质性的突破,真正的好的东西很难露出头来。

您的第一本小说集《与眼镜蛇同行》里,像《叟》《与眼镜蛇同行》这样的小说堪称经典,能谈谈您当年的小说创作体会吗?

对于我们那一代写作者而言,童年期、少年期憋得太久,有很多想法和故事仿佛喷薄欲出。也因此,在我们那一代人中,有很多人爱上了写作,而且我们当时的青春躁动没地方宣泄,只能在写作中宣泄。我们的写作的动机也单纯,很刻苦,一天趴在纸上,能提笔写近一万字。然后,还得在稿纸上工工整整地誊抄。这样的写作,门槛是很高的,没有毅力和雄心,很难坚持下来的;不像现在,写作的门槛要低很多,电脑也使写作变得容易,互联网也为写作开拓了一个很大的空间。

我以前写的小说《与眼镜蛇同行》《叟》，还有包括写黄山天都峰顶发生故事的《晨露》，都是写作于这个阶段。客观地说，我的这些小说还是有一定价值的，算是好小说。特别是《晨露》，要是拍成电影，一定是一部非常好的电影，它具有好电影的很多元素，也是一个非常好看的故事。本来，那是一个发生在同性之中的故事，但当时因为同性之间太敏感，就改成异性了。一场在黄山天都峰上的生死搏斗，可以说是绝无仅有，但这确确实实是真事。这些小说，有很多都是我在成长经历过程中的所闻所见。庆幸的是我记载下了它们。那些事情，都是我在这一辈子当中最难忘的事情。

赵老师早期的散文创作，像《平凡与诗意》《萤火闪烁》，可能更偏重生活感悟，您能谈谈生活对写作的影响吗？

写作离不开生活，这是谁都懂得的道理。但这样的道理也极容易被曲解，变得机械而呆板。我觉得就写作来说，写自己的生活，写自己的心路历程，写自己的发现和感受，写自己的想象……都可以。对于一个写作者来说，我想，最重要的，是心灵的行走，一个好的写作者，肯定是内心走得很远的人。另外，我想说的一点是，写作是有利于冶炼内心的。当我们要进行深度思考时，我们必须借助于文字。只有文字，才有思考的系统性和周密性。这是文字的特点之一，这时候的文字就像梯子一样，只有借助于梯子，才能登山爬高。而用其他手段，是很难让人跃上思想上的高峰的。这也是为什么思想家哲学家都是写作者的原因。

您后来的写作,有很多是关于徽州文化的,一连出了《徽州文化》《思想徽州》和《千年徽州梦》这几本散文集,作为一个徽州人,这算不算是一种情结?

《徽州文化》并不是一本散文集,它只是我为央视一个系列专题片所撰写的解说词,后来收集在《思想徽州》这本书中。有人把我的东方出版社出版的《思想徽州》、东方出版中心出版的《千年徽州梦》和安徽文艺出版社出版的《行走新安江》三本文化散文集称为“徽州三部曲”。这三本书,是我分别从不同的角度来解读徽州的——《思想徽州》写得比较深刻,对中国文化和徽州文化有着反思和批判;《千年徽州梦》则虚实结合,全方位地展示徽州文化和徽州精神;《行走新安江》则是以河流为线索,从地理上来写徽州的见闻,比较有现场感,也有着文化纵深感。这样的组合,一开始是无意的,但后来发现,还真是一件有意义的事情。我能有以这样的方式与徽州结缘感到高兴。

我已经说过,我的写作就是我的寻找过程。之所以写徽州,那是因为徽州是我的故乡,我生在那片土地,也长在那片土地,现在暂时地离开,可以让我更好地回望。徽州不仅仅博大精深,而且,在更大程度上,它还具有某种代表性,体现了中国文化的很多特性。这是我了解中国文化、了解中国人的思维方式、了解人类文明道路的一个入口。我想借助于徽州来了解很多东西。当然,就徽州本身来说,它也是有意义的,它本身也可以说是自成体系的，发现徽州本身，也是有意义的。

我们知道赵老师在探寻徽州文化的过程中，写了不少关于新安江沿途的文化、风俗的文章，不知道对读万卷书和行万里路，您更偏重哪个？

从确切的意义上说，一个人的读书、思考、写作、行走，从绝对意义上是在“炼心”，使心灵更加明澈，灵魂更加剔透。曲折的经历带给作家的是什么？应该是心灵上的东西。它是由身体的磨砺而带来的心灵的磨砺。但如果一个人的心灵能自觉地走得很远，他同样也是在“炼心”。从这一点上说，行走和读书，都是一种“阅读”，是一种大的概念上的“阅读”。人生，从某种程度上，都应该是一次“大阅读”，这样的“阅读”应该伴人永生。“阅读”是为了校正自己内心的位置，让心灵走得更远，也更有方位感，有一种清澈的坐标系。

人的一生就像在水面上划船，这个船，实际上就是文明，两只桨，分别就是读书和行走。这是一对非常有意思的桨，人生，在某种程度上，正因为有这两只桨而显得有意思。

赵老师2007年出了一本新书，叫作《晚清有个李鸿章》，我们都知道李鸿章是一个很有争议的历史人物，《走向共和》在央视播出之后，这种争议更加公开化，不知道赵老师是不是想通过这本书来给李鸿章正名？

实际上这个问题我在《晚清有个李鸿章》的楔子中已经写到了，对于写作李鸿章，实在是一种机缘。我在合肥生活很多年了，一开始,在合肥步行街上的那个李鸿章纪念馆我都懒得去,对于李鸿章这个人,可以说,我是一点兴趣都没有。我为什么要对他有兴趣呢?一个被称为卖国贼的人。但后来陆续接触到一些资料,无意之间看了一些书,我才发现,李鸿章这个人了不得。这个人绝对是一个集大成者,在他身上,不仅仅集中体现了五千年中国文化的很多东西,同时,也体现了人性的复杂性。而且他身居高位,在他的行为和内心中,又集中体现了中国专制文化的很多东西,那种文化,那种心理状态,那种身处这样的专制中的自得和身不由己……这些,都是非常有意思的。不仅如此,由于李鸿章所处的是东西方文化第一次正面撞击的时代,一种文明在另外一种文明的撞击下,居然摧枯拉朽一般地坍塌……这样的林林总总,都是非常有意思的现象。而且,李鸿章一直到现在,还对他没有一个确切的定论。在我看来,李鸿章可以说是历史上最具有深远性和博大性的一个人物,也是最复杂的一个人,体现了人性的复杂和多变。可以说,李鸿章是一个巨大的谜,李鸿章现象也是一个巨大的谜。这样的谜本身,就是极具诱惑力的。

意大利哲学家克罗齐说:一切历史都是当代史。我觉得这句话说得非常好。写作李鸿章的过程,实际上也是我认识和发现的过程。可以说,李鸿章是一个一人之下、万人之上的朝廷要臣,但从现在来看,笼罩在他身上的光环已经消退,我们可以从他的字里行间,从历史的记载中感受到一个真实的李鸿章。因为时间的关系,现在的李鸿章在我们的面前,已是一个普通人,一百多年前的权力烟雾已经散去，现在在我们面前的，只是一个有着苦恼、弱点的普通人。同样，以这种历史的眼光来看待现实，我们同样也透过很多光环和迷雾来看出事件的本质。所以说，读历史可以明白现实，现实就是历史的重复。真的可以说是这样，对待现实，我们有时候要用历史的眼光去看待，有了这种历史的眼光，我们就会让现实云破日出，就会除去很多迷障，我们的目光就会变得清澈起来。

至于正名不正名，说实话，我倒没有想过，我只是想将一个真实的李鸿章展示在人们面前，包括他的内心世界。我只是还其本来，因为本来的李鸿章就是这样的。

很长一段时间里，公众对李鸿章的认识都只局限于一个很窄的面，但作为历史的风口浪尖上的人物，现代人对他的评价很多都有失公允，您认为这是什么原因造成的？

我在《晚清有个李鸿章》的后记中的第一句就引用了西方哲人奥古斯丁所说的一句话：是我们的本身出了问题。我觉得我们在如何看待李鸿章的问题上，就是我们本身出了问题。大家都知道盲人摸象的原因，为什么说像这个又像那个，那是因为，那些摸象者自身出了问题，因为他们是瞎子！但这些瞎子自己不觉得自己瞎，还以为自己的触觉是认识世界的最好的手段呢！其实，在看待很多问题上，我们极容易犯“盲人摸象”的毛病，我们一不留神就变成了一个瞎子。为什么会出现这样的毛病，我想，还是一个正确认识自己的问题。

记得诗人北岛曾经说过一段话，那是说，我们这一代人在长大的过程中，身上是带有很多狼性的。这样的狼性一直潜伏在自己的身上，变成了自己的思维方式和习惯，而且，还会经常不经意地流露出来。我觉得这一段话说得再好不过了。比较起经济发展和物质生活状况，我们在思维方式和文学艺术上离国外所相差的距离更大。有些东西，我们是故意搞乱了，故意地黑白颠倒。而且，中国人的思维方式，我们的传统文化中，的确有很多不足和误区。我之所以写李鸿章，实际上也是在某种程度上整理我个人的思维。我也是从那一条道路上走过来的，有着这样的思维经历，对这样的思维方式，我也很清楚，所以我觉得有必要去提醒一下自己。

很多作家在写作的时候，最早往往从个人的体验出发，到后来写得多了，接触的事物更广泛，视野才慢慢打开，赵老师是不是也经历过这个过程？

前几天《十月》杂志在浙江慈溪市开会，讨论中国散文的走向。有很多老师和专家发言，谈得非常好。我记得复旦大学中文系教授张新颖就讲得非常好，他有一句话，叫找到自己。一个人，能找到自己，看起来容易，实际上却非常困难。这在佛学上，就是“明心见性”。要明白自己的真正内心，也要见到自己的真实的面目，其实也不太容易。佛教把“开悟”这个过程虚玄了，其实开悟也就是人明白了自己与自然的关系，明白自己与社会的关系，明白自己与自己的关系，从而变得清晰。写作实际上也有这样的过程，一开始，总是写自己的小我，跟在别人后面模仿，以为表达的是自己，但其实不是。那时候并不明白自己，等到书读多了，能够深入自己的内心了，然后，便有一种清晰油然而生。那时候，视野便打开了，便会变得很清晰。这时候的状态，才是一种真正的写作状态。

在人生阅历不断增加的情况下，赵老师有没有想过，将来某一天，重新拾起小说，来创作一部类似于《红楼梦》那样可以万古流芳的作品呢？

哈哈，这个问题问大了。那怎么可能！我一直以为，有些作品是天造地设的，比如像《红楼梦》，像《源氏物语》，像《浮士德》，像托尔斯泰的作品等等，那完全是要借助于天地机缘才能产生的。那甚至不是人写出来的，而是某种力量借助于某个人表现出来的。记得德国哲学家马克斯·韦伯曾发明一个词"Charisma"，也就是"卡里斯玛"，这个词的意思是，在一个人的身上，有些东西不是来自人本身，而是来自一种神秘的力量，是宿命赋予一个人非凡的创造力，人本身，只是表现的一种手段。比如说贝多芬，又比如说爱因斯坦，实际上都有这样的成分。他们来到这个世界上，就是为了传达某种神旨的。呵呵，我的这样的理解是不是有些唯心的成分？但其实，这个世界是很难界定唯心唯物的。这样的思想有宿命的成分，但又非常有道理。作为一个人，在很多事情上，是不能强求的，否则的话，就会变得非常痛苦。可以这样说，在这样的时代，在这样的人心状态下，在经济占据统治地位的情况下,人们浸淫在通俗文化的环境里,是不可能产生惊天动地的作品的。这很正常,在当前情况下,一个作品是很难影响一个时代,也很难影响一代人的。

对于我来说,我只是想着把自己手头的作品写好,然后争取下一部作品比上一部作品要好。至于其他的,想得太多是不是太累了?同时,我一直觉得,写作只是生活的一个组成部分,但不是第一重要的组成部分。在生活中,有很多东西要比写作重要,比如说亲情,比如说生活本身……对于写作者来说,一定要明白这个基本道理。美只在随意和不经意间吧,机缘也是,人生,一定要懂得这个,切不可强求。

这个时代比以往任何一个时代变化得都更快,包括个人观念、生活态度乃至精神世界,各种各样的诱惑也在不断刺激着人们的大脑,在这样的社会大环境下,写作者怎样坚持自身的原则,去避免写作上的急功近利和粗制滥造显得尤其重要,赵老师现在的主攻方向是文化大散文,您对此有什么好的建议吗?

呵,谈不上不受这种浮躁的文化气息影响吧,只能说尽量地争取少受一点影响。有时候浮躁也没有用啊,也于事无补,所以只能修炼一番。其实有些问题想开一点就行,人生是一个很短的过程,不是不求,而是尽量地少求一点。因为一切都是空啊,人生只是一个过程,你安安静静地快快乐乐地把它走完了就是。而且,就写作而言,我想,最重要的,还是应该为自己的内心去写作,只有为自己的内心而写作,才能写出好的东西。当然,写作的过程也是一个寻找自己的过程，通过写作，人能够找寻到真正的自己，也该是一件很有意义的事情啊。从某种程度上说，写作是完善自己的一个法门，一个人，能找到这样的法门，实在是一种幸运，所以真的要珍惜自己的幸运。人的一生，多读读书，多看看电影，是一件无比幸福的事情，因为它们都是人类存在的精华。谁也不能活两辈子，只能从书和电影中，更多地丰富自己。

（此访谈为赵焰分别接受新浪网、腾讯网访谈整理稿）